SUSAN MALLERY
emocióname

Editado por Harlequin Ibérica.
Una división de HarperCollins Ibérica, S.A.
Núñez de Balboa, 56
28001 Madrid

© 2015 Susan Mallery, Inc.
© 2017 Harlequin Ibérica, una división de HarperCollins Ibérica, S.A.
Emociónamo, n.º 133 - 12.7.17
Título original: Thrill Me
Publicada originalmente por HQN™ Books

Todos los derechos están reservados incluidos los de reproducción, total o parcial. Esta edición ha sido publicada con autorización de Harlequin Books S.A.
Esta es una obra de ficción. Nombres, caracteres, lugares, y situaciones son producto de la imaginación del autor o son utilizados ficticiamente, y cualquier parecido con personas, vivas o muertas, establecimientos de negocios (comerciales), hechos o situaciones son pura coincidencia.
® Harlequin, HQN y logotipo Harlequin son marcas registradas por Harlequin Enterprises Limited.
® y ™ son marcas registradas por Harlequin Enterprises Limited y sus filiales, utilizadas con licencia. Las marcas que lleven ® están registradas en la Oficina Española de Patentes y Marcas y en otros países.
Imágenes de cubierta utilizadas con permiso de Dreamstime.com y Shutterstock.

I.S.B.N.: 978-84-687-9787-8
Depósito legal: M-10759-2017

Como mamá de un perrito adorable y mimado, sé de la alegría que las mascotas pueden aportar a nuestras vidas. El bienestar de los animales es una causa que he apoyado durante mucho tiempo. En mi caso lo hago colaborando con Seattle Humane. En la gala Tuxes & Tails de 2014 ofrecí como premio «Tu mascota en una novela romántica».

En este libro conocerás a una beagle maravillosa llamada Sophie. Sus dueños fueron muy generosos en la subasta para conseguir que su adorable, lista y dulce mascota apareciera en este libro.

Una de las cosas que convierte el escribir en algo especial es interactuar de diferentes formas con la gente. Hay personas con las que hablo para obtener información. Otras son lectores que quieren hablar de los personajes y las tramas y otras, fabulosos adoptantes de mascotas. La mamá de Sophie fue muy generosa con su tiempo. Me envió un desternillante DVD y contribuyó a que su Sophie cobrara vida. Espero haberla hecho justicia en este libro.

Quiero dar las gracias a Sophie, a sus padres adoptantes y a toda esa gente maravillosa de Seattle Humane (SeattleHumane.Org). Porque toda mascota se merece una familia que la quiera.

Gracias especialmente a Dani Warner de Pixel Dust Productions por su ayuda en las cuestiones técnicas. Cualquier error que pueda aparecer en esta novela sobre la forma de hacer películas es culpa mía.

Capítulo 1

Maya Farlow se dijo a sí misma que tenía que haber una explicación para que la alcaldesa de Fool's Gold tuviera la fotografía de un hombre desnudo en la pantalla de su ordenador. Por lo menos, esperaba que la hubiera. Siempre le había caído bien la alcaldesa Marsha y no quería descubrir nada desagradable sobre aquella mujer que era su nueva jefa.

La alcaldesa exhaló un hondo suspiro y señaló la pantalla.

–No te lo vas a creer –dijo, y presionó una tecla.

La fotografía se movió en cuanto se pusieron en funcionamiento el vídeo y el audio.

El concurso acaba el viernes a las doce del medio día. Envía tu respuesta a este número de teléfono.

Maya se quedó con la mirada clavada en el ordenador. Cuando la fotografía volvió a detenerse, estudió el número de teléfono que aparecía en la pantalla, la imagen de una septuagenaria en chándal y con el gesto congelado en el aire y la fotografía del trasero desnudo que tenía tras ella.

El trasero de un hombre desnudo, se corrigió Maya

mentalmente sin estar muy segura de que el género importara más que la propia desnudez.

—Muy bien —dijo Maya lentamente, consciente de que se esperaba que dijera algo más.

Algo inteligente incluso. Pero la verdad era que no se le ocurría qué decir. ¿Qué sentido podía encontrarle al hecho de que una anciana en chándal hablara de traseros en un concurso? Por supuesto, aquella era una preocupación mucho más agradable que la de descubrir que la alcaldesa Marsha era una consumidora de pornografía.

La alcaldesa presionó un par de teclas en el ordenador y la imagen desapareció.

—Este es el problema que estamos teniendo con el programa que hacen Gladys y Eddie para la televisión local.

—¿Demasiados traseros desnudos? —preguntó Maya sin poder contenerse.

Plantear lo obvio nunca ayudaba, ¿pero qué otra cosa podía decir?

Marsha Tilson era la alcaldesa que más tiempo llevaba en el cargo en California. Y estaba igual que doce años atrás, cuando Maya era una adolescente nerviosa de dieciséis años que había ido a vivir al pequeño pueblo. Seguía vistiendo trajes de chaqueta de corte clásico adornados con collares de perlas y llevando su pelo blanco recogido en un cuidado moño. Cuando era adolescente, Maya no había sabido qué opinión formarse de la alcaldesa. En aquel momento, la consideraba una persona digna de admiración. Marsha gobernaba su pueblo con mano firme, pero justa. Y, lo que era más importante para ella, le había ofrecido un trabajo en el momento preciso en el que ella sabía que tenía que introducir algún cambio en su vida.

Y allí estaba, convertida en la flamante Directora de Comunicación de Fool's Gold, California. Y, al parecer, aquella anciana del concurso de traseros era su problema.

—Eddie y Gladys siempre han sido muy originales –dijo la alcaldesa con un suspiro–. Admiro su capacidad para disfrutar de la vida.

—Y les interesan los jóvenes –musitó Maya.

—No te haces una idea. El programa que tienen en la televisión local es muy popular entre la gente del pueblo y los turistas, pero estamos recibiendo llamadas de teléfono y correos cuestionando algunos de sus contenidos.

—Y necesitas que las contenga.

—No estoy segura de que sea posible, pero sí. No queremos tener problemas con la Federal Communication Commision, la FCC. Conozco a dos de sus miembros y no quiero recibir ningún toque de atención por parte de amigos de las altas esferas, por decirlo de alguna manera –la alcaldesa se estremeció–. Ni tener que explicar qué está pasando en este pueblo.

Después de ver el vídeoclip del programa, Maya habría jurado que nada podría sorprenderla más que el hecho de que una mujer que se encaminaba hacia los ochenta años mostrara el trasero desnudo de un hombre en televisión e invitara a los telespectadores a imaginar a qué famosa celebridad local pertenecía. Pero, al parecer, se había equivocado. El que la alcaldesa conociera a un par de miembros de la FCC ganaba por goleada.

Por decirlo de alguna manera.

Tomó algunas notas en su tableta.

—De acuerdo. Hablaré con Eddie y con Gladys y les explicaré las restricciones y el código deontológico para los programas de televisión.

Sabía perfectamente cuáles eran los requisitos para un programa, pero tendría que echar un vistazo a lo que especificaba la normativa. Tenía la sensación de que aquellas dos no eran de las que se dejaban intimidar por lo que pudieran dictar las normas de ninguna comisión. De modo que tendría que abordar aquella conversación bien pertrechada.

—No te lo estamos poniendo fácil, ¿eh? —la alcaldesa le sonrió—. Este es solo tu segundo día. Espero que no te estés arrepintiendo de haber aceptado el trabajo.

—¡Qué va! —le aseguró—. Me encantan los desafíos.

—Entonces puedes considerarte una mujer afortunada —miró su agenda—. Lo próximo que tenemos que hacer es hablar de la nueva campaña de vídeos. El Consejo Municipal quiere abordarla desde dos perspectivas diferentes. Habrá una serie de vídeos sobre el lema del pueblo: «Fool's Gold, un destino para el amor» y otra apoyando al turismo en general.

Ya habían hablado de aquella campaña en la entrevista de trabajo que había hecho Maya.

—Tengo muchas ideas para los dos —dijo con entusiasmo.

—Estupendo. Todavía estamos intentando averiguar nuevas maneras de utilizar los vídeos. Por supuesto, se subirán a la web. Pero también queremos utilizarlos para hacer anuncios en internet y en televisión.

Maya asintió mientras tecleaba en la tableta.

—En ese caso, ¿qué te parecen unos anuncios de unos treinta segundos y otros con material adicional de entre un minuto o dos de duración? Podríamos introducir mensajes diferentes en función del público al que vayan dirigidos.

—Los aspectos técnicos te los dejo a ti, Maya. Además, cualquier idea que pueda ayudar a aumentar la audiencia será bien recibida. El Consejo Municipal es un grupo muy dinámico, pero no sabemos gran cosa sobre tecnología. Me temo que eres tú la que tienes que lidiar con eso.

—Y estaré encantada de hacerlo.

Tenía muchos contactos, pensó. No conocía a nadie en la FCC, pero tenía amigos en el mundo de la publicidad que estarían encantados de participar en una tormenta de ideas. Sería fácil editar material que pudiera resultar atractivo desde diferentes perspectivas. Si se centraba en las actividades al aire libre, el pueblo tenía mucho que ofrecer a la ESPN y otras webs deportivas. Las propuestas de corte más familiar podían ofrecerlas en canales más tradicionales, con un público predominantemente femenino, e insertar enlaces en webs para mujeres y niños.

Aunque aquel trabajo no se parecía al que habitualmente hacía, estaba emocionada por las posibilidades que se abrían ante ella. Su trabajo anterior, en una emisora de televisión de Los Ángeles, había llegado a resultarle demasiado cómodo. Y sus intentos de ser contratada por una cadena de ámbito nacional habían fracasado, dejándola sin saber muy bien qué hacer. Así que aquella oferta de trabajo en Fool's Gold había llegado en el momento oportuno.

—Vas a necesitar ayuda —le dijo la alcaldesa—. Es demasiado trabajo para una sola persona. Sobre todo si queremos que los vídeos estén terminados para el final del verano.

Maya asintió mostrando su acuerdo.

—El trabajo de edición preferiría hacerlo yo. Es todo un arte —y le resultaría difícil confiar en otra persona—. Pero me vendría bien que alguien me ayudara en la preproducción y durante los rodajes.

—Sí. Sí, y necesitamos un conductor para los vídeos. Es así como se dice, ¿verdad? ¿O un «comunicador» es una palabra mejor?

Maya sintió una pequeña punzada. En un mundo perfecto ella sería la presentadora de los vídeos. Pero la verdad era que la cámara no la quería. No podía decir que la maltratara, pero no la adoraba. Y en el mundo de la comunicación se necesitaba pasión. Lo que significaba que necesitaban a alguien que brillara en la pantalla.

—¿Alguien del pueblo? —preguntó, pensando en las celebridades deportivas de la zona.

Además, sabía que Jonny Blaze, una estrella del cine de acción, acababa de comprarse un rancho en las afueras del pueblo. Si conseguía que participara en los vídeos, daría el golpe.

—La verdad es que tengo a alguien en mente —contestó Marsha.

Como si hubiera estado esperando aquel momento, la asistente de la alcaldesa llamó a la puerta y entró.

—Ya está aquí. ¿Le hago pasar?

—Sí, por favor —contestó la alcaldesa.

Maya alzó la mirada. Tenía curiosidad por saber en quién había pensado la alcaldesa para realizar un trabajo tan importante. El pueblo se jugaba mucho en ello y para Marsha Fool's Gold siempre era lo primero. Si él...

A lo mejor era una ilusión óptica, pensó Maya frenética mientras intentaba fijar la mirada. O un error. Porque aquel hombre alto de hombros anchos y aspecto un tanto desaliñado le resultó alarmantemente conocido.

Se fijó en aquel pelo rizado y demasiado largo, en la barba de tres días y en la enorme y vieja mochila que llevaba colgada al hombro. Parecía que acabara de bajar de una avioneta recién llegada de la selva amazónica. O de uno de sus sueños.

Delany Mitchell. Del.

El mismo Del al que le había entregado la virginidad y el corazón a los dieciocho años. El hombre que había prometido que siempre la querría. El mismo Del que quería casarse con ella.

El Del del que había huido porque era demasiado joven y estaba demasiado asustada como para arriesgarse a creer que alguien pudiera quererla.

Sus vaqueros estaban tan gastados que parecían tan suaves como la manta de un bebé. Llevaba una camisa blanca y ancha remangada hasta los codos. Era una combinación irresistible de seguridad en sí mismo y desaliño. Lo más en *sex appeal*.

¿Qué hacía de nuevo en el pueblo? ¿Y por qué no se había enterado de que estaba allí? ¿Sería demasiado tarde para salir corriendo?

La alcaldesa sonrió complacida y se levantó. Se acercó al recién llegado y le abrió los brazos. Del se abrazó a ella y le dio un beso en la mejilla.

—No has cambiado nada —dijo a modo de saludo.

—Y tú has cambiado muy poco. Ahora eres un hombre famoso y con éxito. Me alegro mucho de que hayas vuelto.

Maya se levantó sin estar muy segura de qué hacer o qué decir. ¿Cuando la alcaldesa decía «volver» se refería a «volver»? No, de ninguna manera. Se habría enterado. Elaine se lo habría advertido. Pero allí tenía la prueba viviente y atractiva de lo contrario, pensó.

Diez años después, Del continuaba siendo guapo. Más que guapo.

Se descubrió a sí misma luchando contra sentimientos del pasado, tanto física como emocionalmente. Le faltaba la respiración, se sentía ridícula, y se alegraba de que ninguno de ellos la estuviera mirando. Tardó varios segundos en recuperar el control.

Era muy joven entonces, pensó con tristeza. Estaba tan enamorada como asustada. Por desgracia, había ganado el miedo y había terminado con Del de la peor de las maneras. A lo mejor por fin tenía la oportunidad de disculparse y dar una explicación. Asumiendo, claro, que Del tuviera algún interés en que lo hiciera.

La alcaldesa dio un paso atrás y la señaló.

—Supongo que te acuerdas de Maya Farlow. Os conocíais, ¿verdad?

Del se volvió para mirarla. Su expresión fue toda una oda a una discreta curiosidad, nada más.

—Estuvimos saliendo juntos —dijo, restando importancia a una intensa y apasionada relación con su distante indiferencia—. Hola, Maya. Cuánto tiempo.

—Del. Me alegro de verte.

Había sonado bastante normal, se dijo a sí misma. Era imposible que Del pudiera imaginar que el corazón le latía a toda velocidad y que el estómago le había dado tantas vueltas que quizá no volviera a recuperar nunca su posición.

¿Sería posible que Del hubiera olvidado el pasado, o que de verdad lo hubiera dejado atrás? ¿Se habría convertido ella en una exnovia de la que ni siquiera se acordaba? Le parecía imposible, pero seguramente se equivocaba.

Estaba muy guapo, pensó, fijándose en lo que había cambiado y en aquello que todavía conservaba. Las facciones eran más afiladas, más duras. Su cuerpo más voluminoso. Había ganado peso. Había madurado. Su mirada translucía confianza. Se había enamorado de un hombre de veinte años y tenía ante ella su versión adulta.

Las piezas del puzle comenzaron a encajar. Su reunión y su conversación con la alcaldesa. De lo que se esperaba de ella como promotora del pueblo. De la necesidad de una persona conocida para presentar los vídeos.

Sus labios formaron la palabra «no» antes de que su cerebro diera la orden de pronunciar aquel sonido. Se volvió hacia la alcaldesa.

—¿Quieres que trabajemos juntos?

Marsha sonrió, se sentó en la mesa de la sala de reuniones y le hizo un gesto a Del para que él también se sentara.

—Sí. Del ha vuelto al pueblo hace un par de meses.

—Para pasar el resto del verano —se sentó en una silla que pareció quedárseme pequeña. Su sonrisa era tan confiada como su postura–. Y tú me has convencido de que os ayude.

Los ojos azules de la alcaldesa brillaron con diversión.

–Habría hecho cualquier cosa para convencerte –admitió antes de volverse hacia Maya–. Del tiene experiencia con las cámaras. Él mismo ha hecho algunos vídeos.

Del se encogió de hombros.

–Nada especial, pero sé cómo utilizar una cámara.

–Y Maya también. Me gustaría que colaborarais los dos en el proyecto.

Maya se obligó a sí misma a respirar. Más tarde, cuando se quedara a solas, podría gritar o dedicarse a arrojar cosas. En aquel momento, tenía que conservar la calma y comportarse como una profesional. Tenía un trabajo nuevo y estaba muy interesada en conservarlo. Le encantaba vivir en Fool's Gold y, desde que había vuelto al pueblo, estaba más contenta de lo que recordaba haber estado nunca. No quería que eso cambiara.

Podría manejar la vuelta de Del. Evidentemente, él había superado su relación en un cien por cien. Algo de lo que se alegraba. También ella la había superado. La había superado con creces. De hecho, casi no se acordaba de él. ¿«Del» qué?

–Será divertido –contestó con una sonrisa–. Vamos a fijar una reunión para comenzar a lanzar ideas sobre lo que vamos a hacer.

Estaba tranquila, pensó Del, observando a Maya desde el otro lado de la mesa de reuniones. Con una actitud profesional. Era muy amiga de su madre, de modo que Del había sabido de ella de tanto en tanto. Se había enterado de que había sido ascendida a productora de un canal de noticias en Los Ángeles y que había estado buscando trabajo en una cadena nacional. El regreso a Fool's Gold había sido un giro inesperado en su carrera.

Tan inesperado como la llamada de Marsha invitándole a participar en un proyecto para dar publicidad al pueblo. Le había llamado quince minutos después de que hubiera decidido pasar el resto del verano en Fool's Gold. Aquella mujer era increíble.

—¿Qué tal mañana? —preguntó Maya—. ¿Por qué no me llamas mañana por la mañana y fijamos un día y una hora?

—A mí me parece bien.

Maya le dio a Del el número del móvil.

En ese momento sonó el teléfono del escritorio de la alcaldesa.

—Perdonadme —se disculpó—. Tengo que atender esta llamada. Dejaré que vayáis trabajando vosotros en los detalles.

Se levantaron los tres. Del y Maya salieron al pasillo. Una vez allí, Del medio esperaba que Maya saliera disparada, pero ella le sorprendió deteniéndose.

—¿Cuándo estuviste en el pueblo por última vez?

—Hace un par de años, ¿y tú?

—Vine a ver a Zane y a Chase hace un par de meses y no he vuelto a marcharme.

Sus hermanos, pensó Del. Técnicamente, exhermanastros, pero sabía que eran la única familia que Maya tenía. Él había crecido en una familia bulliciosa, alocada y muy unida mientras que Maya solo había contado con una madre indiferente. Había tenido que abrirse camino sola en la vida. Algo que él había respetado, hasta que ese mismo rasgo se había vuelto contra él y había terminado dándole un buen bocado en el trasero.

—Estás muy lejos de Hollywood —señaló.

—Y tú estás muy lejos del Himalaya.

—Ninguno de los dos echó nunca raíces en Fool's Gold.

—Pero los dos estamos aquí —sonrió—. Me alegro de verte, Del.

«Yo también».

Lo pensó, pero no lo dijo. Porque se sentía bien, maldita fuera. Y no quería sentirse así. Maya era una fuente de problemas. Por lo menos lo había sido para él. No iba a cometer el mismo error por segunda vez. Había confiado en ella con cada fibra de su ser y ella había despreciado su confianza. Lección aprendida.

Hizo un gesto con la cabeza y se colgó la mochila al hombro.

—Hablaré mañana contigo.

La sonrisa de Maya flaqueó un instante antes de asentarse de nuevo en sus labios.

—Sí, hasta mañana.

La observó marcharse. Cuando desapareció de su vista, pensó en ir tras ella. Pero no tenía nada que decirle. Su última conversación, que había tenido lugar diez años atrás, le había dejado todo muy claro.

Se dijo a sí mismo que el pasado había que dejarlo donde estaba. Que había seguido adelante y la había olvidado. Él había seguido su camino y ella el suyo. Y todo había sido para mejor.

Salió del ayuntamiento y se dirigió hacia el lago. El pueblo continuaba como siempre, pensó mientras miraba a su alrededor y contemplaba la plácida convivencia de turistas y residentes. Los trabajadores del Ayuntamiento estaban quitando los carteles del Día del Perro que se había celebrado durante la Fiesta del Verano y colgando los que anunciaban la celebración de la Feria Máa-zib. Un año atrás estaban haciendo lo mismo. Y también el año anterior a aquel. Aunque habían abierto algunos negocios nuevos, la verdad era que el centro del pueblo apenas había cambiado.

Brew-haha podía ser un nuevo establecimiento en el

que tomar el café, pero sabía que en cuanto entrara dentro le saludarían y, posiblemente, por su nombre. Y que habría un tablón en el que se anunciaría cualquier cosa, desde ofertas para pasear a los perros hasta los próximos consejos municipales. Y que, aunque algunos de sus amigos del instituto había abandonado el pueblo, la mayor parte continuaba viviendo allí. Casi todas las chicas a las que había besado en el instituto seguían en Fool's Gold. Casi todas ellas casadas. Aquel era su hogar y el lugar al que sentían que pertenecían. Sus hijos crecerían allí e irían a la misma escuela y al mismo instituto que ellas. Jugarían en Pyrite Park y asistirían a las mismas fiestas. Allí la vida tenía su propio ritmo.

En otra época, Del también creía que él formaría parte de todo aquello. Que permanecería en el pueblo y se ocuparía del negocio familiar. Que encontraría a la mujer de su vida, se enamoraría y...

Pero eso había sido hacía mucho tiempo, se dijo a sí mismo. Cuando también él era un niño. Apenas podía recordar cómo era entonces. Antes de irse. Cuando sus sueños eran sencillos y sabía que iba a pasar el resto de su vida junto a Maya.

Se permitió pensar en ella durante un segundo. En cómo había sido su amor. En aquel entonces habría dicho que estaban enamorados, pero Maya le había demostrado lo equivocado que estaba. Se había alejado de Fool's Gold por ella. Por ella, había podido marcharse y regresar a casa como un héroe.

Esperó una oleada de orgullo. Pero no la sintió. Quizá porque durante los últimos dos meses había comenzado a darse cuenta de que tenía que encontrar un nuevo rumbo para su vida. Desde que había vendido su empresa, estaba inquieto. Por supuesto, había recibido ofertas, pero ninguna que le interesara. Así que había vuelto allí donde todo había comenzado. Para ver a su familia. Para celebrar los sesenta años de su padre. Para averiguar a dónde ir.

Por segunda vez en unos minutos, volvió a pensar en Maya. En que no había nada más bello que aquellos ojos verdes cuando le sonreía. En cómo...

Del vaciló durante un nanosegundo antes de cruzar la calle y borrar aquel recuerdo como si nunca hubiera existido. Maya era el pasado. Él estaba mirando hacia el futuro. La alcaldesa quería que trabajaran juntos y le parecía estupendo. Le gustaban los desafíos. Y después se marcharía. Era lo que hacía últimamente. Marcharse. Tal y como Maya le había enseñado.

Aunque los Mitchell no podían presumir de ser una de las familias fundadoras de Fool's Gold, solo les separaba una generación de aquella distinción. Llevaban en el pueblo más tiempo que la mayoría y tenían una interesante historia familiar que así lo demostraba.

Maya había conocido a Elaine Mitchell unos diez años atrás, cuando se había presentado a una oferta de trabajo a tiempo parcial en Mitchell Fool's Gold Tours. Aquella mujer tan simpática y sociable le había prometido un salario justo y turnos flexibles. Como Maya necesitaba ahorrar hasta el último céntimo para poder ir a la universidad, estaba emocionada con aquel trabajo. No iba a recibir ninguna ayuda por parte de su familia, de modo que tenía que arreglárselas sola para conseguir becas, préstamos y ayudas para el estudio y financiar el resto con todo lo que pudiera ahorrar.

Aquel fatídico verano habían tenido lugar dos acontecimientos inesperados: Maya había conocido y se había enamorado de Del, el hijo mayor de Elaine. Pero también se había hecho amiga de la matriarca de la familia. Elaine estaba casada con Ceallach Mitchell, un famoso artista del vidrio, y era la madre de cinco hijos. Había nacido y crecido en Fool's Gold. Su vida era un maravilloso caos determinado por su numerosa y feliz familia.

Maya era la hija única de una bailarina exótica que se había casado por dinero y había sufrido las consecuencias. Y, aunque lo había sentido mucho por su madre, a Maya le había encantado poder vivir en Fool's Gold y ser una adolescente normal por primera vez en su vida.

A primera vista, Elaine y ella tenían muy poco en común, pensó mientras salía del ayuntamiento a toda velocidad y se dirigía a su coche. Pertenecían a mundos muy distintos. Pero, aun así, siempre parecían tener algo de lo que hablar y, a pesar de cómo había terminado su relación con Del, Elaine y ella habían seguido en contacto.

Maya se montó en el coche y condujo los diez kilómetros que la separaban de la casa de la familia Mitchell. Estaba en una finca de varias hectáreas, separada del pueblo. Ceallach necesitaba tranquilidad para desarrollar su creatividad y mucho espacio para sus enormes instalaciones de cristal.

Así que la familia vivía fuera del pueblo y los cinco hermanos habían crecido junto a la montaña, corriendo por una tierra agreste y haciendo cuanto hacían los niños cuando vivían en el campo sin una férrea supervisión.

Maya pensó en todas las historias que Del le había contado cuando estaban juntos. Y en lo que Elaine había compartido con ella en sus frecuentes correos. Sabía que su amiga echaba de menos tener a sus cinco hijos en casa. Del y los mellizos se habían ido a vivir fuera y, aunque Nick y Aidan continuaban en el pueblo, ninguno vivía en la casa familiar.

Giró a la izquierda y recorrió el largo camino de la entrada. Cuando por fin llegó a la casa, descubrió aliviada que estaba allí aparcado el todoterreno de Elaine.

Apenas había comenzado a subir las escaleras del porche cuando la puerta se abrió y Elaine salió sonriente.

—Qué sorpresa tan inesperada. ¿Qué ha pasado?

Del tenía los ojos de su madre. Lo demás... su altura, su complexión, eran de su padre. Pero aquellos ojos castaños eran de Elaine.

—¿No lo sabías? —preguntó Maya mientras subía—. Del ha vuelto.

La expresión de sorpresa de su amiga fue la confirmación de lo que Maya esperaba. Su amiga no lo sabía. Muy propio de un hombre. ¿Por qué contarle a su madre que había vuelto al pueblo?

—¿Cuándo? —preguntó Elaine mientras la abrazaba. Señaló después hacia el interior—. Podría haberme llamado. Te juro que es el peor de todos.

Torció la boca mientras la conducía a la cocina calzada con unos deportivos que apenas hacían ruido sobre el suelo de madera.

—Y los mellizos —añadió—. Debería desheredarlos a los tres.

—O subir fotografías a internet de cuando eran pequeños —le propuso Maya mientras entraba en la cocina.

—Sí, eso estaría mejor —respondió Elaine mientras se acercaba a la nevera y sacaba una jarra de té frío—. Seguro que después tendría noticias de los tres. ¿Qué ha pasado? ¿Dónde le has visto? ¿Qué te ha contado?

—No gran cosa. Estaba demasiado sorprendida como para hacer preguntas.

Maya ocupó su lugar habitual en la enorme mesa de la cocina. La lámpara estaba formada por cinco cuerpos, cada uno de ellos con todos los colores del arcoíris, que giraban y parecían moverse, aunque estuvieran completamente quietos. Maya había ganado mucho dinero como productora ejecutiva en Los Ángeles, pero, aun así, no podría haberse permitido una lámpara como aquella. Ni la impresionante pieza que había en un rincón del salón. El trabajo de Ceallach estaba presente en toda la casa.

«Una de las ventajas de estar casada con un artista famoso», pensó, mientras aceptaba el vaso de té que Elaine le ofrecía. Su amiga ya estaba al tanto del nuevo trabajo de Maya como Directora de Comunicación de Fool's Gold. Maya le habló de la reunión con la alcaldesa y de los planes que tenían para los vídeos.

—Acordamos que habría un conductor en los vídeos —continuó Maya—. Alguien que diera una buena imagen en la pantalla.

—Ya sé cómo va a acabar esto —Elaine le dirigió una mirada compasiva—. ¿Y por qué no tú?

—Eres muy amable al fingir que tenía alguna oportunidad. Pero lo de estar delante de la cámara... —Maya arrugó la nariz—. En cualquier caso, al principio he pensado que quería planteárselo a alguno de los deportistas que viven en el pueblo. ¿Por qué no? O, quizá, a Jonny Blaze.

—Demasiado joven para mí, pero sigue siendo muy sexy.

Maya sonrió de oreja a oreja.

—Estoy de acuerdo con lo segundo, pero no con lo primero.

Elaine soltó una carcajada.

—Por eso somos amigas. ¿Entonces no es el señor Blaze?

—No. Y, como si hubiera estado esperando en la puerta, de pronto ha entrado Del. No me lo podía creer.

Elaine sacó el teléfono móvil del bolsillo de los vaqueros y miró la pantalla.

—Yo tampoco. Me pregunto cuánto tiempo llevará en el pueblo. No me ha escrito para decirme que piensa quedarse aquí, así que supongo que eso significa que dormirá en cualquier otra parte —torció el gesto—. Por lo visto no he hecho un buen trabajo con mis hijos.

—No digas eso. Eres una madre maravillosa.

Y Maya lo sabía mejor que nadie. Su madre había sido lo peor de lo peor, de modo que tenía un punto de referencia. Mientras su madre estaba ocupada asegurándose de que Maya comprendiera que ella era la razón de todas y cada una de sus desdichas, Elaine había criado a unos hijos queridos y felices.

–Además, ¿no se supone que el sentido de educar a unos hijos es conseguir que, estén donde estén, hagan su contribución al mundo? –preguntó Maya con delicadeza–. Pues tú lo has hecho cinco veces.

Antes de que su amiga pudiera contestar, la perrita que estaba en la puerta se movió. Maya vio una nariz oscura seguida de una alegre mancha de colores cuando Sophie, la beagle de Elaine, entró corriendo en la cocina.

Sophie era una cosita preciosa de ojos brillantes. Sus manchas marrones y negras eran las típicas de un beagle, pero su personalidad era pura Sophie. Vivía con entusiasmo, volcando todas sus energías en cualquier cosa que le llamara la atención. Justo en aquel momento le estaba dando a Elaine un par de besos a toda velocidad antes de prepararse para saludar a Maya. En cuestión de minutos, era probable que hubiera encontrado la manera de abrir la nevera y devorar cualquier cosa que hubiera preparada para la cena.

–Hola, guapa –la saludó Maya, bajando al suelo y ofreciéndole sus brazos.

Sophie corrió hacia ella, con su delicado hocico de cachorro formando una O perfecta mientras aullaba su saludo. Saltó después en el regazo de Maya para arrebujarse apropiadamente. Movía las patas a toda velocidad mientras daba sus mejores besos y se contoneaba en busca de caricias.

–Tienes los ojos más bonitos del mundo –le dijo Maya, admirando su borde marrón oscuro. Le frotó después las orejas al animal–. Debe de ser maravilloso disfrutar de una belleza tan natural.

—A diferencia del resto de nosotras —musitó Elaine—. Te juro que hay mañanas en las que hace falta un esfuerzo ímprobo para estar bien.

—Dímelo a mí.

Maya acarició a Sophie por última vez y volvió a su silla. Sophie rodeó la cocina, olfateando el suelo, antes de instalarse en la colchoneta que tenía al lado de la chimenea.

Maya miró a su amiga. Se fijó en las ojeras que tenía bajo los ojos y en su aspecto... en su aspecto cansado, quizá.

—¿Estás bien?

Elaine se tensó.

—¿Qué? Sí, estoy bien. Un poco dolida porque Del no me ha dicho que venía. Me comentó en un correo que estaba pensando en venir, pero no me confirmó sus planes.

—A lo mejor quería darte una sorpresa.

—Sí, seguro.

Maya decidió que quizá fuera mejor cambiar de tema.

—¿Cómo va la preparación de la gran fiesta de Ceallach?

—Ceallach todavía no ha decidido si quiere un fiestón o una pequeña fiesta familiar para su cumpleaños. A este paso, voy a tener que encerrarle en el armario hasta que tome una decisión.

Maya sonrió. Las palabras de Elaine podían parecer duras, pero tras ellas se escondían toneladas de tiempo y amor. Los padres de Del llevaban juntos treinta y cinco años. Se habían casado por amor cuando Elaine y Ceallach tenían poco más de veinte. El camino había sido accidentado. Maya sabía de la antigua afición de Ceallach a la bebida y de su temperamento artístico. Pero Elaine le amaba y había sacado adelante a cinco hijos.

Por un instante, se preguntó cómo sería una vida como la de su amiga. Estar casada con alguien durante tanto tiempo que resultara difícil recordar otra vida. Saber el lugar que ocupabas en una larga línea familiar arraigada en el pasado que se proyectaría hacia el futuro. Ser una de muchos.

Ella jamás había conocido algo así. Cuando era pequeña, solo estaban su madre y ella. Y su madre había dejado siempre claro que tener que cargar con una niña había sido peor que tener un grano en el trasero.

Capítulo 2

Maya había albergado la esperanza de que estar con su amiga la ayudara a alejar a Del de su mente. Pero se había equivocado. La noche había sido una desagradable experiencia en la que había pasado más tiempo despierta que dormida. Y cuando por fin había conseguido conciliar el sueño, había soñado con Del. No con el Del con barba de tres días del día anterior, sino con el joven de veintiún años que le había robado el corazón.

Se despertó agotada y con la resaca de los recuerdos. Era curioso que hubiera sido capaz de olvidarle hasta que había vuelto a verle. Pero, tras su regreso, se sentía atrapada en aquella brecha entre el pasado y el presente que acababa de abrirse en el continuo espacio temporal.

O quizá se estuviera enfrentando a una cuestión no resuelta, pensó mientras se metía en la ducha. Porque, por mucho que le hubiera gustado pensar que el universo giraba a su alrededor, lo cierto era que no era así.

Media hora después, estaba más o menos presentable. Sabía que lo único que la ayudaría a sobrevivir a aquel día serían litros y litros de café. De modo que abandonó la diminuta casa en la que vivía de alquiler, no sin antes detenerse a regar las flores que acababa de plantar, y se dirigió hacia el Brew-haha.

Fool's Gold había crecido durante los diez años que había estado fuera. Al haber trabajado como guía turística cuando estaba en el instituto, conocía bien el pueblo y su historia. Y tenía la sensación de que el calendario de festividades que había memorizado en su época de guía continuaba en su cerebro. Probablemente junto a la letra del *Since U Been Gone* de Kelly Clarkson.

Sonrió al pensar en ello y, tarareando aquella canción, entró en el Brew-haha.

La cafetería tenía una decoración sencilla, de colores intensos, y disponía de mucho sitio para sentarse. Había un enorme mostrador en la parte principal con una tentadora exhibición de dulces hipercalóricos y un hombre de hombros anchos delante de una fila de seis personas.

Maya se quedó helada, medio fuera medio dentro del bar. ¿Qué iba a hacer? Sabía que en algún momento tendría que enfrentarse a él. Gracias a la alcaldesa Marsha, tendrían que trabajar juntos. Pero no había imaginado que tendría que tratar con Del antes del primer café de la mañana.

Aquel era uno de los aspectos negativos del que, por todo lo demás, era un pueblo adorable, pensó tragándose sus dudas y poniéndose a la cola.

Del terminó de pedir e hizo un comentario que hizo reír a la cajera. Después, se apartó para esperar a que le sirvieran y comenzó a hablar con la camarera.

¿Siempre habría sido tan sociable?, se preguntó Maya mientras le observaba, intentando fingir que no le estaba prestando atención en absoluto. Una estrategia que la obligó a esforzarse en mantenerse vigilante, a pesar de que todavía estaba medio dormida.

La cola avanzó. Algunos clientes se detuvieron para hablar con Del, le saludaban e intercambiaban algunas palabras con él. Sin lugar a dudas, para ponerse al día de todo lo ocurrido. Del había crecido allí. Conocía a mucha gente.

Llegaban hasta ella algunas palabras de la conversación. Oyó algo sobre el surfeo aéreo y el negocio que había vendido. Porque cuando Del había dejado el pueblo, no solo había comenzado a practicar un nuevo deporte de alto riesgo, sino que había diseñado una tabla, había montado una empresa y la había vendido por una enorme cantidad de dinero. Era impresionante. Y un poquito irritante también.

Y no porque ella no quisiera que las cosas le fueran bien. Pero, a lo mejor, no hacía falta que fuera tan atractivo y tuviera tanto éxito. ¿Sería mucho pedir una cicatriz que le desfigurara la cara? ¿Algo que igualara las fuerzas?

Pero no. Con aquella barba de tres días y su fácil sonrisa continuaba siendo una atractiva estrella del cine. Pero no tenía por qué extrañarle. Había visto muchos vídeos de él y era impresionante. La cámara le adoraba y eso significaba que el público también.

Maya llegó al mostrador y pidió el café con leche más grande que tuvieran. Pensó en pedir un café exprés doble, pero sabía que iba a tener que volver más adelante. Era mejor distribuir la cafeína a lo largo del día.

Se hizo a un lado para esperar el café. Del continuaba hablando con un par de personas. Esperaba que terminara la conversación y se marchara. Pero, en cambio, se acercó a ella.

—Buenos días —le saludó ella.

Los restos de somnolencia se desvanecieron mientras un antiguo cosquilleo comenzaba a revivir en las puntas de sus pies y ascendía hasta su cabeza. El terror reemplazó a la inquietud.

¡No, no, no! No podía sentir cosquilleo de ningún tipo. No y no. De ningún modo. Ella no. Se negaba a sentirse atraída por Delany Mitchell después de diez años y miles de kilómetros de distancia. Lo de los kilómetros era metafórico para ella y literal para él. Habían terminado. Habían seguido con sus vidas. De acuerdo, técnicamente, ella le había abandonado de una forma inmadura y cruel, pero, a pesar de sus defectos, los dos lo habían superado hasta convertir aquella relación en un fósil del pasado.

La culpa era del agotamiento, se dijo desesperada. Aquel cosquilleo era resultado del cansancio. Y quizá del hambre. Probablemente se desmayaría y después ya todo iría bien.

—Buenos días —contestó Del enfrente de ella—. Me has delatado delante de mi madre.

Aquellas palabras tenían tan poco que ver con lo que estaba pensando que Maya tuvo problemas para entenderlas. Cuando la bruma mental se aclaró, fue capaz de volver a respirar.

—¿Te refieres a que ayer le dije que estabas en el pueblo?

—Sí. Podías haber esperado a que me pusiera en contacto con ella.

Maya sonrió.

—No me dijiste que fuera ningún secreto. Pasé por casa de una amiga y le conté que habías vuelto. Se quedó muy sorprendida.

—Esa es una forma de decirlo. Me echó una buena bronca.

La camarera le entregó a Maya su café. Esta lo tomó y comenzó a dirigirse hacia la puerta.

—Si esperas que me sienta culpable, te aseguro que eso no va a ocurrir. ¿Cómo es posible que no te hayas tomado la molestia de decirle que estás en el pueblo? Esta vez yo no soy la mala de la película.

Del avanzó un paso hacia ella.

—Quería que fuera una sorpresa.

—¿Así es como se llama ahora?

Del le abrió la puerta de la cafetería. Cuando estuvieron en la acera, señaló hacia la izquierda y ella comenzó a caminar junto a él. Porque... ¿por qué no?

—¿Estás insinuando que debería haberle dicho que pensaba pasar en el pueblo el resto del verano?

—Como amiga de tu madre la respuesta es sí, deberías haberle dicho que ibas a venir. O que habías llegado. Y si no querías que yo se lo dijera, deberías habérmelo advertido. Si te ha regañado, la culpa es tuya. No acepto ninguna responsabilidad sobre ese tema.

Del la sorprendió echándose a reír.

—Siempre has sido una mujer asertiva.

En el pasado, era simple fanfarronería. Pero le gustaba pensar que la vida le había dado un poco más de experiencia, incluso de sustancia, para respaldar aquella asertividad.

Llegaron al lago. Del giró entonces hacia el camino que conducía hacia las cabañas de alquiler que estaban en el extremo más alejado. Maya continuó caminando con él. El día era soleado y prometía ser también caluroso. Agosto solía ser el mes más caluroso del verano en Fool's Gold. En las montañas, el otoño no tardaba en llegar, pero no sucedía lo mismo en el pueblo.

A lo largo de la orilla del lago Ciara, al sur de la posada Golden Bear, había un grupo de cabañas, viviendas que iban desde pequeños estudios a casas de tres dormitorios. Cada una de las cabañas tenía un porche desde el que poder disfrutar de las vistas del lago. La urbanización contaba con una zona de juego para niños, una barbacoa comunitaria y un fácil acceso a pie hasta el pueblo.

Del la condujo hasta una de las cabañas más pequeñas. Tenía un porche sorprendentemente grande en el que había espacio más que suficiente para sentarse.

—¿No has alquilado una suite en el Ronan's Lodge? —le preguntó Maya mientras se sentaba en la silla que le ofrecía.

Él se sentó a su lado.

—Ya tengo que ir a bastantes hoteles cuando viajo. Esto es mucho mejor.

—Pero no tienes servicio de habitaciones.

Del la miró y arqueó una ceja.

—¿Crees que no sé cocinar?

Habían pasado diez años desde la última vez que se habían visto, pensó Maya.

—Supongo que no sé mucho sobre ti.

Había faltado un «ya». No lo había dicho, pero lo había pensado. Porque en otro tiempo lo sabía todo sobre él. No solo conocía sus esperanzas y sus sueños, sino también cómo reía, cómo besaba y cómo sabía.

El primer amor siempre era intenso. Pero el suyo había sido intenso y mucho más. Con Del, por fin se había permitido albergar la esperanza de que quizá no tuviera que terminar sola. De que quizá, solo quizá, fuera posible creer que tendría a alguien a su lado. Que cuidara de ella. A quien le importara.

—Para empezar, sé cocinar —dijo Del, haciéndola volver al presente—. Hubo una cancelación en el último momento y así pude conseguir la cabaña.

Había un par de niños jugando cerca del agua. Su madre les observaba sentada en una manta en la hierba.

—Van a empezar a hacer ruido.

—No me importa. Me gusta tener niños cerca. Ellos no saben quién soy y, si lo saben, les importa muy poco.

Pero a otra gente sí podía importarle, pensó Maya, preguntándose hasta qué punto le resultaría difícil la fama.

Del se había forjado un nombre en el circuito de los deportes extremos. Del descenso de montaña en tabla de nieve había pasado al surfeo aéreo. Se había convertido en el rostro de un deporte cada vez más popular y la prensa le había perseguido intentando averiguar qué interés podía tener alguien en saltar de un avión con una tabla atada a los pies y dedicarse a dar vueltas y giros durante el descenso.

Tras unos cuantos años siendo el niño mimado de los medios de comunicación, Del había hecho un nuevo cambio de vida, diseñando una tabla mejor y montando la empresa que las construía. Aquel movimiento le había hecho todavía más mediático, por lo menos en el mundo de los negocios, y se había convertido en un invitado popular en muchos programas de economía. Cuando había vendido la empresa y había abandonado aquel mundo con dinero, pero sin anunciar un destino claro, se había convertido en una especie de leyenda. En un temerario que estaba dispuesto a vivir la vida a su manera.

Ella también había deseado aquello en otra época. No el peligro, pero sí el hacerse famosa. Aquella habría sido una de las ventajas de estar delante de la cámara. Para Maya lo importante no habría sido el dinero o la posibilidad de conseguir una reserva en un restaurante de moda, sino la sensación de pertenencia. De saber que otros se preocupaban por ella, de saberse, en cierto modo, una persona valorada.

El tiempo y la madurez la habían ayudado a comprender la falacia de aquel argumento, pero el vacío y la necesidad de reconocimiento nunca la habían abandonado por completo. Pero como aquel sueño había terminado, tendría que encontrar otro que le permitiera hacer las paces con el pasado.

–¿En qué estás pensando? –le preguntó Del.

Maya sacudió la cabeza.

–En nada. Me estaba poniendo demasiado filosófica para ser tan temprano –bebió un sorbo de café–. Así que has vuelto para pasar aquí el resto del verano y para ayudarnos con los vídeos de promoción. Quiero que sepas que te lo agradezco.

Del le dirigió una mirada que insinuaba que no se lo creía.

—De verdad —repitió—. Serás un gran promotor.

—Si tú lo dices.

—Yo lo digo.

—Yo he vuelto porque mi padre va a cumplir sesenta años y hacía tiempo que no veía a mi familia. ¿Y tú qué estás haciendo por aquí?

Una pregunta directa. Que decidió contestar directamente.

—Estaba cansada de lo que estaba haciendo. Hice mi tercer y último intento de trabajar en una cadena nacional —tomó aire—. La verdad es que no doy bien delante de las cámaras. Sobre el papel, debería ser perfecta. Soy lo suficientemente atractiva, cálida e inteligente, pero el caso es que no funciona. Tenía la opción de volver a dedicarme a los informativos, pero no conseguía motivarme. Vine a visitar a mis hermanastros y, mientras estaba aquí, la alcaldesa me ofreció el trabajo y lo acepté.

Había sido una oferta inesperada, pero no había dudado. Le apetecía salir de Los Ángeles y estar cerca de su familia. Jamás había considerado la posibilidad de que Del pudiera regresar.

Le miró con los párpados entrecerrados. ¿Aquello supondría alguna diferencia? Se había dicho a sí misma que no tenía por qué. Del solo iba a estar allí unas cuantas semanas. Conseguiría controlarse durante ese tiempo. Además, seguro que aquel cosquilleo era algo excepcional. Una reacción refleja a una visita imprevista del pasado.

Del había sido su primer amor. Era lógico que sintiera algo por él. Conocerle y quererle le había cambiado para siempre.

—Acerca de los vídeos... —comenzó a decir.

—Tienes muchísimas ideas.

—¿Cómo sabías lo que iba a decir?

Del la miró con los ojos brillando de diversión.

—Siempre tenías muchas ideas y eras muy enérgica a la hora de defender tus opiniones.

—Eso no es malo.

—Estoy de acuerdo. Me contabas tus ideas y después me explicabas por qué era un idiota por no hacerte caso.

Maya bebió otro sorbo de café.

—No creo que te llamara idiota —musitó.

—Pero lo pensabas.

Maya se echó a reír.

—Quizá.

Era una adolescente enérgica y decidida. Pero, en vez de considerar que aquella fuera una actitud irritante, Del siempre la había animado a explicarse. Quería saber lo que pensaba.

—Tuviste muy buenas ideas para mejorar los recorridos turísticos por el pueblo —le dijo—. Estoy seguro de que también las tendrás para los vídeos. Y, por supuesto, yo también tengo alguna experiencia en el medio.

Podría haberse comportado como un canalla, pensó Maya, recordando cómo habían terminado las cosas entre ellos. Pero, por supuesto, si todavía continuara enfadado, se habría negado a trabajar con ella.

—¿Estás desafiando mi autoridad? —le preguntó en tono de broma.

—Ya veremos.

Maya miró el reloj.

—Tengo que ir a trabajar.

Sugirió un día y una hora para su primera reunión oficial, se levantó y regresó hacia el pueblo.

A medio camino, le entraron unas fuertes ganas de girarse. Para ver si Del la estaba mirando. Pero, al mirar por encima del hombro, descubrió que no. Se había metido dentro.

Estupideces. Se dijo a sí misma. Como lo del cosquilleo. Si las ignoraba, desaparecerían. Por lo menos, ese era el plan.

Del terminó el café y después aceptó lo inevitable y condujo hasta la casa de sus padres. Mientras aparcaba en el largo camino de la entrada, se preparó para el irremediable drama. Porque se trataba de su familia y su familia nunca era fácil.

Aparcó y se dirigió a la puerta. La enorme casa tenía el aspecto de siempre, era una casa amplia rodeada con un enorme jardín. En el jardín trasero estaba el taller de su padre, con dos líneas de ventanas enmarcadas en acero para que entrara la luz.

Ceallach también tenía un estudio en el otro extremo del pueblo para cuando necesitaba alejarse.

Su padre era un famoso artista del vidrio. Mundialmente famoso. Cuando era bueno, era el mejor. Pero cuando bebía…

Del intentó sacudirse los malos recuerdos, pero eran persistentes. Su padre ya llevaba varios años sobrio. Ya no era capaz de destrozar todo un año de trabajo en una sola tarde de borrachera y dejar a su familia desesperada y en la ruina. La situación había mejorado. Pero para los cinco hijos de Ceallach ya era demasiado tarde.

Un ladrido feliz le hizo volver al presente. Una beagle de color marrón, negro y blanco salió por uno de los laterales de la casa y corrió hacia él. Sophie ladraba de felicidad mientras se dirigía hacia él.

—¡Eh, pequeña! —le dijo, levantándola en brazos.

El cachorro se deslizó en sus brazos, intentando acercarse a él y lamerle al mismo tiempo.

—No creo que te acuerdes de mí —le dijo al perro—. Pero creo que serías capaz de darle la bienvenida a un asesino en serie.

Sophie le brindó una sonrisa perruna en señal de agradecimiento. Del la dejó en el suelo y la siguió hasta la puerta de la entrada. Su madre abrió antes de que hubiera podido llamar a la puerta y sacudió la cabeza.

—¿No podrías haberte afeitado?

Del se echó a reír y la abrazó.

—¡Hola, mamá!

Elaine le abrazó con fuerza y volvió a sacudir la cabeza.

—En serio, ¿qué daño puede hacerte utilizar de vez en cuando una cuchilla?

Del se frotó la mandíbula.

—La mayoría de las madres quieren hablar de sus nietos.

—Tampoco me importaría. Vamos —le sostuvo la puerta abierta.

Del entró en su casa y volvió al pasado. Apenas había cambiado nada. Los sofás del salón eran nuevos, pero estaban en el mismo sitio. Había obras de su padre por todas partes, todas ellas colocadas con cuidado y aseguradas para que ni Sophie ni su nerviosa cola pudieran hacerles ningún daño.

Del se volvió hacia su madre. Elaine había conocido a Ceallach Mitchell a los veinte años. Según ella, había sido amor a primera vista. Su padre nunca le había contado su versión de la historia. Se habían casado cuatro meses después y Del había nacido al cabo de un año. Le habían seguido cuatro hijos más, todos ellos con un año de diferencia. Los últimos habían sido los mellizos.

Su madre tenía el aspecto de siempre, con aquella melena negra y hasta los hombros y su pronta sonrisa. Pero al observarla con más detenimiento descubrió algunas diferencias. Estaba algo mayor, pero había algo más. Parecía cansada, quizá.

—¿Estás bien, mamá?

–Sí, estoy bien. Pero no estoy durmiendo tan bien como antes –se encogió de hombros–. Supongo que es el cambio.

Del no estaba seguro de a qué cambio se refería, pero no iba a seguir por allí. Sin embargo, en vez de dar un paso atrás y salir corriendo, se sentó en el sofá. Sophie saltó a su lado y se instaló en su regazo.

Su madre se sentó frente a él.

–¿Cuánto tiempo piensas quedarte en el pueblo?

–Durante lo que queda del verano. Me pediste que viniera para el día del cumpleaños de papá. He llegado antes.

–Tu padre se va a poner muy contento.

Del no estaba tan seguro. Ceallach podía ser un artista brillante, pero también era un hombre de mucho carácter. A él lo único que le importaba era el arte. Todo lo demás quedaba en un lejano segundo plano. Era una forma de vida inferior. No tenía ni interés ni paciencia para las vidas y las aspiraciones de los simples mortales.

–¿Has venido solo? –le preguntó su madre.

Del asintió. La última vez que había vuelto a su casa había llevado a Hyacinth. Estaba convencido de que iban a consolidar su relación. Pero no había sido así. Ella no era capaz de comprometerse con un solo hombre y él había sido incapaz de aceptar aquella ristra de lo que ella juraba eran solo amantes sin la menor importancia que entraban y salían de su cama. Aunque a Del le habían repugnado aquellos engaños, le había parecido peor su deslealtad.

–Esta vez viajo ligero de equipaje –le contestó a su madre.

–Del, tienes que sentar cabeza.

–Nunca he querido sentar cabeza.

–Ya sabes a lo que me refiero. ¿No quieres formar una familia?

–¿Al final vas a sacar la carta de los nietos?

Elaine sonrió.

–Sí. Ya va siendo hora. Tu padre y yo llevamos treinta y cinco años casados y ninguno de mis hijos se ha casado todavía. ¿Por qué será?

Del no podía hablar por sus hermanos. Él había estado enamorado dos veces en su vida, la primera de Maya y después de Hyacinth. Las dos relaciones habían terminado mal. ¿Y cuál era el común denominador? Él.

Su padre entró en aquel momento en el cuarto de estar. Ceallach Mitchell era un hombre de hombros anchos. A pesar de que faltaban solo unas cuantas semanas para que cumpliera sesenta años, todavía era un hombre fuerte. Poseía la fuerte musculatura necesaria para someter a aquellas enormes piezas de vidrio fundido. Del reconocía que su padre era un genio, no había nadie que negara su categoría. Pero también sabía que aquello tenía un precio.

–Del está en casa –dijo Elaine, señalando hacia el sofá.

Ceallach miró fijamente a su hijo. Durante un segundo, Del se preguntó si no estaría intentando averiguar cuál de sus hijos era.

–Ha venido para celebrar tu cumpleaños –añadió Elaine.

–Me alegro. ¿A qué te dedicas últimamente? ¿Al surf?

Del pensó en la tabla que había creado, en la empresa, en cómo la había vendido y en la impresionante cantidad de dinero que tenía en su cuenta corriente.

–En gran parte –dijo, dejando caer la mano para acariciarle a Sophie la barriga. La perrita se tumbó de espaldas y suspiró.

–¿Has visto a Nick? –le preguntó su padre–. Continúa trabajando en el bar, desperdiciando su talento. Es imposible hacerle entrar en razón. Yo ya he dejado de intentarlo.

Y, sin más, abandonó la habitación.

Del le siguió con la mirada.
–Yo también me alegro de verte, papá.
Su madre presionó los labios.
–No seas así –le dijo–. Ya sabes cómo es. Se alegra de que hayas vuelto.
Del no estaba tan seguro, pero no quería empezar una discusión. Nada había cambiado. A Ceallach solo le importaban su arte y las personas que tenían potencial como artistas. Y Elaine se interponía entre el mundo y él, haciendo las veces de parachoques y defensora.
–¿A qué te dedicas, por cierto? –preguntó su madre–. Sé que vendiste tu empresa. Felicidades.
–Gracias. Ahora estoy intentando decidir qué quiero hacer a continuación. Me han ofrecido trabajo como diseñador.
–¿Y piensas aceptarlo?
–No. Inventé la tabla yo solo. No soy un diseñador. Hay un par de inversores que quieren financiar mi próxima idea.
Y sería estupendo si tuviera alguna. Pero lo que más le apetecía hacer... Bueno, aquello no estaba saliendo como había esperado.
–Tienes tiempo para decidir lo que de verdad te importa.
Era una respuesta adecuada, pero Del volvía a tener la sensación de que escondía algo. Aun así, no iba a volver a preguntárselo. Los secretos eran algo habitual en la familia Mitchell. Y había aprendido muy pronto a esperar hasta que alguien decidiera compartirlos.
–Podrías trabajar para tu hermano –propuso Elaine.
–¿Para Aidan? –Del se echó a reír–. ¿En el negocio de la familia? No, gracias. Y no creo que le hiciera gracia que le ofrecieras mi ayuda.
–Está siempre muy ocupado. Sobre todo en verano.
No podía ni imaginar lo que diría su hermano si le

ofreciera su consejo. Tenían muy poco contacto. Del recordaba lo unidos que habían estado y no entendía lo que había pasado. Era cierto que él había estado fuera. Pero había enviado mensajes por teléfono y por correo electrónico.

Aquel problema lo dejaría para otro día, se dijo a sí mismo, y se levantó.

–Me alegro de verte, mamá –le dijo mientras se acercaba a ella y le daba un beso en la mejilla.

–Yo también. Espero poder verte a menudo mientras estés en el pueblo.

–Claro que me verás.

–Y aféitate.

Capítulo 3

El despacho de Maya estaba en el mismo edificio que la televisión local de Fool's Gold. Los estudios de los informativos tenían su propio edificio en el otro extremo del pueblo. Hasta entonces, Maya había agradecido aquella separación. Tener que ver a auténticos periodistas a diario le habría resultado deprimente. Y no porque quisiera trabajar como periodista. Pero no le gustaba verse frente al sueño que ella había abandonado. Aunque, en aquel momento, hasta enfrentarse a un oso salvaje y hambriento sería preferible a lo que estaba haciendo.

–No lo entiendo –protestó Eddie Carberry obstinada–. A la gente le gusta nuestro programa. ¿Te ha dicho algo alguna de las hermanas Gionni? Porque sé que les fastidia que estemos teniendo más audiencia que ellas. ¿Quién quiere ver pelo cuando puede ver traseros desnudos? Además, ellas tienen un programa cada una porque están enfadadas, así que hacen dos veces lo mismo.

–Son programas sobre peluquería –señaló Gladys–. Aunque ver a alguien utilizando un rizador de pelo tampoco tiene ningún interés.

Eddie y Gladys tenían que estar bien entradas en los setenta. Eran dos mujeres llenas de energía y muy decididas, pensó Maya sombría. ¿Sería la alcaldesa consciente de la imposibilidad de la tarea cuando la había contratado? Porque ella siempre había pensado que la alcaldesa era su amiga. Pero a lo mejor se había equivocado al valorar aquella relación.

—Peluquería o no peluquería, el pelo es pelo. Lo que hacemos es mucho más interesante y Bella y Julia no lo soportan.

Eddie puso los brazos en jarras. Como llevaba un chándal de falso terciopelo de color amarillo brillante resultaba más cómica que intimidante, pero el brillo de sus ojos invitaba a Maya a guardar las distancias.

Continuó sosteniendo el documento que tenía en las manos.

—He pegado y cortado las frases de la web del gobierno —le dijo con firmeza—. Está muy claro. La FCC define como obscenos el «lenguaje o contenidos que representen o describan órganos sexuales o excretores o actividades relacionadas con ellos en términos manifiestamente ofensivos en relación con los estándares reconocidos por la comunidad para los medios audiovisuales».

—¿Qué quiere decir con «excretores»? —preguntó Gladys.

—¿A ti qué te parece? —Eddie le dirigió una mirada significativa.

Gladys arrugó la nariz.

—¡Puaj! Yo jamás haría algo así. ¿Y qué me dices de la libertad de expresión? ¡Nosotras apelamos a la Primera Enmienda!

—Eso —añadió Eddie—. Tenemos derecho a la libertad de expresión.

Maya revisó sus notas.

—La ley dice que no podéis mostrar traseros desnudos en horarios en los que pueda haber niños viendo la televisión.

Gladys y Eddie intercambiaron una mirada.

—¿Entonces no podemos enseñarlos a las cinco de la tarde pero sí a las once de la noche? —preguntó Eddie.

Maya reprimió un gemido.

—Preferiría que no los enseñarais en ningún momento.

—Pero tú no eres nuestra jefa —señaló Eddie—. ¿Y qué pasa con esos otros programas en los que salen traseros?

—Son a partir de las diez —añadió Gladys—. Así que nosotras enseñaremos los de nuestro programa a las once. Es un compromiso excelente.

Que Maya esperaba estuviera dispuesta a aceptar la alcaldesa.

—Pero no a las cinco —les aclaró—. Supongo que no querréis que la FCC os suspenda el programa o cierre la emisora. Si tenemos que pagar una multa nos quedaremos sin presupuesto y entonces no tendríais ningún programa en absoluto.

—Tu trabajo consiste en asegurarte de que eso no suceda.

—No, mi trabajo consiste en controlar los programas de la televisión local. Y el vuestro en respetar las normas.

Eddie le sonrió.

—Tienes agallas. Eso me gusta. Me acuerdo de cuando eras adolescente y estabas esperando para ir a la universidad. Y mírate ahora, toda una adulta.

—Señoras.

Una voz de hombre las hizo volverse. Al ver a Del, Maya estuvo a punto de arrojarse a sus brazos. Y no solo por la emoción de verle, sino por la distracción que suponía, que era algo mucho mejor.

—¡Del! —Gladys corrió hacia él—. Has vuelto.

—Exacto.

Envolvió a Gladys en sus brazos y la abrazó. Después se volvió hacia Eddie. Tras darles a las dos un beso en la mejilla, les guiñó el ojo.

—¿Ya estáis causando problemas?

—Como siempre —contestó Eddie con orgullo.

Maya sacudió la cabeza.

—Pero ya se han acabado los problemas. Las dos se han mostrado de acuerdo en no mostrar traseros desnudos antes de las once. Toda una victoria para las normas de decoro en la televisión.

Eddie aspiró con fuerza.

—Pero, a partir de las once, serán todo traseros. Del, danos una fotografía del tuyo. Tenemos un concurso en el que la gente tiene que adivinar a quién pertenece cada trasero. Hace años que nadie ve el tuyo. Sería divertido.

Del soltó una carcajada y las abrazó.

—Os he echado de menos a las dos. No he encontrado a nadie como vosotras en ninguno de los países por los que he viajado.

—Si de verdad lo piensas, ¿por qué no vuelves y te acuestas con nosotras? Los setenta son los nuevos treinta y cinco.

La diversión de Del no se tambaleó.

—No hagamos promesas que no podemos cumplir —les advirtió.

—Nos está rechazando —respondió Eddie con un suspiro—. Los hombres son idiotas.

Gladys le palmeó la mejilla.

—Tiene razón, pero no podéis evitarlo.

Gladys y Eddie se despidieron con un gesto y salieron del despacho de Maya. Esta se sentó en su silla preguntándose si de verdad se habría resuelto aquel asunto con tanta facilidad o si en un futuro próximo volvería a ver traseros en televisión a primera hora de la tarde.

Del ocupó una silla vacía que había enfrente de la suya.

—¿De verdad están haciendo un concurso de traseros?

—Sí, y preferiría no hablar sobre ello. La alcaldesa está preocupada por una posible intervención de la FCC. He tenido que buscar sus regulaciones y todo eso. No es la parte del trabajo que más me guste.

Del miró hacia la puerta.

—Las he echado mucho de menos. Son una de las mejores cosas de este pueblo.

—¿En serio? A muchos hombres les dan miedo.

—Qué va. Son muy divertidas.

—Me pregunto si no deberíamos redefinir el término «diversión» —musitó.

Del se reclinó en la silla.

—Relájate. Les caes bien. Te harán caso.

—Espero que tengas razón. ¿Qué te trae por aquí? —todavía faltaban un par de días para su reunión.

Del se encogió de hombros.

—Estaba por el barrio.

No era difícil, pensó Maya. Fool's Gold no era un pueblo muy grande. Pero, aun así, le preguntó:

—¿Va todo bien?

Del vaciló durante el tiempo suficiente como para que Maya pensara que algo no iba bien antes de decir:

—Sí, genial. Ayer vi a mi madre. Ya no me puedes chantajear con eso.

—Como si te preocupara que lo hiciera. Ya que estás aquí, ¿quieres que hablemos de trabajo?

—Claro.

Maya sacó las dos carpetas que tenía sobre los proyectos.

—La alcaldesa y el consejo municipal quieren una campaña en dos partes. Una que apoye los esfuerzos del turismo local. Estoy trabajando con algunos funcionarios municipales en eso. El objetivo es sencillo: hacer vídeos que animen a la gente a visitar la zona.

Pensó en el formato del que habían hablado.

—Tú serás la estrella y el conductor de esos vídeos.

Del arqueó una ceja.

—¿Quieres decir que yo soy el que aporta el talento?

—Ya te gustaría.

Iba vestido como las otras dos veces que le había visto. Con unos vaqueros y una camisa informal. Tenía un aspecto relajado, como si se sintiera cómodo en cualquier ambiente. La barba la tenía un poco más poblada y el pelo algo más largo. Al igual que en las dos ocasiones anteriores, a la mente de Maya acudió la palabra «desaliñado». Pero en su versión sexy.

Se obligó a concentrarse en la conversación.

—La otra línea es una campaña celebrando el nuevo lema del pueblo: «Un destino para el amor».

—¿Entrevistando a personas que estén enamoradas? –preguntó.

—Sí, es lo más fácil –se mostró de acuerdo–. Tenemos una lista de posibles parejas, incluyendo una que lleva setenta años junta.

—Impresionante. ¿Y qué pretendes hacer? ¿Filmar en diferentes localizaciones mientras yo hablo sobre ellas?

—Más o menos, pero espero que se nos ocurra algo más original. Si los vídeos son interesantes, podemos utilizarlos en publicidad.

—O conseguir que aparezcan en las noticias locales.

—De eso no estoy tan segura. La media de duración de los reportajes en los informativos locales es de cuarenta y cinco segundos. Y en los nacionales de dos minutos y veintitrés segundos. Preferiría despertar el interés de *Good Morning America*.

—Hay mucha gente intentando aparecer en *GMA* –apuntó Del–. Tendremos que ser originales.

A Maya le gustó que no hubiera descartado la idea de inmediato. Qué raro era que estuvieran trabajando juntos, pensó. Hasta que no había regresado a Fool's Gold varias semanas atrás, no había pensado en Del en absoluto. Desde su vuelta, había estado presente en su cabeza, pero le había parecido algo lógico. Era difícil ignorar al único hombre del que se había enamorado al volver al escenario de la ruptura. Y, de repente, gracias a la alcaldesa Marsha, Del había vuelto a su vida.

Se preguntó si él pensaría alguna vez en el pasado. Antes de su reencuentro, ella había imaginado que tendrían que aclarar las cosas. Pero Del no parecía afectado por lo que había pasado entre ellos. Y la verdad era que tampoco a ella se le ocurría la manera de abordar el tema.

«Eh, Del, siento haberme portado tan mal al romper contigo». No, eso no iba a ocurrir. Quizá lo mejor fuera esperar a ver si había alguna manera más natural de tener aquella conversación.

–¿Tienes contactos con alguna celebridad que podamos utilizar? –le preguntó Del.

–Yo hacía el trabajo de estudio en Los Ángeles –le explicó–. No conozco a muchos famosos.

–¿Lamentas no haber llegado a conocer a Ryan Gosling?

–El sufrimiento me impide dormir por las noches, pero lo estoy superando.

Del se echó a reír, pero no tardó en desaparecer la diversión de su rostro.

–¿Cómo es que renunciaste a los informativos?

Una pregunta que ella se había hecho miles de veces.

–Me tentó el diablo y renuncié –admitió, consciente de que era verdad–. Había ido abriéndome camino en las noticias locales, produciendo cada vez más reportajes. Me llegó el rumor de que había una oportunidad de ponerse delante de las cámaras –desgraciadamente, aquella solución no había durado mucho por su falta de química con la cámara–. Como no funcionó, me ofrecieron un trabajo. A toro pasado, estoy segura de que eso era lo que tenían previsto. Pero sabían que jamás habría dejado el trabajo que tenía por un trabajo de producción.

–¿Te arrepientes?

–No. Tomé las decisiones que quería y tengo que asumir las consecuencias.

–Y ahora estás aquí.

Maya sonrió.

–Y, hasta ahora, todo va bien.

–Excepto por Gladys y Eddie –bromeó.

–Encontraré la manera de conseguir que se ciñan a lo acordado sin desanimarlas. Me gusta que intenten traspasar los límites.

–¿Te estás poniendo de su lado?

–Estoy diciendo que la creatividad siempre debería apoyarse.

Comenzó a sonar el teléfono que Del guardaba en el bolsillo de la camisa. Lo sacó y miró la pantalla.

–Es la alcaldesa. Me dijo que te pidiera los vídeos que me hiciste –arqueó las cejas–. ¿Yo aparecí en tu programa sobre famosos?

–No –mintió sin poder contenerse–. Es curioso. No sé de qué me está hablando.

Los ojos oscuros de Del no revelaban nada.

–Debe de haberse confundido con alguna otra cosa.

–Estoy segura de que es eso –bajó la mirada hacia la carpeta–. He pensado que podríamos hacer un segmento sobre Priscilla, la elefanta, y sobre su poni, Reno.

–¿Sobre quién?

Maya no estaba segura de si había funcionado su estrategia de distracción, pero si Del estaba dispuesto a fingir, también lo estaba ella. Antes de enseñarle sus vídeos, necesitaba que los viera una tercera persona. Alguien en quien pudiera confiar. Lo último que quería era que su exnovio y exprometido pensara que no había sido capaz de olvidarle desde hacía diez años.

Del cruzó el pueblo caminando. Maya y él habían quedado en comenzar con los vídeos al cabo de unos días. Ella todavía tenía que organizar el calendario de producción y alquilar el equipo. Aunque la cámara era importante, unas lentes adecuadas podían determinar el fracaso o el éxito de una grabación. Y Maya alquilaría las lentes que necesitaban.

Hasta entonces, no tenía ningún compromiso. Pero una vez había empezado a transitar por el camino del reencuentro familiar, bien podía continuarlo. Cruzó la calle y se dirigió a The Man Cave.

Aunque había un letrero en la entrada diciendo que la barra de deportes estaba cerrada, la puerta del bar estaba abierta. Entró y miró a su alrededor.

Las luces estaban encendidas, iluminando aquel enorme espacio. Los techos eran altos y había un segundo piso rodeado por una balconada. Habían apartado las mesas y las sillas para limpiar. Había dianas, mesas de billar y un escenario en una esquina. Una larga barra dominaba el espacio en el otro extremo.

Las paredes estaban cubiertas de recuerdos deportivos. Había pósteres, además de una camiseta del Tour de Francia, balones firmados y cascos de fútbol americano.

Su hermano salió desde un cuarto interior y sonrió.

—Me habían dicho que estabas muerto —le saludó Nick jovial.

—Ya te gustaría.

—Qué va. Me gusta ser el hermano mediano. Añade cierta simetría.

Se dieron un abrazo fugaz y Del estudió a su hermano. Tenía buen aspecto. Parecía haber madurado y sentirse cómodo en aquel ambiente. Fuera lo que fuera lo que Ceallach pensara de la profesión que Nick había elegido, este último no parecía tan preocupado como su padre.

—Siéntate —dijo Nick, apartando una de las mesas que estaban arrinconadas contra la pared y dos sillas—. ¿Quieres una cerveza?

—Claro.

Nick se metió detrás de la barra y sacó una cerveza de la nevera. Él se sirvió un refresco. Del estuvo a punto de preguntarle por qué, pero se dijo a sí mismo que su hermano trabajaba en un bar. Probablemente fuera mejor que no comenzara a probar la cerveza a primera hora de la tarde.

Nick regresó con las bebidas y se sentaron el uno enfrente del otro.

Su hermano medía casi lo mismo que él. Todos los hermanos Mitchell, con algún que otro centímetro de diferencia, tenían la altura de su padre. Nick era más musculoso que Aidan o Del. En parte por una cuestión genética y en parte por los materiales tan pesados con los que trabajaba. O con los que había trabajado en el pasado, pensó Del, preguntándose cuándo habría dejado de trabajar con el vidrio para ponerse a trabajar en un bar.

—¿Qué tal va el negocio? —le preguntó.

—Bien —Nick sonrió de oreja a oreja—. Al principio fue un poco difícil, pero ahora estamos muy ocupados. Hemos conseguido bastantes clientes. Una mezcla de turistas y gente del pueblo. El karaoke es muy popular —señaló el escenario—. Deberías venir a cantar alguna vez.

Del soltó una carcajada.

—Te aseguro que eso no va a pasar —miró a su alrededor—. ¿Cuánto tiempo llevas trabajando aquí?

—Desde que lo abrieron —pareció perder el buen humor—. No me vengas ahora con historias. Ya tuve que soportar a papá. No tienes por qué hablarme de eso.

«Eso» era el talento de su hermano, pensó Del. Porque, mientras que Aidan y él carecían del don de Ceallach, Nick y los mellizos tenían casi tanto talento como él.

Del alzó las manos.

—Muy bien. No diré una sola palabra.

Nick le fulminó con la mirada durante un segundo antes de suspirar.

—Le has visto, ¿verdad?

—Ayer.

—Utilizas el mismo tono de voz que Aidan cuando habla de papá.

—No hemos sido elegidos —contestó Del sin darle importancia.

Pensó en cómo había despreciado siempre Ceallach la pequeña empresa de rutas turísticas de su madre como si fuera algo insignificante, a pesar de que muchas veces había sido aquella empresa la que les había permitido llevar comida a la mesa. Por lo que había visto hasta entonces, su hermano Aidan había sido capaz de hacer crecer la empresa todavía más. Pero nada de eso parecía importarle a Ceallach.

—A ti te está yendo bien —dijo Nick—. Enhorabuena por haber vendido la empresa.

Del giró la cerveza.

—¿Cómo te has enterado?

—Leo la sección de negocios de los periódicos de vez en cuando. Aquí se han escrito grandes reportajes sobre ti. Del chico de pueblo que ha cosechado grandes éxitos. ¿Qué piensas hacer ahora?

—No tengo ni idea.

—¿Esa es parte de la razón por la que has vuelto a casa?

—Eso y el cumpleaños de papá.

—Que no es hasta dentro de varias semanas. Demasiado tiempo para dedicarte a mirarte el ombligo.

Del rio entre dientes.

—No es mi estilo. Estoy ayudando a Maya Farlow con unos vídeos promocionales del pueblo. Para apoyar el turismo y el lema del pueblo.

Nick arqueó las cejas.

—¿En serio?

—No es nada importante.

—Estuviste a punto de casarte con ella y cuando te dejó te fuiste del pueblo. Mamá se pasó semanas histérica. ¿Te refieres a la misma Maya?

—Sí, y gracias por el resumen que acabas de hacer.

—De nada —Nick le miró con atención—. ¿De verdad vas a trabajar con ella?

—Eso parece.

Del pensó en Maya. Se había convertido en una interesante combinación de la chica que él recordaba y alguien totalmente diferente. Seguía siendo una mujer muy atractiva, pero no era difícil encontrar mujeres bellas. También era inteligente y eso le gustaba. Para él, la conversación era tan importante como el sexo.

—Éramos amigos —le dijo a su hermano—. No hay ningún motivo para que eso tenga que cambiar. Además, agradezco lo que pasó.

—Una forma interesante de verlo.

Del pensó en la vida que había planeado. Antes de lo que había pasado con Maya, estaba dispuesto a dirigir la empresa de la familia y a pasar el resto de su vida en Fool's Gold.

—Gracias a ella, he podido viajar y ver mundo. Hay muchas cosas interesantes ahí fuera. Si me hubiera quedado, mi vida habría sido muy triste.

—¿Incluso con Maya?

No podía contestar a aquella pregunta. Y tampoco quería intentarlo. Si Maya se hubiera casado con él...

Durante un segundo, se permitió a sí mismo imaginar una casa con jardín y un par de niños. Y a Maya embarazada de un tercero. ¿Habría sido feliz con ella? ¿Con ellos?

Diez años atrás, habría jurado que la respuesta era sí. En aquel momento, aunque continuaba deseando casarse y tener hijos, no sabía si sería capaz de establecerse en un solo lugar.

–Soy feliz –dijo con firmeza. Quizá se sintiera solo, pero, aun así, era feliz–. Lo que hubo entre ella y yo terminó hace años. Soy capaz de trabajar con Maya sin ningún problema.

Nick agarró su refresco.

–Me resulta difícil creer que la hayas perdonado, pero me parece bien. Aplaudo la madurez de tu respuesta ante el regreso de Maya al pueblo, aunque reconozco que me sorprende un poco –sonrió–. ¡Eh! A lo mejor puedes hacer que vuelva a enamorarse de ti y después la dejas.

–¿Desde cuándo eres tan vengativo?

Un músculo se tensó en la mandíbula de Nick.

–Son cosas que pasan.

Del pensó en preguntarle a qué se refería, pero imaginó que Nick se lo contaría cuando estuviera preparado para hacerlo.

–Gracias por la sugerencia de la venganza, pero no, gracias. Si quisiera castigarla por lo que me hizo, significaría que no lo he superado. Y claro que lo he superado. Por completo.

Él era hombre de una sola mujer y todavía estaba buscando a la mujer de su vida. En dos ocasiones creía haberla encontrado. Primero en Maya y después en Hyacinth. Una de las cosas que ambas mujeres le habían enseñado había sido la importancia de la sinceridad. Con su pareja y consigo mismo. Tanto Maya como Hyacinth le habían mentido. Cada una a su manera, pero las dos le habían ocultado la verdad. Si una mujer no era capaz de ser franca y sincera, no le interesaba.

Nick alzó su vaso.

–Por haberla olvidado.

Del alzó la botella. Sabía a quién se refería Nick en su caso, pero se preguntó en quién estaría pensando su hermano. Era probable que no pudiera averiguarlo. La suya era una familia rica en secretos.

El rancho Nicholson había pertenecido a la familia Nicholson durante más de cinco generaciones. Maya no sabía el número exacto. De lo que estaba segura era de lo mucho que la había impresionado cuando lo había visto por primera vez doce años atrás. Entonces ella era una adolescente asustada de dieciséis años que siempre había vivido en Las Vegas. Pasar del yermo desierto al rancho había sido como algo salido de una miniserie de la PBS.

La casa de dos pisos le había parecido enorme. Había montones de árboles y pastos, caballos, ganado y cabras de cachemira.

A su madre le había tocado el gordo al conocer a Rick Nicholson. Habían estado saliendo durante dos semanas y se habían casado después en una iglesia móvil. Menos de mes y medio después, Maya y su madre lo habían dejado todo y se habían mudado a California. Maya no sabía entonces qué la aguardaba, pero todas sus esperanzas y sus sueños se habían visto cumplidos cuando había visto el rancho.

No le había importado que Rick no fuera particularmente amable. Ser ignorada por el marido de su madre era preferible a las atenciones que había recibido por parte de otros de sus novios. ¡Y tenía una habitación propia con un cuarto de baño! Tres comidas al día y dos hermanastros. Mientras que el hermano mayor, Zane, la había mirado con desprecio, Chase había sido adorable.

Y lo más increíble de todo había sido el pueblo. Fool's

Gold era un lugar limpio, hospitalario y acogedor. Había hecho amistades y había recibido la atención de profesores para los que no solo era un nombre más, sino que se preocupaban por lo que hacía. Por primera vez en su vida, se había permitido creer que había un futuro para ella. Se había atrevido a soñar con ir a la universidad.

En aquel momento estaba conduciendo por el rancho, dirigiéndose hacia la casa principal. Después del divorcio de Rick y su madre, Maya había seguido en contacto con Zane y con Chase. Y aunque la relación con Zane, más que de hermanastros, había sido de rivales, Maya no había perdido la esperanza. El mes anterior, se habían reconciliado y, gracias a ella, Zane se había enamorado total y completamente de la mejor amiga de Maya: Phoebe.

Maya aparcó, agarró el bolso y se encaminó hacia la casa. Llamó a la puerta y entró.

—¡Soy yo!

Phoebe, una mujer pequeña, morena y de cuerpo voluptuoso salió de la cocina y le sonrió.

—¡Qué bien! Me encanta que estés en casa.

Se abrazaron y Maya entró en la cocina, donde Phoebe le sirvió un vaso de té helado.

Maya se sentó en la vieja y baqueteada mesa y observó a su amiga mientras esta sacaba una ensalada de la nevera y unos sándwiches diminutos.

—No tenías por qué haber preparado nada —dijo Maya, a sabiendas de que Phoebe no podía evitarlo. Había nacido para cuidar a los demás.

—He pensado que a lo mejor tenías hambre.

Phoebe dejó la comida en la mesa y fue a buscar las servilletas y los platos.

Se movía con facilidad, como si hubiera vivido siempre en aquella casa. E, incluso mejor. Parecía contenta. Sus ojos castaños irradiaban felicidad. Estaba relajada. De vez en cuando, miraba el diamante que resplandecía en su mano izquierda, un bello solitario al que pronto acompañaría la alianza matrimonial.

Phoebe se sentó enfrente de Maya y sonrió.

—Cerramos el contrato del rancho y a mí me dieron mi comisión.

Maya tardó varios segundos en hacer la transición.

Hacía poco tiempo que Phoebe había vendido un rancho vecino a la superestrella de cine Jonny Blaze. Había sido la última venta de Phoebe como agente inmobiliaria antes de ir a vivir con Zane y, probablemente, la única que le había permitido ganar de verdad dinero. Hasta que no había surgido aquella venta inesperada, Phoebe estaba especializada en primeras viviendas, todo un desafío en un mercado inmobiliario en expansión como el de Los Ángeles.

—Eres rica —bromeó Maya.

—Desde luego, yo me siento así —Phoebe parecía emocionada—. No sé qué voy a hacer con el dinero. Zane me ha dicho que lo meta en una cuenta aparte. Dice que lo gané antes de la boda y que es solo mío.

Porque Zane siempre cuidaría de ella, pensó Maya, todavía asombrada de hasta qué punto había ablandado el amor a su hermano, siempre tan duro.

—¿Y vas a hacerle caso? —preguntó Maya.

Phoebe se mordió el labio inferior.

—Creo que el dinero debería ser para los dos.

—Zane tiene el rancho. Guárdate el dinero. Te sentirás mejor si tienes tus propios ahorros.

—Quizá.

—Vas a comprarle algo, ¿verdad?

Phoebe soltó una carcajada.

—Todavía no lo he decidido. ¿Y tú qué tal estás?

Maya le habló de los vídeos que pensaba hacer para el pueblo.

—Tendré que trabajar con Del.

Phoebe abrió los ojos como platos.

–¿Del? ¿El chico con el que estuviste saliendo al acabar el instituto? ¿El que quería casarse contigo?

Maya se movió incómoda en la silla. Ojalá fuera tan sencillo.

–El mismo –dijo, esperando parecer despreocupada y no culpable.

–¿Y cómo te sientes?

–No lo sé. Pensé que nos resultaría violento, pero parece que a él no le importa que tengamos que trabajar juntos en ese proyecto.

–¿Y a ti?

–Yo estoy confundida –Maya sacó la tableta de la bolsa–. Ya te conté que Del y yo nos enamoramos localmente aquel verano.

–Sí. Fue cuando saliste del instituto, ¿verdad?

Phoebe sabía suficiente sobre su pasado como para que Maya no tuviera que hablarle de su madre y de lo difícil que había sido su vida hasta que se había mudado a Fool's Gold.

–Yo le quería –le explicó Maya, sintiendo el nudo de la culpabilidad en el estómago–, pero estaba asustada. Tenía miedo de lo que podía significar el matrimonio. De terminar sintiéndome atrapada.

–Tenías miedo de convertirte en tu madre.

Maya asintió.

–Siempre supe que no habría ningún caballero andante que vendría a rescatarme. Que tendría que salir adelante yo sola. Pero con Del comencé a creerlo.

–No te bastó con quererle –asumió Phoebe con voz queda.

–No. Cuanto más nos acercábamos a la fecha de nuestra boda, más miedo tenía. Por fin tenía una oportunidad de ser libre. De hacer algo por mí. ¿Iba a renunciar a ella por un hombre?

Phoebe se inclinó hacia delante.

—¿Lo hablaste con él? ¿Hablaste de la posibilidad de que fuera a la universidad contigo, o de llegar a alguna clase de compromiso? ¿Le explicaste que estabas asustada?

—No —Maya tragó saliva—. Le dejé. Le dije que estaba aburrida de este pueblo y que no quería tener nada que ver con él. Después me marché.

La verdad era que había huido. Se había alejado de Del, de Fool's Gold. Parte de ella se preguntaba si no estaría huyendo todavía. El miedo era un potente catalizador.

—¡Uf! ¿Y no habías vuelto a hablar con él? —preguntó.

—No, hasta hace unos días, cuando apareció en el despacho de la alcaldesa.

—¿Y cómo estuvo?

—Bien, amable. Encantador. No dijo una sola palabra sobre lo que había pasado.

—¿Y tú cómo te sientes?

—Culpable —admitió Maya—. Como si tuviera que pedirle perdón. Pero la situación es complicada. Estamos trabajando juntos. No quiero que nos resulte embarazoso, pero sé que le debo una disculpa y una explicación. Aunque él lo haya superado por completo, necesito hacerlo por mí.

—Entonces tienes un plan.

—Sí. Y también necesito que veas un vídeo que hice. Es sobre él. No sé cómo es posible que lo haya visto la alcaldesa, pero el caso es que lo conoce y se lo comentó a Del, así que voy a tener que enseñárselo. ¿Puedes echarle un vistazo y decirme qué te parece?

Lo que de verdad quería era saber si había algún indicio de un amor no correspondido o algo que pudiera resultar igual de humillante. Pero no hacía falta que se lo dijera a su amiga. Phoebe comprendería lo que quería.

—Me encanta ver tu trabajo —dijo Phoebe—. Veamos esa brillante creación.

Maya dejó la tableta en la mesa, después abrió el vídeo. Mientras Phoebe lo veía, ella se acercó al cuarto de estar y se fijó en los cambios que había hecho su amiga.

Las butacas de *chintz* y el sofá rojo habían sido sustituidos por enormes sofás cubiertos de telas cálidas y prácticas. Habían pintado las paredes y colocado algunas obras de arte. Y había jarrones con flores frescas por toda la habitación.

Phoebe no podía evitar mejorar todo cuanto tocaba, pensó Maya, envidiando un poco aquel talento. Su amiga nunca había sido una mujer ambiciosa y siempre había soñado con tener un lugar en el que echar raíces.

Se habían conocido en la universidad. Phoebe siempre lo contaba como si Maya la hubiera rescatado de la oscura soledad, pero Maya sabía que había sido al contrario. Su amiga había sido como una roca, una de las pocas relaciones estables con las que había podido contar.

Zane también había estado allí, pensó. A su malhumorada manera. Y Chase. Pero Chase era un niño y Zane y ella habían tenido algunas épocas complicadas. Ser amiga de Phoebe siempre había sido muy fácil.

Phoebe alzó la mirada de la tableta.

—Tienes un gran talento. Me encanta. Es como si hubieras dado vida a Del. No le conozco y ya me cae bien. Me encanta cómo nos haces acompañarle durante ese viaje en el que pasa de ser una estrella de los deportes extremos a convertirse en un genio del mundo de los negocios —miró el reloj—. ¿Y en cuánto tiempo? ¿Tres minutos? No tienes que preocuparte por nada. Es una historia impresionante contada por una profesional.

Maya volvió a la mesa y miró la tableta.

—Gracias. No me merezco los cumplidos, pero los acepto porque los necesito —se interrumpió—. Entonces, ¿no hay nada…?

Phoebe negó con la cabeza.

—No se ve nada relacionado con un amor no correspondido ni un amor secreto. No te preocupes.

—Gracias —Maya guardó la tableta en el bolso—. Pero ya está bien de hablar sobre mí. Cuéntame cómo va la boda. ¿Ya estás histérica?

—No, pero gracias a la terapia —Phoebe sonrió de oreja a oreja—. En realidad, no creo que tenga por qué ponerme histérica. Dellina Ridge está a cargo de todo y es una persona muy detallista. ¡Ah! Y eso me recuerda... Pronto tendremos que quedar para probarnos los vestidos. En cuanto lleguen a la tienda, te avisaré.

Phoebe solo quería tener una dama de honor, y era Maya. Chase y su hermano la acompañarían. Sería una boda familiar, pensó Maya, conmovida todavía por aquella decisión.

—Estoy deseando que llegue el día —le dijo.

Y era cierto. Quería estar allí cuando Phoebe se casara con Zane. Quería formar parte de aquel momento. Podría no haber conseguido el trabajo que anhelaba, pero sabía que volver a Fool's Gold había sido bueno para ella.

Una hora después, Maya abrazó a Phoebe para despedirse de ella. Antes de dirigirse a su coche, pasó por el establo. Zane tenía allí su oficina. Encontró al que había sido su hermanastro trabajando en el ordenador. Cuando la vio, sonrió.

—Phoebe me había comentado que ibas a pasarte por aquí. ¿Te ha dicho ya si llegará pronto el vestido?

Maya se quedó mirando fijamente a aquel hombre que siempre le había parecido tan rígido y exigente.

—¿En serio? ¿De verdad quieres hablar de los vestidos de la boda?

—Si es importante para Phoebe, también es importante para mí.

Maya sonrió y se sentó en la silla que tenía Zane para los visitantes.

—¿Es frío lo que siento subir desde las profundidades del infierno?

—Solo intento preocuparme de las cosas que de verdad importan.

Maya apenas podía creer cómo había cambiado el viejo y odioso Zane. Aunque la verdad era que nunca había sido ni viejo ni odioso. Él solo había intentado mantener a la familia unida tras la muerte de su padre y ni ella ni Chase se lo habían puesto fácil. Su hermano siempre había sido difícil de manejar y ella disfrutaba provocando a Zane.

Le observó en aquel momento, fijándose en las atractivas líneas de su rostro. En realidad, no eran parientes de sangre y solo habían vivido en la misma casa durante dos años. Podrían haber llegado a enamorarse. Pero lo cierto era que, desde el momento en el que había puesto los ojos en él, le había visto como a un hermano. Un hermano severo y desquiciante, pero parte de su familia en cualquier caso. Y, por lo que podía decir, él había pensado lo mismo de ella. Salvo por lo de la rigidez.

Y gracias a eso había podido enamorarse de Phoebe. Algo que continuaba haciéndola muy, muy feliz.

—Quiere que habléis del color de las almendras de Jordania. No sabe si las quiere lila, azul claro o malva.

Zane lo anotó en una libreta.

—Hablaré con ella más tarde.

Maya parpadeó.

—¿En serio? ¿Así, sin más?

—Claro.

Maya sacudió la cabeza.

—Estás loco por ella. Lo de las almendras de Jordania es mentira. Solo estaba intentando fastidiarte.

Zane curvó los labios en una sonrisa.

—Estaré encantado de ayudarla a decidir. En cuanto me entere de a qué te estás refiriendo.

—Dios bendiga a Google.

—Desde luego —la miró con atención—. Me alegro de tenerte por aquí, Maya.

—Y yo de estar aquí.

Pensó en la conversación que había mantenido con Phoebe. En lo a salvo que se había sentido cuando había ido a vivir a Fool's Gold. Y en cómo se habían preocupado sus profesores de que consiguiera una beca para ir a la universidad.

—¿Fuiste tú? —le preguntó a su hermano—. ¿Fuiste tú el que financió mi beca?

Zane sacudió la cabeza.

—Lo siento, pero no. Debería haberte ofrecido ayuda, pero no se me ocurrió. Por aquel entonces no andábamos muy bien de dinero y no creo que mi padre hubiera aceptado.

Maya recordaba aquella época. Pero lo que para Zane era no andar muy bien de dinero era una situación infinitamente mejor que la de su madre.

—Es solo una duda. Sé que alguien puso el dinero, pero la alcaldesa nunca me dijo quién fue.

—A lo mejor esa persona quería preservar su anonimato. Deberías respetarlo.

Maya se echó a reír.

—¿Y por qué voy a tener que empezar a aceptar tus consejos?

—Cosas más raras suceden.

—A lo mejor, pero esta no va a ser una de ellas —se levantó, rodeó el escritorio y le dio un abrazo—. Tienes que ponerte a investigar sobre los diferentes tipos de almendras de Jordania, ¿de acuerdo?

—Por supuesto.

Y con aquella respuesta consiguió que le quisiera todavía más.

Capítulo 4

Del se sentó en las escaleras del porche de su cabaña. Ya era tarde, pero todavía faltaba mucho para que se pusiera el sol. La temperatura era cálida y los niños de la zona jugaban en la calle. Podía oír sus gritos, sus risas y sus burlas amistosas.

Era agradable estar sin hacer nada, pensó, recordándose que debería disfrutar del momento porque pronto se sentiría inquieto y tendría que ponerse a hacer algo. La pregunta era qué. Él no era un hombre de naturaleza emprendedora. Había terminado embarcándose en la empresa de tablas de surf aéreo buscando algo para sí mismo. A pesar de las muchas ofertas que había recibido para colaborar con otros, no tenía ningún interés en repetir su éxito.

Un elegante descapotable de color gris se detuvo al lado de su baqueteada furgoneta. El coche tenía matrícula de Los Ángeles y supo de quién era antes de que su ocupante saliera.

Durante los diez años anteriores, Maya había cambiado, había madurado como lo hacían las mujeres. Al igual que el coche era elegante, con hermosas líneas y una gran potencia. La analogía le hizo reír para sí. No creía que a Maya le hiciera gracia aquel cumplido.

Iba vestida con vaqueros, botas y una camiseta sencilla metida por la cintura del pantalón. Caminó hacia él con un bolso enorme colgado al hombro. Tenía un aspecto sexy y confiado. Una combinación casi irresistible.

Durante un segundo, mientras la miraba, recordó cómo era en el pasado. Cuando Maya no era una mujer tan decidida. Cuando le miraba con los ojos abiertos como platos y la boca le temblaba antes de que la besara.

Su primer encuentro había sido como la caída de un rayo, por lo menos para él. La había visto y la había deseado. Después, cuando había llegado a conocerla, había descubierto que le atraía todo de ella. Oírla reír hacía que el día le pareciera más luminoso. Se había enamorado locamente y, durante todo un verano, había estado convencido de que era la mujer de su vida.

Cuando Maya había aceptado su propuesta de matrimonio, él habría jurado que pasarían juntos el resto de su existencia. Había imaginado a sus hijos, el jardín de su casa y todo aquello que siempre acompañaba los finales felices. Cuando Maya le había abandonado...

—¡Hola! —le saludó Maya mientras se acercaba.

Del se esforzó en arrancar su mente del pasado y centrarla en el presente. Maya se detuvo en las escaleras del porche y sacó la tableta.

—He traído ese vídeo del que te habló la alcaldesa. He pensado que podría ayudarte a hacerte una idea de cómo trabajo.

¿El vídeo del que había dicho que no sabía nada? Curioso, pensó mientras se levantaba. ¿Por qué habría fingido no saber de él y después había cambiado de opinión? Pensó en preguntárselo, pero decidió que probablemente era una de esas cosas típicas de las mujeres y que era preferible no saberlo.

—Vamos a echarle un vistazo —contestó en cambio, y entró en la cabaña.

El interior era un espacio abierto amueblado de manera sencilla. La cocina y el cuarto de estar estaban en la parte delantera. Un pequeño pasillo separaba el dormitorio del resto de la casa. La única zona cerrada era el cuarto de baño.

Del se acercó a una mesa de comedor que había al lado de la ventana y se sentó. Maya le tendió la tableta, pero, en vez de sentarse a su lado, permaneció de pie, mirando por encima de su hombro.

–Solo tienes que apretar el botón.

–¿Estás nerviosa? –le preguntó sin volverse a mirarla.

–Un poco. Es mi trabajo.

Lo que significaba que tenía importancia para ella. Lo entendía, pero...

–Mi opinión no tiene por qué suponer ninguna diferencia.

–Tú eres el tema. Claro que me importa lo que puedas pensar.

Se alegraba de saberlo, pensó él mientras miraba la pantalla.

En la imagen congelada aparecía él justo antes de saltar desde un avión. Presionó para comenzar y el vídeo cobró movimiento.

Duraba unos dos minutos y Maya hacía la voz en *off*. El vídeo estaba basado en material fácil de encontrar en internet. Incluía fragmentos de entrevistas que le habían hecho cuando todavía formaba parte del mundo del deporte y otras de cuando se había convertido en empresario.

Cuando el vídeo terminó, se volvió para mirarla.

–Eso no era para tu programa de televisión.

Ella le dirigió una sonrisa nerviosa.

–No. Eras famoso, pero no tanto –se encogió de hombros–. No salías, a no ser que fuera para hablar de tu vida amorosa. Entonces sí que aparecías en el programa.

—Por lo menos de esa forma —contestó él con aire ausente, pensando en su relación con Hyacinth— una figura del deporte mundial consiguió capturar la atención de los medios, aunque solo fuera de forma periférica.

—Hice algunos trabajos por mi cuenta —añadió ella—. Trabajos como este que podían ser utilizados en programas locales matutinos.

Del volvió a mirar la tableta y pulsó la pantalla para volver a ver el vídeo. En aquella ocasión quitó el sonido y estudió las imágenes. Maya había seleccionado imágenes normales y corrientes y las había entrelazado montando algo mucho mejor que los vídeoclips individuales.

Era una buena editora, muy buena. Él mismo había rodado algunos vídeos y había intentado editarlos y el resultado había sido funesto.

—Muy bonito —dijo, señalando la pantalla—. Me gusta. Presentas las tomas de manera diferente o algo así.

Maya sacó una silla y se sentó a su lado.

—Tienes razón. Las acciones eran magníficas, pero tú no aparecías en el centro de la imagen. Te moví lo mejor que pude. Y también mejoré los planos subjetivos.

Continuó hablando y señalando la acción que se desarrollaba en la pantalla, pero Del ya no le prestaba atención. No, ya no. Era imposible, cuando podía inhalar la esencia de lo que imaginó era su champú, o quizá una crema. Maya nunca había sido aficionada a los perfumes. Aunque imaginaba que podía haber cambiado.

Desde luego, había cambiado lo suficiente como para resultarle intrigante, pensó. La línea de la mandíbula era más firme. El paso más decidido. Del no sabía a lo que había tenido que enfrentarse durante los últimos diez años, pero, fuera lo que fuera, la había transformado.

Era probable que también él hubiera cambiado, pero eso lo encontraba menos interesante. Sabía lo que le había pasado. No era nada particularmente cautivador.

Se volvió y miró aquellos ojos verdes. Diez años atrás, habría jurado que jamás la perdonaría después de lo que le había dicho. No le perdonaría su rechazo. Ni sus mentiras. En aquel momento, buscó dentro de sí algún vestigio de enfado o resentimiento y no lo encontró. Había pasado demasiado tiempo para que nada de aquello importara.

Maya era una mujer muy guapa. En otras circunstancias, podría haber sido una tentación. Pero, aunque había sido capaz de perdonar y continuar viviendo, no podía darle una segunda oportunidad. No cuando ella no le había dicho la verdad. Le había dicho que le amaba y quería casarse con él, pero le había mentido. Aun así, iban a trabajar juntos. Era lógico que fueran amigos.

—¿Quieres que cenemos juntos? —le preguntó.

Maya parpadeó.

—Vaya cambio de tema. ¿Ahora?

—Claro. Podemos ir a comprar un par de filetes y hacerlos a la barbacoa. Hay una barbacoa comunal al lado del lago. ¿Te apetece?

Maya le dirigió una sonrisa lenta y sensual que para él fue como un puñetazo en las entrañas.

—Sí.

Se levantaron y se dirigieron hacia la puerta.

—Espera —le pidió Maya. Volvió a buscar la tableta y la guardó en el bolso—. No puedo dejar mis aparatos fuera de mi vista.

Del asintió, porque le resultaba difícil respirar. Y, más todavía, hablar.

Sabía lo que significaba aquel puñetazo en las entrañas y pensaba ignorar el mensaje. Estaba dispuesto a olvidar el pasado, a trabajar con Maya y a ser su amigo. Pero no iba a ceder de nuevo a la tentación. Ni en aquel momento ni nunca.

Ya había pasado por aquello. Él era un tipo que miraba hacia adelante. Hacia el futuro. Y el futuro no la incluía a ella. Una vez había tomado una decisión, se negaba a dar marcha atrás. No iba a permitir que Maya volviera a su vida.

Maya dejó la ensalada en la mesa que Del había sacado desde la cocina a la zona de césped que había al lado de la cabaña. Desde allí disfrutaban de una clara vista del lago. Debido a la distancia a la que se encontraban las otras cabañas, era un rincón relativamente reservado. Podían oír a otras familias, pero no verlas ni ser vistos.

En otras circunstancias, Maya habría considerado que era un lugar muy romántico, pero sabía que no era así. Del y ella estaban colaborando entre ellos. Aquella era una relación de trabajo, algo que agradecía. Ambos eran profesionales. Respetaban la capacidad del otro. El hecho de que le considerara guapo y atractivo era agradable, pero no le servía de mucho. No era útil en absoluto. La amistad era mucho mejor. O, al menos, un terreno más seguro.

Regresó a la cocina para buscar la ensalada de patata y el vino que habían comprado. Tomó dos copas y salió justo en el momento en el que Del estaba anunciando que la carne ya estaba lista.

Se acercaron a la mesa y cada uno de ellos agarró una silla. Sacó unas tenacillas gigantes para colocar el filete de Maya en el plato mientras ella servía el vino. Desde una de las cabañas llegaba la música hasta ellos. En el agua, los niños gritaban y reían.

–Hay mucha gente por aquí –comentó ella mientras le tendía la ensalada de lechuga.

–Me gusta. Es divertido tener niños alrededor. Siempre tienen preguntas interesantes que hacer y mucha curiosidad sobre cómo es la vida en otras partes. Eso es lo que más me preguntaban cuando viajaba. ¿Los Estados Unidos son como salen en las películas? –sonrió de oreja a oreja–. Eso y si existe Lobezno.

–¿Y tú qué les decías?

–Que es muy buen tipo.

Maya soltó una carcajada.

–No sabía que erais tan amigos.

–No me gusta hablar de ello.

–Fool's Gold debe de resultarte muy pequeño –musitó Maya mientras cortaba la carne–. ¿Qué tal llevas lo de vivir lejos de tu gran amigo?

–No para de escribirme. A veces resulta irritante.

Maya asintió.

–Me lo imagino. Y, hablando de gente famosa, ¿has visto a tu padre?

–No seas aguafiestas.

–¿Debo interpretar eso como un sí?

Del se reclinó hacia atrás en la silla.

–Pasé por mi casa y vi a mis padres. Mi padre quería que habláramos de Nick y de su talento desperdiciado.

Maya recordaba que Ceallach siempre había preferido a sus tres hijos pequeños. Aquellos que habían heredado su talento.

–Supongo que puedes encontrar algún consuelo en el hecho de que siga siendo un hombre coherente.

–Qué optimista. Yo prefiero pensar en mi padre como en un… –alargó la mano hacia su vaso–. No tiene sentido seguir por ahí –bebió un sorbo–. Sí, vi a mi padre y parece que está bien –la miró–. ¿Vas a ayudar a mi madre a organizar la fiesta de cumpleaños de mi padre?

–Sí, me he ofrecido a ayudarla, ¿por qué?

–Porque es mucho trabajo para ella sola.

–Podrías encargarte de parte de él.

–Haré lo que pueda, pero ya sabes cómo es mi madre.

Encontrará defectos a todo lo que hago e intentará explicar de qué manera puede hacerlo ella mejor.

Maya suspiró.

—Sí, lo hará. A Elaine le gusta tenerlo todo controlado.

—Y a ti también.

—Ojalá. Hace tiempo que renuncié a controlarlo todo. Es un gaje de mi oficio. Hay millones de cosas que pueden salir mal en cualquier momento y he tenido que aprender a enfrentarme a ello.

—¿Por eso dejaste la televisión?

—En parte. La dejé porque estaba cansada de darme cabezazos contra una pared que nunca iba a ceder —frunció el ceño—. ¿Eso es lo que se supone que tiene que pasar? ¿Las paredes ceden? Como mucho terminan derrumbándose. Dios mío, odio no ser capaz de aplicar bien un dicho.

Del le sonrió.

—Me alegro de saber que no eres perfecta.

—Estoy muy lejos de serlo.

A miles y miles de kilómetros. Pero le gustaba estar con Del. Mucho más de lo que podría haber imaginado. Del siempre había sido un hombre agradable, pero ella había imaginado que, después de cómo había terminado su relación, podría haber algún tipo de tensión entre ellos.

Al parecer, no era así. Allí estaban, cenando juntos como viejos amigos. Mordió un trozo de carne. Quizá lo fueran. A lo mejor los dos habían superado lo ocurrido y el pasado ya no importaba.

—¿No ha habido ningún señor Farlow? —preguntó de pronto Del.

—Eh, no. ¿Y en tu caso?

—No, no hay ningún señor Mitchell —respondió él con los ojos brillantes de diversión.

Ella gimió.

—Ya sabes lo que quiero decir.

—¡Eh! Mi vida sentimental es de conocimiento público.

Sí, lo había sido, pensó Maya.

—Es lo que pasa cuando uno es medio famoso y comienza a salir con una atractiva figura del mundo del patinaje —respondió con delicadeza.

—Medio famoso —se llevó una mano al pecho—. Eso es disparar a matar.

Maya elevó los ojos al cielo.

—¡Ay, por favor! Ya sabes lo que quiero decir. Eras conocido, pero no salías todos los días en las revistas. Además, tú no tenías ningún interés en la fama.

—¿Estás segura?

Maya le estudió durante medio segundo y asintió.

—Completamente.

Del agarró su copa.

—Tienes razón. Cuando estaba saliendo con Hyacinth, esa parte nunca me gustó. Teníamos que hacer cosas para ser más conocidos y eso tampoco me gustaba —se encogió de hombros—. Las relaciones obligan a muchos compromisos.

Maya había percibido un matiz especial en su voz.

—Lo dices como si no fuera algo bueno.

—Puede ser bueno, hasta que un miembro de la pareja necesita que el otro vaya demasiado lejos.

Interesante, pensó ella. Aunque no tenía la menor idea de a qué se refería. Había oído decir que Del y Hyacinth habían roto; después, habían vuelto a estar juntos durante un corto periodo de tiempo antes de terminar su relación de forma definitiva un año atrás. Lo que ella no sabía era por qué.

Se había especulado con que uno de los dos había engañado al otro. Ella estaría dispuesta a apostar todo su dinero a que Del había sido fiel. A pesar de su vida nómada, era un hombre tradicional en el fondo. Un hombre de una sola mujer. No estaba segura de por qué lo sabía, pero estaba convencida hasta la médula.

—¿Y tú? —quiso saber él—. Tú has podido permitirte el lujo de mantener una vida privada. ¿A quién quieres despedazar mientras cenamos?

—A nadie —contestó con una sonrisa—. He tenido relaciones que no han funcionado.

—¿En caso contrario habría un señor Farlow?

—Por supuesto.

Había salido con algunos hombres, pero no había tenido una relación seria con ninguno de ellos. No, después de Del. Imaginaba cuál era la razón. Había descubierto muy pronto que no podía confiar en que nadie la rescatara. Iba a tener que cuidar de sí misma. Y aunque eso no tenía por qué ser algo malo, la había mantenido a una cierta distancia emocional de los hombres que había habido en su vida. Aquellos que habían buscado algo más se habían visto frustrados por su reticencia a arriesgar y a involucrarse en la relación.

Por desgracia, ser consciente del problema no parecía ayudarla a superarlo. Mientras continuara sin estar dispuesta a correr riesgos, jamás podría disfrutar de un final feliz. Una parte de ella creía de verdad que no estaba capacitada para amar a nadie, de modo que, ¿por qué intentarlo? Pero, si no lo intentaba, jamás podría conseguirlo. Toda una paradoja emocional.

—Y ahora que has vuelto, ¿qué fiesta estás esperando con más ganas? —le preguntó Del.

—¿Un sutil cambio de tema? ¿Esta es una pregunta para evitar que pueda preguntarte por qué no te has casado?

—Algo así.

Maya se echó a reír.

—Un hombre sincero.

—Lo intento.

Maya se lo pensó durante un segundo.

–Creo que la Feria del Libro es mi favorita.

–Una elección inesperada. Yo habría pensado que alguna relacionada con las fiestas más tradicionales.

–No, la Feria del Libro.

Porque durante el verano que habían pasado juntos, Del le había dicho que la amaba durante la Feria del Libro. Después habían hecho el amor en el dormitorio de Maya. Ella era virgen y Del no podía haber sido más considerado. Por no mencionar que silencioso, teniendo en cuenta que el resto de su familia dormía en el mismo piso.

Eran tan jóvenes, pensó con nostalgia. Tenían una confianza ciega en lo que sentían el uno por el otro. Estaban convencidos de que tenían un futuro en común. Aunque Maya sabía lo que había pasado y por qué, no podía evitar desear que las cosas hubieran sido diferentes. Que ella hubiera sido diferente.

Tampoco podía decir que se arrepintiera de haber ido a la universidad. Aquella había sido la opción correcta y era obvio que también Del necesitaba entonces alejarse de Fool's Gold. Ella, de manera inesperada, había sido la catalizadora de aquella marcha. Pero si pudiera retirar lo que le había dicho, lo haría.

–A mí, la fiesta que más me gusta es la de Los Tulipanes –dijo él.

Maya se le quedó mirando fijamente.

–¿En serio?

–Claro que sí. Son preciosos. Son el anuncio de la llegada de la primavera, del cambio de estación.

–¿La Fiesta de Los Tulipanes?

–¿Qué pasa? ¿Estás insinuando que a los hombres de verdad no les gustan las flores?

–Solo estoy diciendo que me sorprende.

–Así soy yo. Un misterio constante. A las chicas les gustan los hombres misteriosos.

—Si por lo menos tuvieras una cicatriz interesante...

—Lo sé. Me pasaba la vida esperando hacerme alguna herida que me dejara cicatriz, pero nunca ocurrió. Soy así de bueno.

Maya se echó a reír y la oportunidad de hablar del pasado y, quizá, de disculparse, pareció pasar. Pero lo haría, se dijo a sí misma. Aquella nueva versión de Del quizá no necesitara oírlo, pero ella necesitaba decirlo.

—¡Acción!

Del miró hacia la cámara sabiendo que, aunque pudiera sentirse incómodo, si miraba hacia cualquier otra parte no transmitiría como debía. Su trabajo consistía en implicar al espectador y eso le obligaba a establecer contacto visual.

—En Fool's Gold puedes saborear un buen vino —dijo, y levantó su copa con el merlot de la localidad.

A pesar de que apenas acababa de salir el sol, fingió beber un trago. Cuando aquello terminara, iba a necesitar más café.

El primer día de rodaje había comenzado a horas intempestivas y duraría hasta el anochecer. Habían comenzado con los vídeos más turísticos, mostrando todos los aspectos del pueblo. Maya y él tenían un calendario de rodaje muy apretado que les llevaría por todos los rincones de Fool's Gold. Aquella mañana iban a concentrarse en los vinos y después seguirían con un par de tomas por el pueblo. La tarde, en el momento más luminoso del día, la pasarían en los molinos de viento, a las afueras del pueblo. Y si la puesta de sol colaboraba, terminarían con una vista de la puesta de sol detrás del pueblo.

—Otra vez —le pidió Maya—. Espera un momento.

Se colocó detrás de la cámara, agarró una de las cajas

del equipo y comenzó a arrastrarla hacia él. Cuando Del comenzó a moverse para ayudarla, alzó la mano.

–No te muevas de donde estás. El encuadre es perfecto. No quiero tener que empezar otra vez –colocó la caja delante de él y comenzó a rodar.

–Muy bien. Coloca el pie izquierdo encima de la caja, como si estuvieses haciendo una media sentadilla. Quiero que te inclines hacia delante y que agarres la copa con la mano izquierda.

Del hizo lo que le pedía.

–Estoy incómodo.

–Eso no nos importa –respondió ella mientras volvía a colocarse detrás del trípode–. La imagen es genial. De verdad, genial. La cámara te adora. Ahora intenta amar tú a la cámara.

Dio media vuelta y ajustó uno de los focos, después, se volvió de nuevo hacia la cámara.

–Muy bien, inclínate hacia delante. Te encanta el vino. Y después vas a acostarte con Scarlett Johansson.

Del negó con la cabeza.

–No soy muy fan de Scarlett.

Maya le fulminó con la mirada.

–Del, todavía es pronto, pero puedo verme obligada a matarte. Lo digo solo para dejar las cosas claras.

–Eres una gruñona.

–Sí, y harías bien en recordarlo. Vino, sexo y acción.

Agarró la claqueta, cambió el número de toma, después la colocó delante de la cámara y cerró la claqueta.

–Cámara... y acción –le señaló.

Del vaciló un instante. Se sentía ridículo. Pero después, pensó obedientemente en el vino y el sexo. Pero, en vez de pensar en la muy atractiva señora Johansson, recordó lo que había sido besar a Maya.

Recordó la suavidad de sus labios. Una suavidad capaz de dulcificar a un hombre por mucho que deseara a la mujer en cuestión. Porque una boca tan suave merecía de mucha atención. De una lenta atención y exquisitos cuidados.

Aunque Maya y él se habían hecho amantes aquel mismo verano, él se había asegurado de dedicar una enorme cantidad de tiempo a besarla. Porque en ello había obtenido su propia recompensa. Y si hubiera sabido lo particular de una boca como la suya, la habría besado mucho más.

−¿Del?

Del maldijo en silencio y apartó los recuerdos.

−En Fool's Gold puedes saborear un buen vino.

Maya le hizo un gesto para que repitiera la frase.

Recitó la frase tres veces más, utilizando diferentes inflexiones, sonriendo unas veces y otras no. Cuando terminaron, alzó la mirada hacia la salida del sol.

−Debería tener el amanecer detrás −propuso−. Sería una imagen magnífica.

Maya miró hacia donde señalaba y negó con la cabeza.

−Demasiada luz. Con el equipo que tengo, no puedo controlarla. Además, con la inclinación del sol en este momento, tendríamos que cambiar la imagen y perderíamos el plano subjetivo.

−Es una toma genial −repitió Del−. Deberíamos intentarlo −como ella no contestó, añadió−: Yo también he grabado vídeos, Maya. Sé de lo que estoy hablando.

Esperaba que contestara algo así como que sus rodajes de aficionado no eran nada comparados con su experiencia profesional. Tenía la sensación de que, si él hubiera estado en su lugar, aquella habría sido su respuesta.

−De acuerdo −dijo Maya al final−. Lo haremos primero a mi manera y después como tú dices. Cuando volvamos al estudio y editemos las imágenes veremos cómo quedan. ¿Te parece bien?

Del asintió.

Maya movió la cámara de manera que el sol apareciera por encima del hombro de Del. Después, este apoyó el pie en la caja y alzó la copa de vino.

—A esta hora solo pienso en café —confesó mientras Maya alargaba la mano hacia la claqueta—. En litros y litros de café.

Maya se echó a reír y anunció que comenzaba la acción.

Maya todavía estaba agotada mientras entraba en The Fox and Hound para comer con Elaine. La sesión de rodaje del día anterior había durado hasta el anochecer. Habían conseguido muy buenas tomas, pero estaba exhausta. Y estaba segura de que también Del estaba cansado. Colocarse delante de la cámara podía no parecer un auténtico trabajo, pero hacía falta estar muy concentrado, además de pasar una enorme cantidad de tiempo de pie. Para el final de la jornada, apenas podía pensar, le dolía la espalda y estaba segura de que Del debía de estar igual que ella. Aquel día lo estaba dedicando a ponerse al día con el trabajo para así poder emplear todo el día siguiente en editar. Tenía curiosidad por ver cómo se reflejaban sus diferentes estilos a la hora de rodar en la pantalla.

Le habría gustado poder decir que sus imágenes serían mejores, pero llevaba el tiempo suficiente en aquel mundo como para saber que eso no siempre era posible saberlo. A veces, surgían imágenes de lo más inesperado. No a menudo, por supuesto, pero a veces ocurría. Sabía que Del podría sorprenderla.

Sonrió al ver que su amiga ya estaba sentada en una de las mesas.

—Hola —la saludó mientras se sentaba enfrente de ella—. ¿Qué tal estás?

Antes de que Elaine pudiera contestar, se acercó la camarera. Maya observó a aquella mujer de sesenta y pocos años e intentó reprimir una sonrisa. Tenía la sensación de que Wilma no había cambiado nada durante los últimos diez años.

Continuaba llevando el pelo corto y unas gafas apoyadas en la punta de la nariz. Masticaba chicle y parecía dispuesta a enfrentarse al mundo entero.

–Has vuelto –le dijo a Maya, y saludó después a Elaine con un gesto de cabeza–. Estamos haciendo un sándwich de carne asada con crema de rábano picante. El pan es de la panadería. Hacedme caso, si no os lo pedís es que sois tontas. ¿Y para beber?

Las dos pidieron té frío.

–Os daré un minuto para que echéis un vistazo a la carta –suspiró–. Nadie me hace caso.

Cuando se alejó, Maya se inclinó hacia su amiga.

–Creo que me voy a pedir el sándwich de carne asada. ¿Qué tal fue ayer el rodaje?

–Muy bien, pero fue larguísimo –Maya sacudió la cabeza–. Tu hijo puede llegar a ser muy cabezota. Parece que se ha olvidado que soy yo la profesional en este caso. Tiene ideas propias sobre cada localización.

–¿Buenas?

–Eso lo veremos cuando comencemos a editar.

Elaine sonrió.

–Por tu tono de voz, deduzco que crees que algunas de sus decisiones no han sido las adecuadas.

–Son cosa suya y, como te he dicho, ya lo veremos. A lo mejor resulta que es un genio en la sombra.

–Si lo fuera, no lo sería en la sombra. Confía en mí, ninguno de mis hijos mantendría su talento en secreto.

Wilma regresó con los tés. Cuando Elaine estaba pidiendo los sándwiches, Maya se fijó en sus ojeras. La miró con atención y no pudo evitar pensar que parecía cansada. No, cansada no. Pero algo le pasaba.

Maya esperó a que la camarera se marchara tras haberles dado a elegir entre fruta, patatas chips o patatas fritas y se fuera. Agarró el té, lo dejó de nuevo en la mesa y decidió plantear abiertamente la pregunta.

–¿Estás bien? –se esforzó en evitar que la pregunta resultara brusca–. A lo mejor es una locura, pero tengo la sensación de que te ocurre algo.

Elaine abrió los ojos como platos.

–¿Por qué lo dices?

–No tengo ni idea. ¿Me equivoco?

Elaine vaciló durante el tiempo suficiente como para que Maya fuera consciente de que no andaba descaminada, aunque no supiera lo que le pasaba.

–Cuéntamelo –le pidió con delicadeza–, por favor.

Elaine asintió.

–No tenía pensado contárselo a nadie. Se suponía que nadie debía darse cuenta.

En cualquier otra situación, Maya habría hecho alguna broma sobre su capacidad de percepción, pero en aquel momento no le pareció oportuno.

–Necesito que me prometas que no dirás una sola palabra a nadie –continuó su amiga–. Lo digo en serio, Maya. Tienes que jurármelo.

Maya era consciente del peligro de hacer una promesa como aquella sin saber lo que estaba ocurriendo. Aun así, no vaciló en contestar:

–Te prometo que lo mantendré en secreto durante todo el tiempo que tú decidas. Sea lo que sea.

–Gracias –Elaine le dirigió una trémula sonrisa que no tardó en desaparecer–. Tengo cáncer de mama. El tumor es pequeño y lo han descubierto a tiempo, pero, aun así, es un cáncer.

A Maya se le tensó el estómago, pero hizo un gran esfuerzo para que su reacción no fuera visible. La invadió el miedo por su amiga. Alargó la mano por encima de la mesa para tomar la de Elaine.

—Lo siento mucho, Elaine. ¿Cómo puedo ayudarte? ¿Qué puedo hacer para que te sientas mejor?

—Guardarme el secreto.

Maya tomó aire.

—¿No se lo vas a contar a Ceallach? —le preguntó en un susurro.

—No. Y tampoco a mis hijos. No quiero que lo sepan. No se lo tomarán bien y lo sabes. Lo último que necesito ahora es tenerlos a todos intentando hacer que me sienta mejor. Yo solo quiero superar todo esto.

Maya asintió, aunque no estaba de acuerdo con la decisión de su amiga. Era posible que Elaine necesitara todo el apoyo que su familia pudiera brindarle. Se estaba enfrentando a un diagnóstico preocupante y al consiguiente tratamiento.

Elaine le explicó cómo, al hacerse una mamografía de rutina, le habían detectado un pequeño bulto. Lo habían analizado y le habían diagnosticado el cáncer. Se interrumpió cuando Wilma regresó con los almuerzos.

—Ahora, a comer —ordenó antes de marcharse.

Maya miró su sándwich sabiendo que tendría que llevárselo a casa.

—Tenemos que comer —le advirtió Elaine—. No solo porque Wilma nos regañará si no lo hacemos, sino porque dejar de comer no va a ayudarme. Las dos necesitamos estar fuertes.

—Muy bien —Maya le dio un mordisco sin muchas ganas—. ¿Y cuál es el plan de tratamiento?

—Me extirparán el tumor y después tendré seis semanas de radio.

—Tienes que contárselo —dijo Maya con voz queda—. Tienen que saberlo.

—No, Maya. Te agradezco la intención, pero la decisión ya está tomada. Primero pasaré por todo el proceso y después se lo contaré a mi familia –la miró entrecerrando sus ojos oscuros–. Me has dado tu palabra.

–Lo sé y la mantendré.

Pero, aun así, sabía que su amiga se equivocaba. Ceallach y sus hijos querrían saberlo. Querrían estar a su lado para apoyarla.

–He alquilado un apartamento en el mismo edificio de la librería Morgan –le explicó Elaine–, para tener un lugar en el que descansar después de la radiación. He oído decir que el tratamiento puede dejarme agotada. Podré ir y volver a la clínica o como quiera que se llame para recibir el tratamiento, pero cuando me extirpen el tumor voy a necesitar ayuda.

Maya se obligó a masticar el pedazo de sándwich que había mordido, pero no le encontraba ningún sabor y sabía que no sería capaz de comer mucho más.

–Por supuesto. ¿Qué puedo hacer por ti?

–Llevarme allí y dejar que me quede después en tu casa. Me gustaría pasar allí una noche.

Porque tendría que recuperarse de la operación, pensó Maya.

–¿Puedes pedir que te operen un viernes? Así podremos decir que vamos a pasar un fin de semana de chicas y no tendrás que volver a casa hasta el domingo. Para entonces deberías sentirte mejor.

Elaine la miró agradecida.

–Gracias. Me dijeron que la operación no duraría mucho.

–Yo estaré allí durante todo el tiempo que haga falta.

Maya estaba más que encantada de poder ayudar a su amiga, pero se arrepentía de haberle prometido guardar el secreto. Elaine estaba cometiendo un error. Pero, de momento, parecía imposible quitarle aquella idea de la cabeza.

Capítulo 5

Del estudió la pantalla que tenía frente a él.

—Tenías razón —reconoció sin más—, la salida del sol no queda bien.

Maya apenas alzó la mirada.

—Hay demasiada luz y el emplazamiento no es el adecuado. Era imposible hacer una toma en la que estuvieras en el centro. Por eso la imagen parece descentrada.

Del comprendió que Maya había identificado el problema mientras que él no era capaz de definir cuál era el fallo, aunque había percibido que algo no andaba bien. Tras aquella explicación, pudo darse cuenta de que él no estaba en el centro de la pantalla. Aunque se suponía que tenía que ser el centro de la imagen, estaba desplazado hacia un lado mientras el sol aparecía resplandeciente tras él.

Esperó un segundo y preguntó:

—¿No vas a decirme «te lo dije»?

Maya continuó mirando la pantalla.

—Ya lo has dicho tú por mí —le miró por fin—. No pasa nada, Del. Yo me gano la vida con esto. El programa en el que trabajaba era tan modesto que yo tenía que hacer muchas más cosas que producir vídeos. Los editaba, escribía los textos y, a veces, manejaba la cámara.

–¿Quieres decir que debería cerrar el pico y apartarme de tu camino?

–No –le dirigió una débil sonrisa–. Quiero decir que para producir buen material hay que hacer algo más que colocar la cámara y apretar un botón. Mira esto.

Presionó una tecla para mostrar lo que Del había rodado y dejó que las imágenes avanzaran. No se oía sonido alguno, pero Del recordaba aquella toma. La habían grabado al lado de los molinos.

Él iba caminando, señalando y hablando. Todo parecía bien centrado, pero supo, de manera instintiva, que algo andaba mal.

–Es por la composición del plano subjetivo –le explicó Maya, utilizando su bolígrafo para señalar hacia la pantalla–. Como norma general, la pantalla está dividida en tres partes horizontalmente. La mirada del sujeto que aparece en la pantalla debería estar a la altura de esta línea –dibujó una línea imaginaria en la pantalla–. En esta toma estás demasiado bajo. No hay nada a la altura en la que debe situarse la mirada. Ni los molinos ni tú.

Tecleó otra vez para mostrar cómo había rodado ella esa misma escena. La cámara se centraba en él y, en aquella ocasión, su rostro aparecía allí donde debía. Después, la cámara se desplazaba y mostraba los molinos. Al final, las aspas ocupaban el centro de la imagen.

–Así de simple –dijo, y sacudió la cabeza.

–Hay algunas cosas más –le explicó Maya–. Cambiaste la configuración de la cámara en la misma escena. Rodaste la mitad de tu material en una definición estándar y la otra mitad en alta definición. Aunque es posible convertir la alta definición en estándar, es imposible hacerlo al revés. Como es posible que parte de este material se convierta en un anuncio de televisión, tenemos que rodar en alta definición. Si solo fuéramos a subirlo a una web sería diferente.

Alta definición en vez de definición estándar, pensó Del, recordando que su intención había sido asegurar la configuración y, sin embargo, la había cambiado.

—¿Por qué no me dijiste nada?

Maya se volvió hacia él. Estaban muy cerca. Lo suficiente como para que Del fuera consciente de la curva de su mejilla y de la forma de su boca. De aquellas pestañas oscuras que enmarcaban unos ojos verdes y enormes.

El deseo comenzó despacio, casi como algo remoto. Fue un suspiro, una insinuación que fue creciendo poco a poco. Pensó en cómo sentiría su piel contra sus dedos si la acariciaba. En la sensación de sus labios contra los suyos. Si la abrazara, ¿la sentiría tal y como la recordaba o habría cambiado?

Días atrás pensaba que cuando la viera estaría enfadado con ella, o que no sentiría el menor interés. Pero no era así. Estar con Maya era muy cómodo. Maya le desafiaba. Se llevaban bien. El deseo podía ser un problema, pero era un hombre adulto. Podría mantenerlo bajo control.

—Estabas muy decidido —respondió ella, haciéndole concentrarse de nuevo en la conversación—. Imaginé que sería más fácil dejar que hicieras lo que querías y vieras después el resultado. También pensé que, a lo mejor, tenías un talento natural.

Del soltó una carcajada.

—¿Estás diciendo que no lo tengo?

—Estoy diciendo lo mismo que te he dicho antes. Que no es tan fácil como parece.

Se volvió a la pantalla para buscar lo que ella había rodado. Del la observó mientras editaba los pocos segundos del vídeo. Después, le mostró el vídeo tal y como había quedado.

—Muy bonito —dijo Del cuando terminó—. La alcaldesa se va a poner muy contenta.

—Eso espero.

Del alzó la mirada hacia Maya.

—¿Estás bien?

Maya se tensó, pero se relajó al instante.

—Claro, ¿por qué lo dices?

—No sé —algo le ocurría, pero no podía imaginar lo que era. Las mujeres podían llegar a ser muy misteriosas—. ¿De verdad estás bien?

Maya le sonrió.

—Claro que sí. Y ahora volvamos al trabajo. A veces, grabar las imágenes es lo más fácil.

—Tú trabaja como si yo no estuviera —dijo. Se reclinó en la silla y la observó mientras trabajaba.

Era buena, pensó. Mejor que buena.

Por un segundo, pensó en la posibilidad de hablarle de su proyecto. De aquel que quería convertir en su próximo objetivo, pero que no había sido capaz de sacar adelante. Al contemplar el material sin editar que había grabado Maya supo que el problema había sido él. ¿Sería posible solucionarlo?

Estudió el perfil de Maya y se fijó después en la rapidez con la que manejaba el ratón. Tenía la sensación de que si su proyecto podía salvarse, ella era la persona indicada para sacarlo adelante, pero sacudió la cabeza. No, se dijo a sí mismo. Maya le caía bien. La respetaba. Pero no estaba dispuesto a confiarle algo así.

Al cabo de un par de minutos, Maya alzó la mirada hacia él.

—¿Vas a quedarte ahí sentado viéndome trabajar?

—Eso parece.

Maya sonrió.

—Pues yo creo que no. Te lo digo con todo el cariño del mundo, pero lárgate.

—¿Así sin más?

—Así sin más

—Ajá.

Del se levantó y se estiró.

—Cuando me vaya me echarás de menos.

Apareció algo en los ojos de Maya. Un sentimiento que desapareció rápidamente y que él no fue capaz de interpretar. ¿Le habría echado de menos antes? ¿Le habría echado de menos cuando había decidido poner fin a su relación de una forma tan brusca?

En realidad no importaba, se dijo a sí mismo. El pasado había quedado para siempre en el pasado. Él no creía en aquello del regreso al hogar, más bien, todo lo contrario. Porque él solo había vuelto para celebrar el cumpleaños de su padre. Durante los últimos diez años había aprendido muchas cosas. Y una de las más importantes era que él no quería regresar al pasado. Jamás.

Después de que Maya le echara, estuvo paseando por Fool's Gold. Sin saber muy bien cómo, se descubrió dirigiéndose hacia las oficinas de Mitchell Adventure Tour. A pesar de lo pequeño que era el pueblo, no había coincidido con Aidan desde que había llegado.

Mientras cruzaba la calle, se preguntó cuándo habría cambiado su hermano el nombre, añadiendo la palabra «Adventure». Y cuándo habría dejado su madre el negocio. Suponiendo que lo hubiera dejado. Del imaginó que quizá continuaba manejando el negocio tras bambalinas o llevando la contabilidad.

Cuando se acercó a la colorida fachada del local, vio a su hermano saliendo a la calle. Estaba con una mujer alta y morena vestida con unos vaqueros cortos y una camiseta sin mangas. La mujer le dio a Aidan un beso fugaz en los labios, le susurró algo al oído y se alejó caminando.

—¿Así funciona ahora la empresa? —preguntó Del mientras se acercaba—. ¿Ahora te dedicas a seducir a turistas inocentes?

Aidan se volvió y le vio. En vez de responder con humor, se limitó a observarle mientras se acercaba. Cuando Del se detuvo delante de él, se produjo un embarazoso silencio. O, por lo menos, a Del le resultó embarazoso.

–Eh, ¿cómo te va?

–Bien.

Aidan medía lo mismo que él, cerca de un metro ochenta, y al igual que él, tenía el pelo y los ojos oscuros. No había sido difícil crecer siendo uno de los hermanos Mitchell en la ciudad. Todos tenían el pelo y los ojos oscuros. Los cinco hermanos eran lo bastante guapos y atléticos como para ser bien aceptados. Del y Aidan no tenían el talento de Ceallach, pero, muchas veces, Del pensaba que, más que una desgracia, era una bendición.

–¿Tienes tiempo para tomar un café? –le preguntó a su hermano.

–Claro.

Aidan se volvió y comenzaron a caminar en dirección al Brew-haha.

–¿Quién era esa chica?

–Santana.

–¿Se llama así? ¿Santana?

–Sí. Va a estar en el pueblo un par de semanas.

Del sonrió de oreja a oreja.

–Así que ahora te dedicas a ligar con turistas.

–Ofrezco diversión a corto plazo. Garantizo recuerdos felices y nada de sufrimiento. ¿Qué tiene eso de malo?

–¿Una especie de servicio de vacaciones completo?

Aidan torció el gesto.

–Algo así.

Del comprendía lo atractivo de aquella propuesta. Siempre había alguien nuevo en el horizonte, no se adquirían compromisos y, cuando la historia terminaba, la distancia geográfica garantizaba que no hubiera problemas. Era curioso que aquello fuera, exactamente, lo que

Hyacinth buscaba en una relación. Porque estar siempre con la misma persona resultaba aburrido, ¿no?

Sintió un enfado ya familiar que se concentraba en la base de su columna vertebral e irradiaba hacia el resto de su cuerpo. Respiró en medio de aquella sensación. Hyacinth pertenecía al pasado. No iba a tener que enfrentarse a ella nunca más.

–El negocio tiene buen aspecto –comentó Del–. Me gusta lo que has hecho en el edificio. Llama la atención.

Aidan se detuvo en la acera. Estaban a un par de manzanas de la calle principal. Al ser un día de diario, no había mucha gente por la zona. Aidan fulminó a su hermano con la mirada.

–No puedes evitarlo, ¿verdad? Siempre tienes que soltar algún comentario. ¿Qué te pasa? Has vuelto para el cumpleaños de papá, y me parece genial, pero si estás buscando algo de mí, ya puedes ir olvidándolo. No pienso hacer cola para saludar al héroe local.

Del no se habría sorprendido más si Sophie, la adorable perrita de su madre, se hubiera convertido de pronto en un vampiro.

–¿Qué demonios estás diciendo? –le exigió saber–. Solo he dicho que parece que te van las cosas bien. ¿Qué te pasa?

La mirada de Aidan se oscureció y de él irradiaban un enfado y una hostilidad evidentes.

–No tienes por qué aprobar nada. Tú no tienes nada que ver ni con el negocio ni con lo que he hecho con él. Renunciaste a la empresa cuando desapareciste.

Del no sabía si darle un puñetazo a su hermano o marcharse.

–Voy a volver a repetírtelo, ¿de qué demonios estás hablando?

–De ti. Del negocio. De todo. Han pasado diez años, Del. Diez malditos años desde que te fuiste. Te largaste dejándome a mí con todo. No hubo ninguna advertencia previa. Te estabas ocupando de todo y, de un día para otro, desapareciste. Yo era un niño y me abandonaste sin decirme una sola palabra. Era mi primer año de universidad. Yo tenía sueños, quería hacer muchas cosas. Pero cuando tú nos dejaste plantados, toda la carga recayó en mí. Tuve que hacerme cargo de mamá y de la familia. Tuve que asegurarme de llevar la comida a la mesa cuando papá estaba con una de sus borracheras.

Aidan dio un paso adelante con gesto amenazador.

—Durante el primer año, no llamaste ni una sola vez. Te comportaste como un cerdo egoísta. No te molestaste en averiguar si estábamos bien. Eras mi hermano mayor. Yo confiaba en ti. Y resultaste ser igual que papá.

Del aceptó todos aquellos golpes sin decir una sola palabra. No se molestó en señalar que él solo tenía un año más que Aidan y que tampoco había elegido llevar aquel negocio. Porque nada de aquello importaba. Había desaparecido de un día para otro por culpa de su ruptura con Maya.

—Aidan... —comenzó a decir, pero se interrumpió.

Su hermano se apartó.

—Déjalo —dijo Aidan—. Continúa con tu fama. Yo tengo un negocio del que ocuparme.

Maya se levantó al amanecer, ansiosa por ver el cielo. El pronóstico del tiempo había anunciado la llegada de nubes, haría un tiempo perfecto para rodar. Era mucho más fácil trabajar con luz difusa. Le había dicho a Del que el primer día que amaneciera con el cielo cubierto quería rodar el inicio del vídeo, en el que aparecería él presentando el pueblo. Desde entonces estaba pendiente del pronóstico del tiempo.

Miró en aquel momento las gruesas nubes y la ausencia de sol. «Perfecto», pensó feliz. Le escribió un mensaje a Del confirmando la hora y el lugar de rodaje y se metió en la ducha.

Cerca de dos horas después, estaba trasladando el equipo desde un aparcamiento que había al borde de la carretera hasta una pradera situada a varios metros de distancia. Había estado explorando la zona la semana anterior con la esperanza de rodar allí la entrada. Tenía la sensación de que un hombre tan atractivo como Del iba a quedar muy bien en un campo cubierto de flores silvestres y con los árboles a su espalda.

Le había pedido que se pusiera unos vaqueros y una camisa de color azul claro. Esperaba que hubiera tenido la capacidad, o la voluntad, de escucharla.

Colocó las dos cámaras además de los focos. Del y ella ya habían escrito el guion y ella había planificado la toma. Si todo iba bien, habrían terminado antes de la hora más luminosa del día. Si no, tendrían que tomarse un descanso y regresar más tarde, a menos que saliera el sol.

Aunque aquellos posibles imprevistos podrían haber inquietado a cualquier otra persona, Maya se sentía más que feliz con la incertidumbre. Aquello era mucho mejor que preocuparse de qué estrella de cine había sido infiel a otra. Su vida en Los Ángeles había estado marcada por los cotilleos y la vida de los famosos. Y, aunque en aquel momento tampoco estuviera investigando la manera de curar una enfermedad, por lo menos podía hacer algo bueno para el pueblo.

Al pensar en el pueblo su mente voló hasta Elaine. La noticia de su cáncer continuaba siendo una bomba. Había hablado con su amiga un par de veces y parecía que estaba bien. Tenía un diagnóstico y un plan. Según su médico, el pronóstico era bueno. Maya cuidaría de su amiga lo mejor que pudiera, aunque estaba en contra de que ocultara aquella información a su familia.

«Un problema del que me ocuparé en otro momento», se dijo a sí misma, y volvió a colocar el equipo.

Del apareció en la pradera a la hora acordada y se dirigió hacia ella.

—¿Qué pasa? —le preguntó con dureza—. ¿Por qué no me dijiste que ibas a venir antes? Pensaba que llegaría para ayudarte con el equipo. ¿Lo has cargado tú sola? Es ridículo. No soy un actor al que hayas contratado. Dios mío, Maya, relájate. Podría haberte ayudado a descargar.

Estaba muy enfadado, pensó ella, mirándole con atención. Y quizá tuviera razón. Pero no podía estar segura, porque era incapaz de pensar.

Se había afeitado. Había desaparecido la barba de tres días que le sentaba tan bien. Su piel tenía un aspecto suave y sus facciones quedaban claramente definidas. Le quedaba muy bien su nueva imagen, aunque podría arruinar la continuidad del vídeo.

Con barba, Del tenía un aspecto peligroso y quizá un tanto perverso. Con el rostro afeitado se parecía más al hombre que Maya recordaba. Parecía más joven y más asequible, pero estaba igual de sexy.

Maya fijó la mirada en su boca mientras se preguntaba si aquellos dos Del besarían de forma diferente. ¿La barba pincharía o rasparía apenas de una forma deliciosa? ¿Resultaría más o menos apetecible su piel desnuda? ¿Estaba mal desear averiguarlo?

Con un gesto instintivo, miró hacia la cámara y vio que el encuadre era perfecto. Presionó el botón para hacer una prueba.

—¿Maya?

La impaciencia que reflejaba su voz la obligó a volver al presente.

—¿Qué pasa? ¡Ah! —soltó la cámara que ya había fijado en el trípode—. La verdad es que ni siquiera se me ha pasado por la cabeza.

—¿Pedirme ayuda? ¿De verdad crees que soy tan cretino? —soltó una maldición—. ¿Desde cuándo me he convertido en tan mala persona?

—No eres una mala persona. Es solo que estoy acostumbrada a hacer sola este tipo de cosas. Forma parte de mi trabajo —le observó con atención—. Del, ¿por qué estás tan enfadado?

Del hizo un gesto, señalando el equipo.

—Esto quiere decir que crees que solo tengo que aparecer para hacer mi parte del trabajo y nada más.

Maya se acercó a él. Se había vestido como le había pedido y la camisa azul le quedaba tan bien como había imaginado. Era el color perfecto para él, la cámara iba a terminar derritiéndose con tanto atractivo. Y lo peor era que quizá la cámara no fuera la única.

Pero antes, tenía que averiguar qué le pasaba. Se detuvo ante él con los brazos en jarras.

—No me lo creo —le dijo con voz queda—. No estás enfadado conmigo. Tienes razón, debería haberte dicho a qué hora iba a venir, pero te aseguro que ni siquiera se me ha ocurrido. La próxima vez te dejaré ayudarme a traerlo todo, te lo prometo. ¿Y ahora vas a contarme lo que te pasa?

Sabía que no se había enterado de lo de su madre. En ese caso estaría asustado, no enfadado.

Del se pasó la mano por el pelo, revolviéndolo de una forma deliciosa. Maya no pensaba pedirle que se peinara antes de grabarle.

Del suspiró.

—Tienes razón. Esto solo ha sido parte del problema.

Maya bajó los brazos y esperó a que continuara.

Del tomó aire.

—Es Aidan. Está enfadado. Muy enfadado.

—¿En serio?

Del asintió.

—Por haberme ido hace diez años. La verdad es que jamás se me había ocurrido verlo desde su punto de vista, pero tiene razón. Me fui y recayó toda la responsabilidad sobre él.

—Y antes había recaído en ti.

Del negó con la cabeza.

—No, no es cierto.

—Claro que sí. Creciste sabiendo que tenías que estar allí para cuidar de todo. Tenías que hacerte cargo de tu madre y de tus hermanos. Nadie te preguntó nunca si era eso lo que querías. No hubo ninguna conversación al respecto.

—¿Por qué te pones de mi parte?

Maya le dirigió una leve sonrisa.

—Eres el que mejor me cae de todos los hermanos. Y sabes que tengo razón. Se esperaba que te hicieras cargo de todo. ¿Y si tú querías hacer algo diferente? Nadie te lo preguntó.

—Pero me fui y dejé que fuera Aidan el que recogiera los pedazos rotos. Soy un cerdo egoísta.

Maya sintió un hormigueo en la piel. Aunque la atracción estaba allí, tuvo la impresión de que aquella no era la causa. Tardó un segundo en reconocer el origen de aquella sensación: era la culpa.

—Tú no tuviste la culpa —le dijo, preguntándose cuánto iba a odiarla cuando comprendiera la verdad—. La culpa fue mía.

—¿Por qué dices eso?

—Yo fui el motivo por el que te marchaste.

—Llevo días preguntándome si llegaría este momento.

—Tenía que llegar —susurró ella—. Era inevitable.

Del curvó hacia arriba la comisura del labio.

—Me encantaría poder echarte a ti la culpa, pero ya tenía mis añitos. Tomé yo la decisión.

—No, reaccionaste a la mía. A mi forma de dejarte –

alargó la mano y la posó en su brazo–. Del, te había prometido que me casaría contigo. Íbamos a irnos juntos.

–Sí. Así que, de una u otra manera, me habría marchado. ¿Por qué no me habré dado cuenta hasta ahora?

Maya le sacudió el brazo.

–Ahora esa no es la cuestión. Estoy intentando disculparme, si eres capaz de hacerme caso.

–No tienes por qué pedir perdón. Cambiaste de opinión, tenías derecho a hacerlo. Habría preferido que fueras sincera conmigo... Podrías haberme explicado tus preocupaciones. Pero no lo hiciste. Por lo visto, no era el amor de tu vida.

Maya esperaba percibir amargura en su voz, pero solo encontró resignación. Y aquello la hizo sentirse fatal. ¿Por qué tenía que ser tan conformista? Le habría resultado mucho más fácil enfrentarse al enfado y al resentimiento.

Pero allí estaba. Había llegado el momento de sincerarse.

–Lo siento –le dijo–. Siento lo que pasó, lo que te dije. Sé que es demasiado tarde y que decirlo no cambia nada, pero quiero que lo sepas: te mentí.

–¿Sobre qué?

Maya bajó la mirada hacia la hierba y las flores silvestres que tenía a los pies. Después, se obligó a mirarle a los ojos.

–No es que tuviera dudas. Al menos, no las dudas que tú crees. La verdad es que... estaba aterrorizada. Te quería mucho más de lo que había pensado que podría llegar a querer a nadie. Eras todo mi mundo. Pero no podía confiar en ti.

Del comenzó a retroceder, pero ella le retuvo.

–No era algo personal –le explicó–. Había visto cómo se comportaba mi madre con los hombres. Las cosas que decía. Tenía miedo de que nadie pudiera amarme.

Al mismo tiempo, sabía que tú me querías y aquello era más de lo que yo era capaz de asumir. Supongo que la verdad es que no confiaba en ti y tampoco confiaba en mí misma.

Le soltó y comenzó a volverse. Pero había tardado diez años en pedir perdón. Tenía que asegurarse de llegar hasta el final.

–Fuiste mi primer amor, el primer hombre con el que me acosté y, cuando me pediste que me casara contigo, estaba emocionada. Y aterrada. ¿Y si no funcionaba? Sabía que si me dejabas me hundiría. Además, quería ir a la universidad y estudiar una carrera. ¿Y si te lo hubiera dicho y me hubieras dicho que no? Así que, con la lógica de mis dieciocho años, decidí poner fin a la relación de manera que tú ni siquiera tuvieras ganas de pedirme que me quedara.

Tragó saliva, intentando aliviar la emoción que le atenazaba la garganta.

–Por eso te dije que eras demasiado aburrido. Para hacerte daño y conseguir que me odiaras. Pero no era cierto. Te quería y quería estar contigo. Pero no sabía cómo. Lo siento. Fui cruel y me arrepentí nada más decírtelo. Sabía que el resultado era el que buscaba, pero lo hice de una forma horrible y quiero pedirte perdón.

Del tensó la expresión. Maya esperó la bien merecida explosión, pero no llegó. En cambio, él alargó la mano y le acarició la cara con delicadeza.

–Maldita sea –dijo con suavidad–. Jamás habría dicho que podría importarme oírlo, pero la verdad es que sí. Y lo entiendo. Lo nuestro fue algo muy intenso.

–Esa es la mejor palabra para describirlo.

Del sonrió.

–Para mí tú también fuiste la primera.

Maya abrió los ojos como platos.

–¿Qué? De ninguna manera. Hubo otras chicas.

—No como tú. Y tampoco así. Yo estaba temblando, Maya. ¿No te diste cuenta?

—Estaba demasiado nerviosa. Tenía miedo de ser horrible en la cama.

—Imposible —recuperó la sonrisa—. Me corrí en ocho segundos.

Maya se echó a reír.

—Yo era virgen. No sabía que podía hacerse mejor. Además, después conseguiste que durara. Una y otra vez.

—¡Quién fuera joven otra vez!

Hablaban en un tono ligero, pero ella sentía que había mucho subtexto detrás de sus palabras. Quizá fuera solo ella, pero tenía la sensación de que aquella mañana nublada era de pronto un poco más cálida. Del parecía estar más cerca. Más cerca de lo que había estado hasta entonces.

Reconoció las señales de peligro, pero las ignoró. Porque aquel era Del y, a lo mejor, una chica siempre reservaba un lugar en su corazón para su primer amor.

—Te amaba —le dijo—. Espero que lo sepas.

—Yo también te amaba —recuperó su sexy sonrisa—. ¡Cuántas confesiones para un rodaje a primera hora de la mañana!

Y, sin más, dio un paso adelante y la besó.

Maya solo tuvo dos segundos para prepararse, pero, en vez de apartarse, se inclinó hacia delante. Quizá fuera la manera de cerrar aquel tema, pensó, y rozó sus labios. A lo mejor era algo que tenía que suceder para que pudieran seguir adelante. O quizá todo fuera producto de una luz perfecta en una mañana con nubes.

Los labios de Del eran cálidos, suaves, y tenían un toque de firmeza. El beso fue perfecto. Ni demasiado exigente ni demasiado dulce. Hubo una oleada de calor y muchas promesas.

Maya posó la mano en su hombro. Del posó la suya

en su cintura. No hubo caricias y fue un beso sin lengua. Un beso perfecto, maravilloso, con el que se dijeron lo mucho que se habían amado en el pasado.

Del retrocedió al instante y se miraron a los ojos.

Había deseo en ellos, además de arrepentimiento, pensó Maya. Pero también la sensación de estar haciendo las cosas bien.

—Asumo que aceptas mis disculpas –dijo.

Del rio para sí.

—Claro, porque soy un buen tipo.

—¿Preparado para volver al trabajo?

Del asintió.

Maya se colocó detrás de la cámara. La luz roja estaba encendida, lo que significaba que había grabado todo el beso. ¡Esa sí que era una prueba incriminatoria!

Alargó la mano hacia el botón de borrar, pero la reinició para grabar lo que habían ido a rodar allí. Tenía suficiente memoria como para terminar aquel rodaje. Ya se encargaría de aquel caprichoso vídeoclip más adelante.

Capítulo 6

La pareja que estaba sentada enfrente de Del tenía que ser la más vieja que había visto en su vida. Albert tenía noventa y cinco años y su esposa, Elizabeth, noventa y dos. Habían estado casados durante setenta y seis años. Recordaban a dos *apple dolls*, aquellos muñecos hechos con manzanas, llenos de arrugas y con unas pasas diminutas a modo de ojos. Ambos eran pequeños, iban encorvados y caminaban muy despacio. Del se preguntaba cómo era posible que pudieran llegar a ninguna parte. Pero, a pesar de su aparente debilidad, los dos tenían la mente muy lúcida y no tenían pelos en la lengua.

Del permanecía sentado en el porche de aquellos ancianos durante una cálida tarde. El alero le proporcionaba suficiente sombra como para que Maya pudiera darse por satisfecha. Los soportes para los tres puntos de luz no quedaban muy bien en el porche, pero aquella iluminación suavizaba los rostros de la anciana pareja.

—Cuéntenme lo que es estar casados durante setenta y seis años —les pidió Del.

Albert sacudió la cabeza.

—Sé lo que quieres saber, hijo. ¿Quieres saber si lo hacemos? Pues sí. Así que chúpate esa.

Elizabeth suspiró.

—Albert, es nuestro invitado. Sé educado.

—Lo hacemos —repitió Albert—. Un poco más despacio porque nos duelen los huesos, pero lo hacemos.

Del contuvo una carcajada. Se recordó que estaba delante de la cámara y continuó prestando atención a la pareja.

—Gracias por la inspiración —contestó—. ¿Y cuál es el secreto para un matrimonio tan largo y tan feliz?

Elizabeth le miró.

—¿Qué te hace pensar que nuestro matrimonio es feliz?

—¡Todavía no le ha matado!

Ella se echó a reír.

—Tienes razón, no le he matado.

—Me ha amenazado con hacerlo un montón de veces —le dijo Albert—. Pero yo sabía que no lo decía en serio.

Estaban sentados el uno al lado del otro en un banco acolchado. Tenían las manos unidas, con los dedos entrelazados. Del se preguntó cuántas horas de sus vidas habrían pasado agarrados de la mano. ¿Sumarían semanas? ¿Meses?

—El secreto es no dar el amor por garantizado —le explicó Elizabeth—. Y no pensar que te está haciendo enfadar a propósito.

—Cuando estés enfadado, date una vuelta —añadió Albert—, aclárate la cabeza y no pienses que siempre tienes la razón.

Aunque estaban hablando de las relaciones de pareja, el último comentario le hizo pensar en Aidan. Del no pretendía tener la razón, pero no estaba seguro de que hubiera sabido escuchar a su hermano. Aunque el estallido de Aidan hubiera parecido algo repentino, sabía que llevaba años recibiendo sus quejas de una u otra manera.

Dieron por terminada la entrevista. Del dio las gracias a la pareja por haber hablado con ellos y después ayudó a Maya a cargar el equipo. Para las doce de la mañana ya estaban regresando a Fool's Gold. Habían ido en la furgoneta de Del a lo alta de la montaña y en aquel momento Maya iba relajada en el asiento de pasajeros.

—Son increíbles —comentó, reclinándose contra el reposacabezas con los ojos cerrados—. Llevan casados setenta y seis años. ¿Cómo lo habrán conseguido?

—Se casaron jóvenes.

—Es probable que, en aquella época, fuera algo normal. Ahora todo el mundo antepone su carrera profesional —Maya abrió los ojos y le miró—. El éxito profesional de las mujeres está cambiando la estructura social de nuestro país.

Del sonrió.

—Sí, eso he oído. Y no.

—¿No qué?

—Había un tono desafiante en tu voz. Como si estuvieras esperando que cayera en la trampa. No pienso empezar a discutir sobre la igualdad de derechos entre hombres y mujeres contigo, Maya. Todavía tengo que hacer otra entrevista y no quiero aparecer cubierto de sangre y lleno de moratones.

Maya soltó una carcajada.

—De acuerdo, siempre y cuando admitas que te ganaría.

—Habrías estado a la altura.

Maya se relajó de nuevo contra el asiento.

—Te habría ganado.

Probablemente, pero no iba a admitirlo. Maya era una mujer dura cuando tenía que serlo. Y meticulosa en lo relativo al trabajo. Aunque había sido una suerte para el pueblo que no hubiera conseguido trabajo en una cadena nacional, pensó que quienquiera que hubiera tomado la decisión de no contratarla era un idiota. Era evidente que Maya era una mujer brillante y una gran trabajadora.

Había muchas cosas de Maya que le gustaban y admiraba. Lo que quería decir que, incluso de muy joven, tenía muy buen gusto.

Sonrió mientras conducía, pensando que, mientras que su relación con su familia era un completo desastre, compartir tanto tiempo con Maya estaba siendo una de las mejores cosas de su regreso a casa. Habían aclarado las cosas entre ellos. Y eso era bueno.

La situación podía haber sido un tanto violenta después de aquel beso, pero no había sido así. Se habían dicho lo que tenían que decirse y podían continuar mirando hacia el futuro.

Pero desde que había rozado sus labios, había sido incapaz de olvidar su calor, de olvidar el sonido de su respiración. Quería hacerlo otra vez, pero, en aquella segunda ocasión, besándola en profundidad. Quería saborearla, acariciarla. Quería hacer el amor con ella hasta que quedaran los dos satisfechos.

Pero no iba a ocurrir, se recordó a sí mismo. Porque eran amigos. Nada más.

Maya miró a través de las lentes de la cámara a la pareja sentada en el banco. Del había sugerido la localización para la segunda entrevista del día y tenía que admitir que era buena. De todo el material de atrezo que cargaban en la furgoneta, habían sacado una silla antigua para que Del se sentara. Y tenía un aspecto deliciosamente masculino en aquel pequeño asiento de patas larguiruchas.

Era evidente que tenía muchos más años que los jóvenes a los que estaba entrevistando, pero en el mejor sentido posible. No podía negarse que era un hombre atractivo, pensó mientras intentaba olvidarse de su fugaz beso. Tenía que recordarse que estaba allí para hacer un trabajo y no para soñar despierta con su íntimo encuentro con la sabrosa boca de aquel hombre.

—Muy bien, vamos a empezar —dijo—. ¿Estáis preparados?

Melissa, una atractiva pelirroja, se inclinó hacia su novio.

—¿Estás preparado?

—Yo he nacido preparado.

Hacían muy buena pareja. Percy tenía la piel oscura y el pelo negro y muy corto. Sus anchos hombros contrastaban con la complexión más delicada de Melissa. Era obvio que se sentían cómodos el uno con el otro y aquello formaba parte de su atractivo. En algunas ocasiones, cuando Maya miraba a una pareja, tenía la sensación de que no compartían nada más que la tensión sexual. Pero Percy y Melissa daban la impresión de llevarse muy bien.

—¿Cómo os conocisteis? —preguntó Del.

—Él se acercó para hablar conmigo en una fiesta —recordó Melissa entre risas—. Fue el verano pasado. Yo había vuelto al pueblo después de pasar el curso en la universidad. Y aquí estaba este muchachito escuálido que se creía muy atractivo.

Percy la miró.

—No era un muchachito.

—Eres más pequeño que yo.

—Solo en edad, Melissa. Solo en edad.

Se miraron en silencio durante un segundo. Se estableció entre ellos una comunicación silenciosa, como si estuvieran compartiendo algo significativo. Fue un momento tan personal que Maya sintió que debería desviar la mirada, pero sabía que no serviría de nada. La cámara capturaría esa mirada y la transformaría en oro.

Dos horas después, habían terminado la entrevista. La pareja les había contado cómo se habían conocido y que ambos creían que, sin la magia de Fool's Gold, nunca se habrían enamorado. Mientras Melissa había ido a la universidad, Percy había tenido que quedarse en Fool's Gold para sacarse el GED. En aquel momento, se había matriculado en un centro de formación profesional. A pesar de la distancia, habían permanecido unidos.

Eran encantadores, elocuentes, sensatos y estaban locamente enamorados.

–Son la pareja perfecta –dijo Maya con un suspiro mientras Del y ella recogían el equipo después de la entrevista–. Me han caído muy bien. Saben lo que quieren y están esforzándose para conseguirlo. Tengo casi diez años más que ellos y no tengo las cosas tan claras. Casi me da miedo.

–Estás haciendo las cosas bien –le aseguró Del.

–Me gustaría, pero no es cierto. ¿Has visto cómo se miraban?

–Sí. Esa relación va para largo.

–Así que, dentro de setenta y cinco años, les haremos una entrevista en la montaña.

Del sonrió mientras cerraba la puerta de la furgoneta.

–No me imagino a esos dos viviendo en el campo, pero, por lo demás, serán idénticos.

La miró y Maya se preguntó qué estaría pensando. ¿Que si hubieran seguido juntos también ellos podrían haber llegado a ser como aquella pareja de ancianos?

Le habría gustado decir que sí, pero no estaba segura. Cuando era adolescente, no estaba tan dispuesta como aquella joven a confiar en Del. Las lecciones que se aprendían de niño eran difíciles de olvidar. Maya había crecido con la sensación de ser un estorbo. De no ser nunca querida o, ni siquiera, importante para alguien. Se había prometido que jamás esperaría a que nadie la salvara. Que cuidaría de sí misma. Una promesa que le había impedido entregar su corazón a un hombre al que solo conocía desde hacía un par de meses.

—Va a ser un fragmento genial –dijo.

—Estoy de acuerdo.

Se acercó al asiento de pasajeros de la furgoneta para abrirle la puerta. Cuando Maya iba a empezar a subir, la agarró del brazo.

—No pasa nada porque nosotros no lo consiguiéramos.

Aquel inesperado comentario la pilló por sorpresa. Sintió una punzada de dolor. O quizá de pérdida.

—No nos dimos la oportunidad. No podemos saber qué habría pasado, aunque tengo que admitir que no creo que tuviéramos muchas posibilidades.

—¿Porque no me amabas lo suficiente?

—No, tú nunca fuiste el problema. El problema fui yo. Hasta que no vine a vivir a Fool's Gold, no había visto un solo matrimonio que funcionara. Excepto en televisión, y sabía que esos no eran de verdad.

Del sacudió la cabeza.

—No lo comprendo. ¿Qué quieres decir?

Por supuesto, tenía preguntas que hacerle, pensó Maya. Porque cuando era adolescente no le había contado a nadie la verdad. Entonces tenía que pagar un precio muy alto por ser sincera. De modo que había pasado por alto los detalles más sórdidos. Se había limitado a contar que su padre había muerto y que a su madre disfrutaba teniendo una hija.

—Mi padre murió antes de que yo naciera. Mi madre tuvo muchísimos novios, pero ninguno le duró. No tenía amigas en las que apoyarse –torció el gesto–. Yo tuve amigas cuando estaba en el colegio, pero no era el tipo de niña al que invitaban a pasar una noche en su casa. Creo que a los otros padres les inquietaba. Así que no supe lo que era una familia normal hasta que me mudé aquí.

Cuadró los hombros mientras hablaba, preparada para defenderse en el caso de que fuera necesario. Una nunca sabía.

En vez de hablar, Del la atrajo hacia sí para darle un abrazo fugaz. Cuando la soltó, dijo con ligereza:

—Así que tuviste la suerte de que apareciera yo, ¿verdad? Aprendiste del mejor.

Maya gimió.

—Siempre has tenido un ego enorme.

Del le guiñó el ojo.

—¿Es así como se llama? Y gracias.

Y, sin más, todo volvió a la normalidad. Un gran don, pensó Maya mientras subía al asiento de pasajeros y cerraba la puerta. Uno más de los muchos que tenía Del.

Dos días después, Maya estaba sentada en una de las mesas del bar de Jo, disfrutando del almuerzo con otras chicas. No podía recordar la última vez que había hecho algo así. Por supuesto, Phoebe y ella comían muchas veces juntas. Pero solo ellas dos. Maya nunca había tenido un grupo de amigas.

Mientras escuchaba fluir la conversación alrededor de la mesa, se preguntó por qué. Suponía que muchas de sus amistades de Los Ángeles eran también personas con las que competía. No tenían tiempo para ese tipo de reuniones. Ni voluntad de intimar en exceso con alguien que podía dejarte sin trabajo. O, quizá, aquella fuera una de las cosas que tenía Fool's Gold.

Aquel día había siete mujeres sentadas a la mesa. Madeline, una guapa rubia copropietaria de Luna de Papel, la tienda de novias de la localidad. Destiny, una compositora que hacía muy poco que había ido a vivir al pueblo. Bailey, la asistente de la alcaldesa. Patience, la propietaria de Brew-haha, a la que Maya recordaba de su primera etapa en Fool's Gold, Phoebe y Dellina, otra mujer del pueblo que se estaba encargando de organizar la boda de Phoebe.

—Te juro que era él —estaba diciendo Madeline—. En carne y hueso. Pensé que iba a desmayarme.

—Parece que tienes quince años —le dijo Patience con una sonrisa—. Y te lo digo con cariño, no te estoy criticando. ¿Jonny Blaze aquí, en el pueblo? Me temo que va a haber muchos desmayos.

—Es tan guapo —suspiró Madeline—. ¡Y qué cuerpo! Todos esos músculos son de verdad.

—¿Quieres acariciar cada uno de ellos? —preguntó Maya, alargando la mano para agarrar un nacho de la fuente enorme que les habían servido.

—¡Y dos veces!

Todo el mundo se echó a reír.

Phoebe le sonrió a Madeline.

—Es un hombre muy amable. Y está soltero, creo. ¿Quieres que te lo presente?

Madeline negó con la cabeza.

—Eso echaría a perder la fantasía. ¿Y si no es tan maravilloso como yo creo?

—¿Y si es mejor? —le preguntó Maya.

Volvieron todas a reír.

La conversación fluía con facilidad. Maya observó a Phoebe mientras hablaba con otras mujeres y le gustaron los cambios que veía en su amiga. Había desaparecido la tensión. Parecía, en cambio, relajada y feliz. Fool's Gold le había sentado bien. O quizá fuera el estar enamorada de Zane.

¿Tendría ella aquel aspecto cuando Del era todo su mundo? Esperaba que sí. Aunque estaba aterrada, le había querido con todas sus fuerzas. Desde luego, mucho más de lo que había querido a ningún hombre.

Trabajar con él era muy agradable, pensó. Mucho más fácil de lo que habría imaginado. Era un buen hombre. Divertido, encantador, y besaba maravillosamente.

Pensar en su beso la hizo sonreír. Si no podía olvidar

aquel casto beso, debería agradecer que las cosas no hubieran ido más lejos. Si hubieran hecho algo más, estaría tan distraída que no sería capaz de hacer nada.

Pero no era por él, se dijo con firmeza. El problema era que hacía mucho tiempo que no besaba a nadie. En cuanto pudiera organizar su vida y encontrar un novio, se le pasaría. O al menos eso esperaba. Porque sería una locura seguir sintiendo algo por Del. Él la había olvidado, la veía como a una especie de hermana pequeña. Por lo menos así era como se comportaba con ella. Y era preferible, ¿no?

Sacó a Del de sus pensamientos y volvió a concentrarse en la conversación.

—... estoy ocupadísima —estaba diciendo Dellina—. Este es un pueblo al que le gustan las fiestas.

—Por eso eres la persona a la que todo el mundo llama —le dijo Phoebe—. Me alegro de haber podido conseguir tu ayuda en un momento en el que disponías de tiempo.

—Yo también —contestó Dellina con una sonrisa—. Las bodas son mis fiestas preferidas.

—¿Tienes muchas bodas este otoño? —le preguntó Maya.

—No más de las habituales, pero voy a tener muchísimo trabajo durante las fiestas. La familia Hendrix está organizando un fiestón para Navidad que cada día se me complica un poco más. Pero supongo que, siendo su relaciones públicas habitual, es normal que tenga que organizarles una fiesta importante en medio de diciembre.

Patience se echó a reír.

—Pídele a ese marido tan guapo que tienes que te ayude.

—Puedes estar segura de que lo haré.

—¿Y cuándo vais a tomaros unas vacaciones? —le preguntó Maya—. Con tanto trabajo debe de ser difícil.

—Lo es —admitió Dellina—. Sam y yo pensamos irnos a algún lugar cálido a mediados de noviembre, antes de que comience la locura. Iremos a un sitio sin teléfonos móviles y sin internet. Estoy deseándolo.

Madeline suspiró.

—Debe de ser la gloria.

Maya se inclinó hacia ella.

—¿Qué probabilidades tengo de que en este momento te estés imaginando a Jonny Blaze en una playa?

Madeline arqueó las cejas.

—Muchas, de hecho. Ese hombre me altera. Me convierte en una persona superficial, pero puedo vivir con esa mácula.

—De verdad que puedo presentártelo —se ofreció Phoebe—. Creo que Jonny necesita una mujer agradable en su vida. No sale mucho.

Patience sonrió.

—No estoy segura de que Madeline tenga muchas ganas de salir con él.

Destinity se volvió hacia Maya.

—He oído decir que vivías por aquí. Que estudiaste en el instituto del pueblo, ¿es cierto?

—Sí, un par de años. Mi madre y yo nos mudamos aquí desde Las Vegas. Te aseguro que fue todo un choque cultural.

—Me lo imagino. ¿Y estás disfrutando tu vuelta?

—Mucho. Me gusta cómo se vive en un pueblo pequeño.

—A mí también. Hace poco que vivo aquí. Y este pueblo tiene algo especial.

Patience se inclinó hacia Maya.

—He oído decir que Eddie y Gladys ya no pueden seguir haciendo el concurso de traseros. Dime que no es verdad. Me encanta ese concurso.

—Pues no se lo digas —susurró Maya—. Estoy intentando controlarlas.

—Te deseo suerte —le dijo Dellina.

–A mí también me encantan ellas –admitió Phoebe–. Son tan aventureras… ¿Te acuerdas de lo valientes que fueron durante la conducción de ganado? No le tenían miedo a nada.

–Lo dices como si eso fuera bueno –respondió Maya, y suspiró.

Tenía la sensación de que en el frente Eddie-Gladys no había cosechado ninguna victoria. Eran como el mal tiempo. Resultaba más fácil protegerse y aguantarlo que intentar luchar contra lo inevitable.

–¡Oh! He oído decir que nos ibas a ayudar con las Retoños –dijo Patience–. Es genial.

Maya tardó varios segundos en comprender a qué se refería la otra mujer. Porque no tenía ninguna intención de colaborar con nada relacionado con la jardinería.

–¿Te refieres a las niñas que serán Futuras Guerreras Máa-zib? –preguntó al recordar–. Me pidieron que les diera una clase para aprender a manejar una cámara.

Patience sonrió.

–Lo sé. Mi hija es una de ellas y la charla se la vas a dar a su grupo. El primer año son Semillas, el segundo Brotes, después Retoños… Estamos todas esperando que llegue esa tarde. Será divertido.

–Eso espero –musitó Maya, pensando que no estaba segura de estar cualificada para enseñar a un grupo de niñas de ocho años a hacer nada, pero que lo haría lo mejor que pudiera.

Del estudió los dos caminos que atravesaban el bosque. El de la izquierda cruzaba la ladera y era el menos utilizado. Y, como él no estaba buscando compañía, fue el que tomó.

La tarde era clara y limpia. Aunque todavía estaban en verano, había visto que más de una hoja estaba empezando a caer. En un mes o dos toda la montaña estaría cubierta de rojo y oro con la caída de las hojas. Una bonita imagen, y él no estaría allí para verla.

Aunque se alegraba de haber decidido regresar a casa para ver a su familia, no podía decir que sintiera tener que marcharse. Comenzaba a sentirse inquieto. Había todo un mundo fuera de allí y necesitaba estar en él. La única pregunta era qué hacer cuando se marchara.

Mientras iba dando vueltas a todas las posibilidades, se descubrió sintiendo una vez más que debería hablar con Maya. Ella podía aportar una solución sensata. Y, si no, estaría dispuesta a proponer y analizar con él diferentes ideas. Era una mujer inteligente, con suficiente creatividad como para resultar interesante.

Pensar en Maya le llevó a recordar su última conversación. Cuando había admitido que no había sido testigo de ninguna relación sentimental que funcionara hasta que se había mudado al pueblo.

Él había crecido con unos padres enamorados hasta un punto que provocaba pudor. Y, aunque no entendiera por qué había aguantado su madre las borracheras y el mal humor de su padre, jamás había cuestionado su amor por él, ni el amor de Ceallach por su esposa. Eran una unidad conformada por dos mitades. Las dos caras de una misma moneda. Sin una de ellas, no podría existir la otra.

Era posible que Del no tuviera interés en mantener una relación tradicional, pero...

Rodeó un árbol y se detuvo para sacar la botella de agua. No tenía sentido engañarse. Claro que quería una relación tradicional. Quizá no como la de sus padres, él quería una relación entre iguales, pero, aun así, la idea de una relación permanente le atraía.

Suponía que en su caso y en el de Maya los dos habían comenzado demasiado jóvenes. Ella había tenido que enfrentarse a cuestiones que, en aquel entonces, él no podía comprender. Maya había reaccionado a sus propios sentimientos y él había sufrido los efectos colaterales. ¿Pero cómo se suponía que iba a encontrar a alguien que compartiera su sueño con él? Diablos. Ni siquiera era capaz de adivinar lo que iba a hacer con su vida, y, mucho menos, cómo podía llegar a encontrar a su alma gemela.

Metió la botella de agua en la mochila y continuó su senda. El camino era pedregoso y empinado, lo bastante desafiante como para resultar atrayente. La excursión podía llevarle más tiempo del que había planeado, pero le sobraba el tiempo. Por supuesto, llevaba GPS, de modo que no iba a perderse. Una de las ventajas del nuevo programa de búsqueda y rescate era que había antenas para móviles en todas las montañas. Con un Smartphone, hasta el más inexperto de los turistas podría encontrar el camino de vuelta a la civilización.

O no, pensó con humor, recordando la cantidad de llamadas que había recibido el equipo de búsqueda y rescate aquel verano.

Se preguntó si Maya y él deberían entrevistar a la gente del equipo para los vídeos. Aunque, quizá, hablar de la posibilidad de perderse no fuera la mejor manera de atraer turistas. Pero sabía que Maya sabría sacar el lado cómico de la situación. Siempre lo hacía.

Pensó en lo que le había dicho. Aunque la creía, le costaba imaginar lo que era no haber visto nunca una relación feliz en una pareja adulta. No era extraño que no hubiera sido capaz de enfrentarse a la idea de que los dos estuvieran enamorados. Y su pasado también explicaba la relación tan estrecha que tenía con Elaine.

Después de su ruptura, le había parecido raro que Maya siguiera en contacto con ella. Tras aquellas revelaciones, comprendía que aquella relación tenía mucho que ver con su infancia. Elaine le había proporcionado estabilidad y cariño, dos cosas que ella necesitaba. Debía de haber sido para ella la madre que nunca había tenido.

Maya podría haberle dicho la verdad diez años atrás, pensó. Haber sido honesta. Él la habría entendido. Pero había preferido guardar aquella información para sí y no le había dado ninguna oportunidad. Resultaba irónico que la primera mujer de la que se había enamorado guardara tantos secretos como su propia familia. ¿Es que no había nadie que dijera la verdad? Aunque suponía que estaba siendo demasiado duro con Maya. Cuando había roto con él apenas era una niña asustada.

¿Hasta qué punto habrían cambiado las cosas si él hubiera sabido que tenía miedo? ¿Si hubiera sido capaz de comprender que en aquella ruptura había hablado el miedo y no su corazón? ¿Habría sido capaz de explicárselo? ¿Y ella le habría escuchado? ¿Le habría contado todo lo que pensaba y sentía? ¿Y para terminar cómo? ¿Habrían conseguido mantener una relación como la de aquellos ancianos de las montañas?

Preguntas para las que nunca tendría una respuesta, se dijo. Lo hecho, hecho estaba.

Continuó subiendo por la ladera. Media hora después, se detuvo al oír un sonido extraño. Hecho por humano. ¿Sería una moto-sierra? Soltó una maldición. ¿Estaría alguien cortando árboles de forma ilegal?

Se volvió hacia el ruido. No era difícil seguirlo. Quince minutos después, llegó a un claro y se detuvo dando un traspié. Aquel chirrido penetrante procedía de una moto-sierra, sí, pero la persona que la estaba manejando no estaba cortando árboles. Y no era un desconocido. Del se quedó mirando a su hermano de hito en hito. Nick estaba utilizando la máquina para hacer unos cortes de una delicadeza increíble en un tronco que debía de medir unos tres metros por lo menos.

Llevaba las gafas y los guantes para protegerse los

ojos, las manos y los antebrazos. Permanecía sobre un montón de serrín. Aunque todavía era demasiado pronto como para saber lo que estaba tallando, Del comprendió que sería algo enorme.

Vio un edificio alto detrás de su hermano. Tenía unas puertas dobles, abiertas en aquel momento, y en el interior docenas de esculturas terminadas. Osos, ciervos, todos ellos tan realistas que cualquiera de ellos parecía a punto de cobrar vida. Vio también a una bailarina en *pointe*, con los brazos por encima de la cabeza.

El trabajo era brillante, e impresionante, teniendo en cuenta el medio y cómo había conseguido hacer las esculturas.

Pensó en las críticas de su padre sobre el hecho de que Nick estuviera ignorando su talento y comprendió que estaba equivocado. Eso significaba que Nick no le había hablado de lo que estaba haciendo. Y, teniendo en cuenta el lugar que había elegido para trabajar, se preguntó si alguien más sabría lo que estaba haciendo.

Fue retrocediendo muy despacio, con mucho cuidado, hasta ocultarse de nuevo tras los arbustos. Se adentró en el bosque y continuó su camino. No estaba seguro de si debía hablar con su hermano de lo que había visto o sería preferible dejarlo pasar. Porque no contarle las cosas a nadie era ya una tradición para los Mitchell.

Maya nunca había tenido un jardín. Su apartamento de Los Ángeles tenía un balcón diminuto que no había utilizado una sola vez. En su despacho tenía ventanas y una buena vista, pero nunca había estado allí durante el tiempo suficiente como para pensar en comprar una planta. Pero por fin tenía una casa y estaba decidida a dedicarse a las plantas.

Aquella casa alquilada tenía un jardín. Había césped,

arbustos y plantas de hoja verde. Pero no había flores. Así que, durante su primera semana en el pueblo había ido a Plants for the Planet, el vivero del pueblo. Había comprado tres macetas enormes y flores para plantarlas en ellos. La mujer del vivero le había asegurado que los geranios sobrevivían a cualquier cosa, así que aquella había sido la planta que había elegido.

En aquel momento estaba regando las plantas en medio de la tranquilidad de la noche. Había sido un día caluroso y no quería que las matara el calor.

Hasta entonces, la semana había ido bien, pensó. Del y ella habían conseguido hacer progresos con los vídeos, tenía al trabajo al día y la casa preparada para que Elaine pasara un par de días con ella después de la operación.

En cuanto pensó en Elaine, sintió que se tensaba. No solo por el miedo al cáncer, sino también por la aprensión que le causaba el estar manteniendo aquel secreto. Aunque respetaba sus razones, sabía que se equivocaba al no contárselo a su familia. Ellos la querían. Estarían a su lado. Seguro que con Ceallach no sería fácil, pero, por muy artista que fuera, para él su esposa era todo su mundo. Cuando se enterara de lo que le había ocultado se hundiría.

Maya también sabía que, aunque ella pudiera intentar darle consejo, era Elaine la que tenía que tomar la decisión final. Maya estaría a su lado como amiga, la ayudaría en todo lo que pudiera y haría todo lo posible para callarse todo lo demás.

Para eso estaban las amigas, se recordó a sí misma. Aquello era lo que había ido a buscar. Plantas que cuidar y amigas con las que compartir. Su ritmo de vida era mucho menos acelerado del que llevaba en Los Ángeles.

Terminó de regar y volvió al interior. Tenía grabados sus programas favoritos y había un libro que quería leer. Pero, en vez de dedicarse a ninguna de las dos cosas, se acercó a la estantería y sacó un viejo álbum de recortes. Se sentó en el sofá con las piernas cruzadas y lo abrió.

Tenía siete u ocho años cuando había comenzado aquel álbum y las últimas fotografías las había pegado cuando tenía poco más de veinte. Seguramente, justo después de salir de la universidad.

Las páginas eran sencillas. Había recortes sobre los lugares que quería visitar. Las primeras opciones eran obvias, París, representada por la Torre Eiffel y Londres por el Palacio de Buckingham. Pero, a medida que había ido creciendo, los destinos soñados habían ido haciéndose un poco más originales. Había una fotografía de un café situado a las afueras de un pueblo de montaña en Perú. O las Islas Galápagos. Siempre había querido visitarlas.

Pero trabajar en una televisión local no la había llevado precisamente a destinos exóticos. Sus vacaciones se habían visto a menudo interrumpidas por acontecimientos inesperados. Cuando había sido por culpa de verdaderas noticias no le había importado mucho, pero en una ocasión había tenido que interrumpir un viaje porque corría el rumor de que Jennifer Aniston se había comprometido.

«Se acabó eso de cancelar viajes», pensó. Podría tomarse unas verdaderas vacaciones. Viajar a algún destino interesante. Ya sabía que un viaje de dos semanas no era lo mismo que sumergirse de verdad en un lugar, pero aquello ya era un comienzo.

Sonó su teléfono móvil y apareció el rostro de Phoebe en la pantalla.

Maya sonrió mientras contestaba.

—¿Qué pasa? —le preguntó tras presionar la tecla verde—. ¿Alguna crisis en los planes de boda?

Phoebe soltó una carcajada.

—Muy bien, ya veo que no estás viendo el programa de Eddie y de Gladys.

Maya reprimió un gemido. Agarró el mando a distancia y encendió la televisión.

—¿Y ahora qué están haciendo? Dime que no están emitiendo desnudos frontales.

—No. Ya lo verás. Y después tendrás que darme alguna explicación. ¿Cómo es posible que yo no me haya enterado?

—¿Que no te hayas enterado de qué?

Encendió la televisión y buscó la televisión de Fool's Gold. Eddie apareció en la pantalla.

—*Lo sé* —estaba diciendo—. *Queréis verlo otra vez. Allá va.*

Mientras observaba, comenzó el vídeo. Al principio, la imagen era borrosa, pero se fue aclarando poco a poco.

Se quedó boquiabierta al ver que estaban Del y ella en la pradera. La pradera. El lugar en el que habían grabado la entrada del vídeo. El lugar en el que se habían besado. En el que, de forma accidental, había dejado la cámara encendida. Y después no se había molestado en borrar lo que había grabado.

—No —gimió—. No, no y no.

—Sí —contestó Phoebe divertida—. Primero os decís que estabais enamorados y después os besáis. Es muy romántico.

Sí, aquello era exactamente lo que había pasado.

Observó en el vídeo, en el que aparecía ella diciendo:

—*Te amaba. Espero que lo sepas.*

—*Yo también te amaba. ¡Cuántas confesiones para un rodaje a primera hora de la mañana!*

Y después ocurría. Delante de todo el pueblo. Del se inclinaba y la besaba.

Maya apoyó la cabeza en la mano que tenía libre.

—Me quiero morir —susurró.

—Creo que ya es demasiado tarde para eso. Por lo

menos no es un desnudo frontal. Eso ya es un consuelo, ¿verdad?

Maya se hizo un ovillo y se preguntó si sería posible que la tragara la tierra.

—¿Crees que lo ha visto alguien más?

—Solo... todo el pueblo.

Capítulo 7

Maya se dijo a sí misma que el hecho de que un momento se convirtiera en viral tenía algo bueno. La distraía de su preocupación por Elaine.

La sala de espera de la clínica estaba bastante llena. Había unas sillas muy cómodas, un acuario enorme lleno de peces, Wi-Fi gratuita y un enorme aparato de televisión que en aquel momento estaba emitiendo *Good Morning America*. El conductor del programa ya estaba haciendo bromas sobre el vídeo que, al parecer, había dominado las redes de la noche a la mañana.

Maya había estado recibiendo y contestando mensajes de texto y estaba comenzando a recibir llamadas, aunque no las había contestado. No quería abandonar la clínica hasta que supiera que Elaine estaba bien y no estaba dispuesta a hablar por teléfono delante de nadie.

Alzó la mirada hacia la pantalla justo en el momento en el que estaban emitiendo el vídeo. A nivel personal, todo aquel asunto era como para morirse de vergüenza. No le gustaba mostrar al mundo un momento tan íntimo como aquel. Se sentía vulnerable y expuesta, aunque, en aquella sala de espera, nadie les estaba prestando atención ni al vídeo ni a ella. Era obvio que estaban tan preocupados por sus seres queridos como ella por Elaine.

Pero, a nivel profesional, tenía que admitir que el vídeo tenía un encuadre perfecto. Las flores silvestres, los árboles… era un entorno muy bello. Y también su imagen besando a Del.

Por un instante, volvió a sentir sus labios sobre los suyos. La tierna presión, el calor. La inundó el anhelo. El anhelo de aquello que habían disfrutado en el pasado y de lo que no podrían tener en el futuro. Fuera cual fuera la amistad que habían recuperado, habían perdido el amor. Por muchos cosquilleos que sintiera, no iban a volver a estar juntos. Solo tenían un camino frente a ellos y aquel camino conducía hacia la tierra de la amistad. A pesar de la dulzura de aquel beso.

Todavía no había tenido noticias de Del, así que no estaba segura de que lo supiera. Tampoco podía decir que hubiera intentado localizarle. Sabía que no le iba a hacer mucha gracia, pero se preguntaba hasta qué punto le importaría.

–¿Maya? –la enfermera le sonrió–. Ya puedes entrar.

Maya la acompañó hasta la sala de recuperación y encontró a Elaine sentada. Estaba muy pálida, pero, por lo demás, tenía buen aspecto.

Maya le tomó la mano y se la apretó.

–Eh, ¿cómo te encuentras?

–No muy mal –Elaine sonrió–. El médico dice que el tumor estaba muy localizado, así que podemos seguir ciñéndonos al plan original. Unos cuantos días para recuperarme y seis semanas de radiación.

Maya le apretó los dedos, pensando que, en aquel momento, un abrazo no sería muy recomendable.

–Eso es lo que queríamos oír.

–Lo sé. Y estoy muy agradecida.

La enfermera se volvió hacia Maya.

–Elaine dice que eres tú la que la vas a cuidar esta noche.

–Sí, se va a quedar conmigo.

—Estupendo. Las instrucciones para el postoperatorio son muy sencillas. Después las repasaré contigo. Se las he entregado a Elaine antes de la operación, pero siempre está bien tener a otra persona al tanto. Y, además, la enviaremos a casa con las instrucciones por escrito.

—Me aseguraré de que haga todo lo que le dicen.

Para las doce de la mañana, Elaine ya estaba instalada en la habitación de invitados de Maya. Había tomado una sopa y unas galletas saladas y la medicación para el dolor. Sophie saltó a la cama y se acurrucó a su lado, como si comprendiera que aquel era un momento para estar tranquila.

—Estoy bien —dijo Elaine con firmeza mientras acariciaba a la perrita—. Muy cansada, pero me encuentro bien. No he dormido en toda la noche. De hecho, hace un par de noches que no duermo. Así que voy a quedarme aquí a descansar y quiero que te vayas.

Llevaban ya un cuarto de hora con aquella conversación. Elaine quería que fuera a trabajar unas horas y ella no quería dejar a su amiga.

—Es solo una pequeña incisión —continuó Elaine—. Ni siquiera me han puesto un drenaje. No hay que hacer nada especial. Mañana podré ducharme y empezar mi vida normal. Nada de ejercicios extenuantes durante una semana y después ya estaré bien.

Excepto por el hecho de que todavía tenía que enfrentarse a la radio y de que le habían detectado un cáncer, pensó Maya.

—Estoy aquí para cuidarte.

—Me estás poniendo nerviosa. No necesito que estés tan pendiente de mí. Vete y déjame dormir. Vuelve dentro de dos horas y saca un rato a Sophie, eso es lo único que te pido.

—Esperaré durante una hora y después sacaré a pasear a Sophie. Si para entonces todavía estás bien, me iré.

—Qué cabezota eres —musitó Elaine. Comenzaban a cerrársele los ojos.

—Es una de mis mejores cualidades.

Se quedó dormida casi al instante. Apenas se movió cuando Maya sacó a Sophie a dar un paseo. La perrita terminó rápidamente sus asuntos, como si estuviera deseando regresar junto a Elaine. Esta ni siquiera se enteró cuando Maya le tocó la frente y la mejilla para asegurarse de que no tenía fiebre.

Después de escribir una nota diciéndole dónde estaba y de asegurarse de dejarle agua fresca y el teléfono móvil en la mesilla, Maya salió y se dirigió hacia su despacho.

Estando allí, puso la alarma del teléfono para no quedarse absorta en el trabajo. Quería volver a su casa al cabo de noventa minutos para ver a su amiga.

Maya rodeó la sala de edición de camino a su despacho. La puerta estaba abierta y Eddie Carberry estaba sentada delante del ordenador. Pero más sorprendente todavía fue que estaba revisando material rodado por ella.

—¡Dios mío! ¡Fuiste tú! —la acusó Maya.

Eddie alzó la mirada con expresión más triunfal que arrepentida.

—No tengo ni idea de qué estás hablando.

La entrevista sonaba de fondo. Teniendo en cuenta que el vídeo había aparecido en su programa, no debería haberla sorprendido encontrarla allí, pero lo hacía.

—Has estado revisando mi material.

Eddie miró de nuevo la pantalla.

—Es bueno. Tienes muy buen ojo. Ese beso ha sido todo un hallazgo.

—Me has robado lo que tenía grabado.

—Lo he copiado. Tú todavía lo conservas, así que no te he quitado nada. Además, ahora eres famosa.

Por haber besado a Del. Algo que habría hecho tambalearse su mundo un poco más si no hubiera tenido que enfrentarse a la operación de Elaine.

—No vuelvas a hacerlo —le advirtió con firmeza.

—¿Por qué no? Deberías darme las gracias.

¿Cómo era posible que aquella anciana de pelo rizado y ojos brillantes tuviera tanta confianza en sí misma? ¿Sería cosa de la edad? ¿De su personalidad?

—No voy a darte las gracias por haberme robado mi material.

—He conseguido sacarte en la televisión nacional. Ha sido un puntazo. Y una gran publicidad para el pueblo, que es el objetivo de tu trabajo. Sí, creo que me merezco unas flores. Y quizá unos bombones. Los See's son mis favoritos. A Gladys también le gustan.

Mayan se sentía como si acabara de cruzar el espejo.

—No voy a enviarte ni flores ni bombones.

Eddie aspiró con fuerza y se levantó.

—Si quieres tomártelo así.

—Sí, quiero tomármelo así.

—Deberías agradecer más lo que la gente hace por ti.

Maya la observó marcharse, después, se acercó al ordenador y activó el programa de seguridad. En cuanto estuvo instalado, puso una contraseña para acceder a sus archivos y se dirigió a su despacho.

Todavía estaba intentando encontrar sentido a todo lo que había pasado durante las últimas dieciocho horas cuando entró Del. En el segundo en el que le vio, tuvo la sobrecogedora urgencia de lanzarse a sus brazos y abrazarle hasta que todo se hubiera solucionado. Una urgencia seguida por la necesidad de decirle que su madre estaba bien. Que no tenía que preocuparse por nada. El único problema era que Del no sabía lo que le pasaba a su madre y ella no podía decírselo.

–Veo que no estás muy contenta –le dijo Del, apoyándose en el vano de la puerta–. Estás muy afectada –se acercó a ella–. Tampoco es lo que yo habría elegido, pero no es para tanto. En cierto modo, es divertido.

–Te refieres al beso –susurró, sabiendo que no podía estar hablando del cáncer, aunque fuera en eso en lo que ella estaba pensando en aquel momento.

Del entró en el despacho y cerró la puerta.

–¿Hay alguien que pueda enfadarse?

–¿Alguien? ¿Te refieres a un hombre?

Del esbozó una media sonrisa.

–Si no es un hombre, ¿puedo mirar?

Maya empezó a reír, y, de pronto, tuvo que luchar contra unas lágrimas inesperadas. Era por su madre, pensó. Por la operación, por el optimismo del médico. Volvió a sentir la necesidad de acercarse a Del para abrazarle. También quería que supiera lo que iba a pasar. Pero había hecho una promesa. Una promesa que le pesaba como una piedra en el estómago… y en la conciencia.

–No hay ningún hombre, ni ninguna mujer –dijo, esperando que su tono fuera lo bastante ligero–. Me ha sorprendido lo del vídeo. Y estoy segura de que a ti también.

–Completamente. Y me está costando todo tipo de bromas por parte de mis amigos.

–Me lo imagino. También vas a conseguir muchas admiradoras. Eres muy fotogénico.

–Tú también.

Besándose. Habían salido besándose.

–Ha sido cosa de Eddie Carberry –le explicó, intentando distraerse–. Lo ha encontrado entre mi material.

–No me sorprende. Esa mujer es impresionante.

–He puesto una contraseña para acceder a mis archivos.

Del soltó una carcajada.

–Bien hecho. Que por lo menos tenga que esforzarse.

—El plan es que no tenga acceso a ninguna información.

Maya se acercó al escritorio. Del se sentó en la silla que había al otro lado de la mesa y la observó con atención.

—¿Estás segura de que estás bien?

—Solo un poco cansada. Ayer por la noche estaba en estado de shock. No me lo podía creer. ¿Tú cómo te enteraste?

—Ryder Stevens lo vio en internet y me escribió. ¿Sabías que el programa de Eddie y Gladys tiene seguidores en internet?

Maya se frotó las sienes.

—No, y no necesitaba saberlo. Por lo menos internet es un sistema abierto y no tenemos que preocuparnos de que intervenga la FCC.

—No te habrás enfadado con ellas, ¿verdad?

—No. Estoy sorprendida. Desconcertada.

—Esas mujeres son incontrolables.

—¿No te importa que el beso se haya hecho viral?

Del desvió la mirada. Por un instante, Maya habría jurado que le estaba mirando los labios. Sintió un intenso calor seguido por una oleada de anhelo.

Podrían repetirlo, pensó. Y, en aquella ocasión, podría ser un beso de verdad. Con los cuerpos presionando y las lenguas... Bueno, no le iría mal un poco de lengua a su vida...

Pero aquello no iba a ocurrir. Eran amigos. Trabajaban juntos. Sabía que a Del le caía bien. Se llevaban bien, pero estaba segura de que no tenía ningún interés sexual en ella. En cuanto a sus propios sentimientos... solo era nostalgia. Estaba reaccionando a lo que había sentido en el pasado.

—A principio me sentí un poco incómodo, pero, qué le vamos a hacer, esas cosas pasan.

Maya sonrió.

—Te gusta ser el centro de atención.

—En cierto modo. Mientras que tú prefieres estar detrás de la cámara.

—Sí —respondió lentamente, pensando al instante en su sueño de trabajar en una cadena nacional.

—¿En qué estás pensando?

—En que invertí muchas energías en conseguir trabajo en una cadena. Quería estar delante de la cámara. Ser la estrella. Pero tienes razón. Mientras veía el vídeo, no me hacía ninguna gracia haberme convertido en el centro de atención y, sin embargo, apreciaba lo buena que era la toma.

No podía ser cierto. ¿Habría estado persiguiendo un sueño que no era el suyo durante todo aquel tiempo?

—¿Te arrepientes ahora de haber venido a Fool's Gold? —le preguntó Del.

—No. Estaba cansada de ese programa de cotilleos. No podía seguir haciéndolo. Esto es más agradable.

Pero quizá no fuera algo permanente, susurró una vocecilla en su interior.

—Es bueno estar contento con el trabajo.

—Desde luego. ¿Qué vas a hacer este fin de semana?

—Nada en especial. ¿Y tú? ¡Ah, es verdad! Vas a pasar un fin de semana de chicas con mi madre. ¿Y qué vais a hacer? ¿Manicura y pedicura?

—Estoy impresionada. Sabes lo que son la manicura y la pedicura —contestó, esquivando la pregunta. Porque su fin de semana de chicas iba a consistir en asegurarse de que su amiga se recuperara.

—Soy un hombre muy viajado —contestó mientras se levantaba—. ¿Estás segura de que estás bien?

—Sí. Ahora que un beso nos ha hecho famosos, estoy segura de que los dos podremos encontrarle alguna ventaja.

Del sonrió de oreja a oreja.
—Desde luego, yo pienso a hacerlo.

Del salió de los estudios y se dirigió hacia The Man Cave para ver a Nick. Quizá una conversación con su hermano mediano le permitiera averiguar por qué creía que debía esconder lo que estaba haciendo.

Del no acababa de comprenderlo. A lo mejor Ceallach no aprobaba los materiales con los que trabajaba, pero estaría encantado de ver que su hijo se dedicaba al arte. ¿Por qué no permitir entonces que lo supiera?

Cruzó la calle y dobló la esquina. Cada uno tenía sus razones, supuso. Muy pocas cosas se hacían al azar. Como su vuelta a casa. Había sido una opción deliberada y tenía la sensación de que las razones por las que lo había hecho no eran las primeras que había pensado.

Entró en el bar y vio que Nick no estaba solo. Aidan estaba con él. Dos por el precio de uno, pensó mientras se acercaba a ellos, preguntándose si Aidan se marcharía nada más verle. Su última conversación no había terminado muy bien.

—Aquí viene la nueva estrella de los *reality* —anunció Nick desde detrás de la barra—. Hace solo dos semanas que ha vuelto y ya está divirtiéndose con Maya. Todo vuelve a ser como antes.

Del aceptó la provocación.

—No ha sido así.

—Pues era lo que parecía —repuso Aidan agarrando un puñado de cacahuetes del cuenco que había en el mostrador—. Parecía exactamente eso.

Había sido un beso agradable, pensó Del. La primera vez que había visto el vídeo, había sufrido un fuerte impacto y le había resultado un poco violento. Pero aunque había sido un momento muy íntimo, no estaba avergonzado. Maya y él hacían buena pareja. De lo único que se arrepentía era de no haber hecho nada más. No delante de la cámara, por supuesto. Pero sí después. En privado. A solas con ella. Desnudos.

Maya siempre había estado maravillosa desnuda y tenía la sensación de que los años habían sido particularmente amables con ella. Los dos tenían diez años más y eso significaba que tenían más experiencia. Hacer el amor con ella había sido maravilloso en el pasado. Imaginaba que sería incluso mejor en el presente.

—¿Qué quieres tomar? —le preguntó Nick.

Del señaló la botella de Aidan y se sentó.

—Lo mismo que él.

Aidan alzó la mirada hacia Del.

—¿Ya te has enterado de lo que ha pasado con el vídeo? ¿Cómo ha llegado a hacerse público?

—Eddie Carberry lo sacó de los archivos de Maya.

Aidan sacudió la cabeza.

—Esa mujer es digna de admiración. Avanza a la misma velocidad que los tiempos.

—Eso es lo mismo que dije yo. Ojalá fuéramos todos tan decididos como ella cuando lleguemos a sus años.

Del se descubrió a sí mismo observando a Nick y pensando en su secreto. Pero no iba a preguntarle nada. En cambio, se volvió hacia Aidan.

—¿Cómo va el negocio?

Aidan tensó la expresión al instante. Dejó la cerveza en la barra.

—Vete al infierno —contestó, y salió del bar.

Del le siguió con la mirada y después se volvió hacia Nick.

—¿Qué he dicho?

—¿Tenías que preguntar por el negocio?

—Sí, tenía que preguntar. Sé que está mosqueado. Así

que me gustaría hablar de ello. Huyendo no va a conseguir nada.

—Lo dice el hombre que salió huyendo de aquí.

No era así como él habría descrito su marcha del pueblo, pero entendía que pudiera haber parecido una huida.

—A lo mejor he aprendido de mis errores.

—No es conmigo con el que estás discutiendo. No tiene sentido que me lo digas.

Del fijó la mirada en la cerveza que Aidan había abandonado sin estar muy seguro de cómo manejar la situación.

—Supongo que no es así con todo el mundo.

—No. Solo contigo.

—Genial. En ese caso, tendré que hablar con él.

—Acabas de intentarlo y no te ha salido bien.

—¿Y qué sugieres?

—No tengo ni idea –Nick se reclinó contra la barra–. ¿Te arrepientes de haber vuelto a casa?

—A veces. Hay todo un mundo ahí fuera y me resulta mucho más fácil enfrentarme a él que tratar con mi familia –bebió un sorbo de cerveza–. Si Aidan es tan desgraciado, ¿por qué no vende el negocio y se marcha? Papá ya no bebe, así que no va a agarrarse una borrachera y a acabar con el trabajo de todo un año. Nadie necesita esos ingresos para poder llevar comida a la mesa.

Nick se enderezó.

—Sería incluso más fácil. Aidan le compró a mamá el negocio hace unos años. Ahora es suyo.

—Entonces, si le parece tan terrible, ¿por qué no lo deja? ¿O es que disfruta pasándose el día pensando que le he arruinado la vida?

—Eso tendrás que preguntárselo a él.

—No está aquí.

—Sí, eso lo hace más difícil.

Del miró a Nick.

—¿Hay algo de lo que quieras hablar?

—Mi vida es un libro abierto.

—Escrito con tinta invisible.

Nick rio para sí.

—¿Ves lo que te has perdido por haberte ido? Y hablando de irte, ¿cuál va a ser tu próximo destino?

—No tengo ni idea.

—¿No te han llamado para llevar a cabo una gran aventura?

Del negó con la cabeza.

—Algunas personas se han puesto en contacto conmigo. Querían que ayudara a diseñar material deportivo, pero yo no soy el hombre que buscan. Lo de la tabla fue algo especial. No me gustaba lo que había en el mercado. Pero no puedo decir que me despierte en medio de la noche pensando en mi próximo invento.

—Necesitas encontrar una pasión –señaló Nick.

Si Del hubiera estado bebiendo en aquel momento, se habría atragantado. ¿Se lo estaba diciendo en serio? ¿Él? ¿Un tipo que llevaba una vida secreta?

—No soy un emprendedor –contestó–. No tengo ganas de descubrir la mejor manera de reinventar la rueda.

—¿Y has pensado en la posibilidad de establecerte en algún lugar?

—A veces. Pero no estoy seguro de que sea eso lo que quiera.

—¿Y qué te gustaría hacer si te establecieras?

—Me gustaría dedicarme a la enseñanza.

Nick arqueó las cejas.

—Es lo último que me podía esperar.

Del apoyó los codos en la mesa.

—Me gustan los niños. Me gusta compartir la vida con ellos. Esa ha sido una de las mejores cosas de mis viajes. Ir a colegios a explicar lo que había visto. Enseñarles lo que había vivido.

—¿Con fotografías?

—A veces. O vídeos. O contándoles cuentos. Los niños quieren saber cómo es la vida en otras partes. Son curiosos por naturaleza. Abiertos.

Del pensó en los vídeos que había rodado. Habían sido un comienzo, pero no muy bueno. Tenía la mirada, pero no la manera de ver a través de la cámara. Desde que había vendido su empresa, tenía dinero. A lo mejor debería contratar a alguien. Montar una empresa de producción de vídeos sobre viajes.

Alargó la mano hacia la cerveza y supo que aquella no era la respuesta. Aunque aquello podría llevarle donde quería, no era eso lo que estaba buscando.

Por un instante, pensó en Maya. Era una mujer brillante. Entregada a su trabajo. Pero también estaba comprometida con Fool's Gold. Y trabajar juntos durante unas cuantas semanas no era lo mismo que convertirla en socia de una empresa. Después de lo que había ocurrido en el pasado, no sabía si podía confiar en ella. No del todo.

—Profesor. Jamás lo habría dicho —comentó Nick.

—Todavía no estoy pensando en sentar cabeza, así que no creo que eso vaya a ocurrir —terminó la cerveza y le tendió a Nick la botella vacía—. ¿Te gusta trabajar aquí? —le preguntó, señalando el bar.

—Claro. El horario es bueno, el sueldo decente, y me paso el día con gente que me cae bien.

Del se preguntó cuál de las tres cosas era la más importante. Teniendo en cuenta lo que había visto de las esculturas de su hermano, imaginaba que tenía un horario que le permitía tener libres las mañanas y la primera hora de la tarde. Durante todo aquel tiempo podía estar fuera, creando. Porque, para muchos artistas, la luz era lo más importante.

—¿Has tenido noticias de los mellizos? —le preguntó.

–La verdad es que no –respondió Nick, tendiéndole otra cerveza–. Mamá me dijo que pensaban venir al cumpleaños de papá. Veremos si aparecen.

–¿Cuándo se fueron? ¿Hace tres años?

Nick asintió.

–Justo después de que papá tuviera el infarto. Se fueron de un día para otro. Como tú.

Del suspiró.

–No piensas olvidarlo nunca, ¿verdad?

Nick sonrió de oreja a oreja.

–Mientras siga molestándote, continuaremos metiendo el dedo en la herida. Ya lo sabes.

–Sí, lo sé.

Era la ley de la selva de los Mitchell. Solo sobrevivían los más fuertes. O se marchaban. Por supuesto, estaba dando por sentado que marcharse era una señal de fortaleza. Diez años atrás, había comprendido que no le quedaba otra opción. Pero las cosas habían cambiado. Era un hombre adulto y había cosechado grandes éxitos. Tenía más confianza en sí mismo. Tenía dinero en el banco y muchas opciones. Pero también tenía muchas preguntas y, hasta el momento, no había encontrado respuestas.

Capítulo 8

Maya abrió la puerta de atrás de su coche y Sophie saltó al suelo.

–Te irías con cualquiera a cambio de que te diera una vuelta en coche, ¿verdad?

La beagle movió la cola contenta antes de volverse hacia Maya.

–Gracias por todo. Te agradezco mucho tu ayuda.

–De nada. ¿Estás segura de que estás bien?

–Estoy bien. Y no he tenido ningún dolor. Eres una buena amiga.

Maya la abrazó, evitando tocar la zona en la que le habían hecho la incisión.

–Cuenta conmigo para lo que quieras. Si necesitas cualquier cosa, llámame.

–Lo haré –Elaine se enderezó y le dirigió una sonrisa traviesa–. Voy a decirle a Ceallach que estoy con resaca después de esta noche de chicas. Así podré estar relajada durante el resto del día sin que me moleste. Será lo mejor para los dos.

Maya asintió, aunque pensaba que sería mejor para la familia que Elaine fuera sincera. Pero aquel no era su problema. Había apoyado a su amiga y continuaría haciéndolo. Aunque no le gustara mantener aquel secreto.

Maya condujo hasta su casa. En el camino, pensó en lo que iba a hacer durante el resto del día. Tenía que ocuparse de las tareas habituales del fin de semana: poner la lavadora y limpiar el baño. Nada particularmente inspirador. Ni interesante.

Al llegar al camino de su casa se fijó en las plantas del porche. Unos días atrás estaban un poco pálidas y en aquel momento estaban marchitas, como si fueran a morir aquella misma noche.

–¿Qué demonios?

Nunca había tenido plantas, así que no sabía qué podía haber hecho mal. Las estudió con atención, pensando en su triste aspecto. Ella las había regado con regularidad. ¿Necesitarían abono o algo más? ¿Estaría dejándolas morir?

–No tienen muy buen aspecto.

Alzó la mirada y descubrió a Del en la acera. Su cuerpo entero pareció sentirse más ligero. Comenzó a notar un cosquilleo en el estómago y en la yema de los dedos. Y esperó no parecer tan contenta como se sentía.

–No sé qué he hecho mal –admitió–. ¿Tienes alguna experiencia en jardinería?

–Lo siento, pero no.

–Yo tampoco.

–¿Ya ha acabado tu fin de semana de chicas? –preguntó él.

–Sí. Acabo de dejar a tu madre y a Sophie en casa. Pensaba ir a buscar unas plantas para sustituir a estas.

–¿Quieres compañía?

Contestó aquella inesperada pregunta con un asentimiento de cabeza.

–Sí, por favor. Así podrás cargar tú las plantas.

–¿Qué me dices ahora de la igualdad de sexos? –preguntó Del en tono de broma.

–¿Y qué me dices de que te mande al infierno?

Del soltó una carcajada.

—Vamos.

Maya se reunió con él en la acera y se encaminaron hacia el norte. Aquel era un barrio muy tranquilo, con pequeñas casas de una sola planta y amplias zonas de césped.

—Esta parte del pueblo tiene un aire muy provinciano —comentó Maya—. ¿Cómo lo soportas?

—Me gustan estas zonas de las afueras.

—No, no es verdad. Tú eres un hombre de mundo. Seguro que estás contando los días que faltan para marcharte.

—Cuando llegue el momento, tendré ganas de irme, pero ahora me alegro de haber vuelto. Más o menos.

—¿Eso qué significa?

—Aidan no me habla. Sé que es porque me fui hace diez años. Eso lo entiendo. Pero Nick me ha contado que le compró el negocio a mi madre. Es el propietario de la empresa. Si no está contento, ¿por qué sigue aquí? Podría irse donde quisiera.

—¿Se lo has preguntado?

—No es capaz de estar en la misma habitación que yo durante el tiempo suficiente como para que tengamos una conversación.

—¿Lo has intentado de verdad?

Del se quedó en silencio. Maya sacudió la cabeza.

—Típico de un hombre. A lo mejor necesita que te esfuerces un poco más. No voy a decir que comprenda la dinámica de tu familia, pero lo que sí puedo decirte es que a todos nos gusta sentir que nos escuchan. A lo mejor necesita darse cuenta de que tienes verdadero interés en conocer su versión de las cosas.

Del asintió.

—Quizá —la miró—. ¿Hice mal al marcharme?

No era una pregunta que a Maya le resultara cómoda,

sobre todo, porque se sentía responsable de lo que había ocurrido.

–Eras joven, estabas dolido y te sentías atrapado. Tenía sentido que te marcharas.

–Creo que no habría sido feliz quedándome aquí. Me resultaba más fácil irme a otro lugar.

–O viajar de un sitio a otro –le corrigió Maya–. No puede decirse que te hayas establecido en un solo lugar. Hay personas a las que les gusta estar en constante movimiento. Tú eres una de ellas –se interrumpió de pronto–. No fue culpa mía. El que te marcharas, quiero decir. Te habrías ido de todas formas.

Del la miró a la cara.

–Maya, claro que no fue culpa tuya. ¿De verdad pensabas que lo fue?

–Siempre me he sentido culpable.

–Pues no deberías. No querías casarte conmigo. No pasa nada. Tenías derecho a elegir.

Ya habían superado lo ocurrido. Ella se había disculpado y él había aceptado su disculpa, así que no tenían que volver a pensar en ello. Pero aquel era un giro interesante respecto a lo que habían vivido hasta entonces.

–No habrías sido feliz si te hubieras casado conmigo. Por lo menos, si nos hubiéramos quedado aquí. Vaya, eso sí que habría sido interesante.

–¿El qué? ¿Qué te hubiera presionado para que nos fuéramos de aquí? ¿Habrías estado dispuesta a marcharte?

–No lo sé.

Comenzaron a caminar otra vez.

–Porque tú quieres estar en un solo lugar.

–¿Por qué piensas eso?

–Te fuiste a vivir a Los Ángeles y no te moviste de allí. Y ahora estás aquí.

–En gran parte, eso tiene que ver con mi trabajo.

—No estoy diciendo que sea algo malo —señaló hacia las casas por las que estaban pasando—. Sentar cabeza es lo normal. Lo que estoy diciendo es que nunca has ardido en deseos de ver el mundo.

Maya pensó en su libro de recortes. ¿Los viajes habrían formado parte de sus sueños o solo habían sido vagos deseos?

—Viajar me parece divertido —admitió—. Estar conociendo siempre lugares nuevos. ¿Qué es lo que más te gusta de poder ir a sitios diferentes?

—Conocer a niños de otros países. Sienten curiosidad por todo. Y, particularmente, sobre los Estados Unidos.

—Claro. Están acostumbrados a ver aspectos puntuales del país en los programas de televisión y en las películas, pero no en la vida real. Y es una pena que no haya una manera de compartir las cosas tal y como son. Documentales que expliquen la vida diaria, pero dirigidos a los niños. Que cuenten cómo es el día a día en el colegio para un niño de Baltimore. O de Melbourne. Si tuvieran el mismo formato, los estudiantes asimilarían las secuencias al instante. Sabrían cuándo va a salir la sección dedicada a los deportes, a la comida... A los niños les gusta la repetición. Esa es una de las razones por las que les encanta que les cuenten el mismo cuento todas las noches, y ver la misma...

Maya advirtió que Del ya no la estaba escuchando. Se volvió y le vio a varios pasos de distancia. Parecía perplejo.

—¿Qué pasa? —le preguntó Maya.

—Es una buena idea —contestó mientras caminaba hacia ella—. Me refiero a la de utilizar siempre el mismo formato. Y tienes razón en lo de la repetición. Nunca se me había ocurrido. Podría crear una serie de documentales.

—Claro. Se centrarían primero en niños con una vida normal para ir después extendiendo la temática. ¿Cómo se vive siendo la hija del presidente? ¿O siendo el hijo de una estrella del deporte o del cine? ¿O en las calles de la India? Verlo es la mejor manera de entenderlo.

Del la alcanzó.

–Eres buena.

Maya sonrió.

–A la hora de sugerir ideas, puedo competir con cualquiera. Créeme, cuando tu tema son los cotilleos de los famosos, encuentras la manera de hacer parecer interesante hasta lo más prosaico.

Comenzaron a caminar otra vez. Maya pensó en el potencial de aquel proyecto. Había muchas maneras de hacerlo atractivo y no hacía falta un gran presupuesto. Pero Del no había dicho que necesitara ayuda.

–En realidad, no tenía intención de quedarme para siempre en Los Ángeles –sabía que no importaba, pero, de alguna manera, necesitaba que él lo supiera–. Siempre he pensado que terminaría en cualquier otra parte.

Y aquello podía ser parte del problema, admitió, aunque solo para sí. «Terminar en alguna parte» no era lo mismo que decidir un plan. Era verse arrastrada por las circunstancias.

–Ahora estás aquí. Esto ya es otra parte.

Maya asintió, pensando que debería estar agradecida. Giraron a la izquierda en una calle. Pero aquel trabajo era algo que había surgido de manera inesperada. No lo había estado buscando. La alcaldesa había ido a por ella. ¿Qué problema tenía? Ella siempre se había enorgullecido de cuidar hasta el último detalle de sus reportajes, pero no podía decir lo mismo de su propia vida.

–¿En qué estás pensando? –le preguntó Del–. Pareces enfadada.

–Solo estaba pensando en que no parezco capaz de tomar decisiones. Mi único plan es la falta de acción. No es que sea un buen plan, pero siempre acaba surgiendo algo.

—¿Te estás preguntando si deberías haber sido más activa a la hora de planificar tu vida?

—Quizá. O por lo menos debería haber pensado lo que quería —tomó aire—. Nunca voy a conseguir un trabajo en una cadena nacional. Así que he vuelto a ser la chica que está detrás de la cámara.

—Y una de las mejores.

Maya sonrió.

—Gracias. Aceptaré el cumplido, aunque sé que no tienes con quién compararme.

—Eres mejor que yo.

Maya apretó los labios.

—¡Eh! —protestó Del en tono burlón—. No soy tan malo.

—Eres bastante bueno. Mejor que la mayoría con tu nivel de preparación.

Del la rodeó con el brazo y la atrajo hacia él.

—Deja de intentar proteger mis sentimientos. Háblame con franqueza.

Maya le sonrió.

—Eres un aficionado. Un aficionado encantador, pero un aficionado de todas formas.

Estaba tan cerca que podría besarla, pensó Maya, consciente de la presión de su cuerpo contra el suyo y de lo cerca que estaban sus labios. A pesar de que estaban en un sitio público, paseando por el pueblo un domingo a las dos de la tarde, no le sentaría mal un buen beso. Y los besos de Del eran muy especiales.

Pero en vez de acercarla más a él, Del la soltó y señaló el cartel del vivero.

—Ya hemos llegado. Vamos a enterarnos de por qué estás matando las plantas.

Era preferible mantener una relación intrascendente, se dijo Maya a sí misma, a pesar de que sabía que se estaba engañando. ¿Del no quería besarla? ¿No le resultaba atractiva? Era curioso, teniendo en cuenta que diez años atrás era tal su pasión que apenas podían pensar en otra cosa. En aquel momento, aunque todavía temblaba cada vez que estaba cerca, solo estaba intrigada por su conexión sentimental. En cierto modo, era incluso más potente. Y potencialmente peligrosa. Sobre todo si no era un sentimiento compartido.

Del no podía quitarse la idea de la cabeza. Apenas había estado atento a la conversación sobre la reciente muerte de sus plantas que Maya había mantenido con uno de los empleados de Plants for the Planet. Estaba demasiado ocupado pensando en todas las posibilidades.

Maya había hablado de la serie de vídeos de una manera que le había servido para centrar las ideas que tenía dispersas. Le gustaba el concepto de un formato fijo para presentar a niños de todo el mundo. Había elementos que eran universales, como la escuela, la familia o los deportes. En cuanto los niños vieran aquella conexión, podrían experimentar lo que vivían otros estudiantes. Después de descubrir los elementos que tenían en común se abría la posibilidad de establecer vínculos. Era fácil odiar o temer al diferente, pero cuando se descubría que una persona era como uno mismo, se construía una relación.

¿Habría mercado para aquella clase de vídeos?, se preguntó. Sabía que los presupuestos de los colegios eran limitados. Si conseguía financiación, y contaba con su propio dinero, podría ofrecer los documentales gratuitamente. Porque para él era importante hacer llegar aquel mensaje.

Tenía que pensar en ello, se dijo a sí mismo.

Maya permanecía al lado de la caja registradora. Del se acercó y agarró la caja con las plantas que tenía delante. Parecía más preocupada que contenta.

—Me las han dado gratis para sustituir a las otras –le explicó–. Es como si estuvieran en garantía. Pero no quiero aprovecharme de ellos. ¿Y si he sido yo la que ha hecho algo mal?

—Son cuatro plantas –replicó él–. Llévatelas. Si estas sobreviven, el problema era de las plantas. Si mueren, tú serás la culpable y puedes pagar estas y las nuevas.

—Si estas mueren, renunciaré a la jardinería –dijo mientras salían–. Sabía que las relaciones no se me daban muy bien, pero odiaría que eso tuviera algo que ver con la muerte de las plantas.

—¿Por qué dices que no se te dan bien las relaciones?

Por lo que él había visto, era una persona sociable y querida. Y él también disfrutaba de su compañía.

—Por los motivos habituales. Voy a cumplir treinta años y no estoy casada. No he tenido una relación larga con un chico desde... desde hace mucho –le miró y desvió de nuevo la mirada–. Y también lo digo por Zane.

—¿Qué tiene que ver tu hermanastro con todo esto?

—Tú no eres el único que tiene una relación extraña con su familia. Zane y yo nos hemos tratado como si fuéramos adversarios durante años. Siempre he hablado de él como si fuera un hombre muy severo. Me parecía que era demasiado duro con su hermano pequeño, un tipo gruñón que necesitaba vivir un poco.

—¿Y?

—Es posible que estuviera equivocada.

—¿Tú?

Maya le dirigió una sonrisa radiante.

—Me gusta que finjas estar sorprendido, aunque los dos sabemos que no lo estás. Sí, yo. Chase siempre ha sido un chico difícil. Y, aunque yo lo sabía, siempre me ponía de su parte y en contra de Zane. Hace unos meses, Chase fue demasiado lejos. No voy a entrar en detalles, pero el resultado fue que se merecía una lección y Zane decidió dársela. Chase había anunciado una falsa conducción de ganado...

—¿Has dicho una falsa conducción de ganado?

Maya se echó a reír.

—Sí. Chase aceptó dinero de turistas prometiéndoles que participarían en una conducción de ganado. Pensaba devolver el dinero, pero no pudo, así que Zane decidió organizar la conducción y hacer que Chase se ocupara de las tareas más desagradables. La solución fue buena.

—Salvo para los turistas.

—Estuvieron varios días conduciendo el ganado. En realidad, lo pasaron muy bien. Excepto por la riada del final.

Del la miró.

—Te lo estás inventando.

—No me lo estoy inventando. Apareció un artículo en el periódico local. En realidad, lo que quiero decir es que Chase organizó un buen lío. Es un adolescente, así que era de esperar, y eso es lo que debería haberle dicho a Zane. En realidad, se lo dije. Pero Zane tenía razón. Chase necesitaba aprender la lección. Eso me hizo pensar que al ponerme del lado de Chase no había apoyado a Zane todo lo que debía. Ese es un buen ejemplo de cómo soy capaz de arruinar una relación.

—No es un ejemplo muy bueno —respondió él mientras regresaban hacia casa de Maya—. En la escala de transgresiones, no ocupa un puesto muy impresionante.

—¿Por qué dices eso?

—Porque sé de lo que hablo.

Maya se echó a reír. Fue una risa de felicidad y, curiosamente, a Del le encantó oírla.

—¿Y ahora cómo van las cosas con Zane? —le preguntó.

—Mejor. Yo estoy menos crítica con él y Zane está menos gruñón. Phoebe es la razón de que haya cambiado.

Están muy enamorados y van a casarse dentro de unas cuantas semanas.

Su voz reflejaba cierta nostalgia. Del supuso que no era ninguna sorpresa. La mayoría de la gente buscaba relaciones permanentes. Tener a alguien que les cuidara. También él. Pero no estaba seguro de cómo encontrarlas.

Dejaron las plantas nuevas en el porche.

—¿Tienes herramientas de jardín?

—Claro.

—Pues ve a buscarlas. Te ayudaré a cambiar las plantas muertas por las vivas.

—Gracias.

Maya se dirigió al interior de la casa. Por un instante, él pensó en seguirla. En detenerla en la cocina o en el pasillo y abrazarla. Sería maravilloso. Siempre le había gustado sentir a Maya entre sus brazos. Entonces podría besarla. Besarla de verdad. No como la vez anterior. No, aquella vez sería un beso que les estremecería y les dejaría sin respiración. Porque la respiración jadeante de Maya siempre había sido uno de sus sonidos favoritos.

Pero no lo hizo, porque el sexo podría complicar las cosas. Sacudió la cabeza. Estaba a solas consigo mismo, no tenía ninguna razón para mentirse. El sexo les llevaría a una situación de riesgo. El sexo eliminaría la ligereza de su relación y la haría más compleja. Le gustaba su relación con Maya. Le gustaba trabajar con ella, estar con ella. Le gustaba haberla recuperado como amiga. Por mucho que deseara tenerla desnuda entre sus brazos, aquello era mejor.

Maya volvió al porche con una herramienta en cada mano.

—¿Quieres esta pala tan pequeña o prefieres este rastrillo tan raro? —le preguntó—. Puedes elegir porque eres mi invitado.

Porque Maya siempre había sido una persona justa, pensó, alargando la mano hacia la pala.

—Es una herramienta para hombres.

Maya parpadeó.

—Pues yo pensaba que para un hombre tendría que ser más grande.

Luna de Papel había comenzado como una tienda de novias. Durante los últimos dos años, la tienda había ampliado su oferta y se había especializado en una línea de ropa muy original a cargo de diseñadores poco conocidos. Maya había estado pensando en pasarse por allí para animar su guardarropa o, al menos, comprarse algunas prendas con algo de color. Su uniforme de trabajo siempre había sido negro. Y aunque era un estilo que encajaba cuando trabajaba en Los Ángeles, no era el más adecuado para Fool's Gold.

En aquel momento estaba en la zona de novias de Luna de Papel, esperando a probarse el vestido de dama de honor para la boda.

—Ya sé que no harías esto por cualquiera —le dijo Phoebe.

—No, pero lo haría por ti sin pensármelo —Maya sonrió—. Vas a casarte y me pediste que estuviera en la boda. Me parece genial.

—¿De verdad? —Phoebe parecía nerviosa—. No quiero que pienses que es una tontería.

Maya la abrazó.

—Jamás. Me alegro mucho por ti y por Zane. La boda va a ser maravillosa y tú serás la novia más guapa del mundo.

Phoebe se sonrojó.

—Lo dudo.

—Si quieres hacemos una votación.

Madeline entró entonces en el enorme probador.

—¿Qué es lo que hay que votar?

—Que Phoebe va a ser la novia más guapa del mundo.

—Por supuesto que sí —Madeline colgó un vestido azul claro—. Todas mis novias lo son. Me tomo muy en serio mi trabajo.

La preocupación de Phoebe desapareció y su expresión se volvió traviesa.

—A pesar de que estés persiguiendo a Jonny Blaze.

Madeline sonrió de oreja a oreja.

—En primer lugar, no le estoy persiguiendo. Y, en segundo lugar, soy capaz de hacer más de una cosa a la vez. De hecho, soy una magnífica multitareas —abrió la boca y la cerró—. ¡Ay, Dios mío! ¿Vas a invitarle a la boda?

Maya soltó una carcajada.

—No sé si tienes miedo de que esté allí o de que no.

—Yo tampoco estoy segura —admitió Madeline.

—Siento desilusionarte —contestó Phoebe—. Le he invitado, pero está rodando en exteriores.

Madeline hizo un gesto con la mano.

—Mejor. Odiaría ponerme en ridículo. Además, es el día de tu boda. Ese día los protagonistas deberíais ser Zane y tú, no yo y mi estrella de cine.

—Podría ser muy divertido —le dijo Maya.

—Mm, no creo —Madeline señaló el vestido—. Ponte eso. Si te queda la mitad de bien que creo, os va a encantar.

Phoebe y Madeline salieron del probador. Maya se quedó rápidamente en bragas y sujetador, pero casi al instante se dio cuenta de que con aquel vestido no había que llevar sujetador.

El diseño era sencillo. Un cuerpo sin mangas con escote cruzado y una falda larga y estrecha. La espalda tenía unos tirantes entrecruzados y un lazo. La tela era muy fina, con un ligero brillo.

Maya se puso el vestido y subió la cremallera. Había

un pequeño refuerzo en el escote. Ella era una mujer de senos pequeños, así que era un estilo que le sentaba bien. Se puso unos tacones de color carne que se había llevado para la prueba y salió después para que pudieran verla.

Phoebe suspiró y unió las manos.

—Me encanta. ¿A ti te gusta?

—Es precioso —contestó Maya—. Pero eres tú la que tiene que tomar una decisión. Será tu día.

Aunque Zane y Phoebe querían una boda tradicional a la que acudieran sus familiares y la mayor parte del pueblo, estaban intentando que fuera algo sencillo.

—El vestido te queda genial —dijo Phoebe—. ¿Madeline?

—Me encanta —contestó su amiga—. Y quedará muy bien con tu vestido de novia. El escote cruzado es parecido, pero las faldas son muy distintas. Se complementan la una a la otra y no compiten entre ellas.

Maya se subió a una plataforma que había delante de varios espejos de cuerpo entero colocados en semicírculo. Moviéndose sobre la plataforma, pudo verse desde todos los ángulos.

—Voy a tener que empezar a hacer ejercicio —musitó al mirar su trasero.

—Déjalo —contestó Phoebe con una risa—. Eres alta y delgada y si no fueras mi mejor amiga te odiaría.

—Tú estás resplandeciente de amor —señaló Maya—. Yo puedo preocuparme de mi trasero si quiero.

Madeline las ignoró y subió a la plataforma. Le tendió a Maya un cestito con unas pinzas y estuvo tirando, metiendo y ajustando el vestido para mostrarles cómo quedaría cuando le hubiera hecho los arreglos.

Maya estaba impresionada. El vestido pasó de ser bonito a ser impresionante en menos de un minuto.

—Es genial. ¿Phoebe?

Phoebe asintió.

—Me gusta. Sí, es el vestido ideal.

—Estoy de acuerdo —contestó Madeline, asintiendo satisfecha—. De acuerdo, Maya. Quédate por aquí. Voy a ponerle a Phoebe el vestido para que veamos cómo quedáis juntas.

Maya bajó de la plataforma y regresó al probador. Sacó el teléfono móvil para revisar su correo electrónico y vio que tenía un mensaje de Del.

—*¿Por qué no estás trabajando?*

Phoebe sonrió y le escribió a su vez:

—*Me estoy probando el vestido para la boda de Phoebe. Te invitaría a pasarte por aquí, pero con tanto encaje es posible que terminaras cambiando de sexo.*

Del respondió unos segundos después.

—*Algo que ninguno de nosotros quiere. ¿Y si al final resulto ser más guapa que tú?*

Phoebe soltó una carcajada.

—*No entiendo dónde está el problema* —se interrumpió un momento y le preguntó en un impulso—: *¿Quieres ser mi acompañante el día de la boda?*

—*¿Me gustará el vestido?*

Maya rio de nuevo.

—*Estoy segura de que te encantará.*

—*Entonces, acepto.*

Maya oyó que Madeline se acercaba, guardó el teléfono en el bolso y regresó a la zona de exposición del vestido para ver a Phoebe.

Su amiga apareció varios segundos después. Maya suspiró.

—¡Increíble! —dijo—. No puedo decir nada más.

Phoebe se mordió el labio inferior.

—Te gusta.

—Me encanta.

El vestido era sencillo, con un escote cruzado como el de Maya. Pero en vez de una falda estrecha, la del vestido de Phoebe se inflaba con la tradicional falda tipo princesa. La cintura y los tirantes tenían algunos adornos y una bella y delicada capa cubría toda la falda.

—Ahora mismo se llevan los vestidos estilo sirena, pero soy demasiado baja. Creo que este me queda mejor.

Maya asintió.

—Te queda perfecto.

Phoebe se subió a la plataforma y se volvió hacia los espejos. Maya la observó, encantada con el vestido y con la evidente felicidad de su amiga.

Madeline había recogido el pelo castaño de Phoebe con unas cuantas peinetas. En aquel momento apareció con varios velos en la mano.

—¿No te encanta? —le preguntó mientras le tendía los velos a Maya.

Se subió a la plataforma y alisó la falda.

—El velo catedral es perfecto. Eres una combinación exquisita, una mujer pequeña y con curvas. Este vestido realza tus puntos fuertes. Pareces una princesa.

Maya asintió.

—Zane se va a emocionar al verte.

—Eso me gusta —contestó Phoebe con timidez—. Yo me emociono cada vez que le veo.

Madeline obró su magia con las pinzas, mejorando todavía más el aspecto de aquel exquisito vestido. Después eligió uno de los velos.

—Este es mi favorito —le explicó mientras se lo ponía—. Bájalo. No hay ninguna pieza que te cubra la cara, pero se llevan así. Lo fijaremos con unos adornos a juego con los del vestido y quedará precioso.

Phoebe ahuecó el velo y retrocedió un paso.

Maya sonrió.

—Es precioso.

—Me gusta mucho —dijo Phoebe.

Pero Madeline no parecía muy convencida.

—Mmm. No es eso lo que estoy buscando. ¿Sabes? Tengo otro en la trastienda. Fue un encargo especial, pero después la novia eligió otro porque no terminaba de gustarle. He estado reservándolo para la novia y el vestido adecuados. Y estoy pensando que podrías ser tú. Espera un momento. No tardaré nada en encontrarlo.

Madeline corrió hacia la trastienda y se metió en el almacén. Maya se acercó al espejo.

—Estás deslumbrante —le aseguró a su amiga.

Phoebe asintió y la sorprendió secándose las lágrimas. Maya se acercó a ella.

—¿Qué te pasa?

Phoebe tragó saliva.

—Echo de menos a mi madre. Sé que es una tontería. Han pasado muchos años, ¿verdad? Ni siquiera me acuerdo mucho de ella. Así que lo que echo de menos es el concepto, no la persona. Pero me gustaría que estuviera aquí, que me ayudara a comprar el vestido y me viera casarme.

Maya alargó la mano hacia su amiga y la abrazó.

—No es ninguna tontería. Claro que la echas de menos.

Phoebe sacudió la cabeza y reprimió las lágrimas.

—Supongo que son demasiadas emociones.

—Claro. Y también el peso de la tradición. Tú quieres a tus padres. El hecho de que no estén aquí no significa que hayas dejado de quererles.

Phoebe asintió.

—Gracias. Sé que ahora voy a tener una familia que sois Zane, Chase y tú. Y que tendremos hijos. Y también sé que mi madre no se ha ido para siempre. De alguna manera, formará parte de la vida de sus nietos.

—Claro que sí —le prometió Maya, comprendiendo su dolor a un nivel intelectual, no visceral.

Su madre también había muerto, pero Maya no se imaginaba echándola de menos. La relación con su madre había sido muy distinta de la que Phoebe había mantenido con la suya.

El sentimiento de Maya se parecía más a lo que Maya sentía por el pueblo. Fool's Gold la había acogido y la había estimulado. Sin el apoyo de sus amigos y sus profesores no estaba segura de que hubiera encontrado el valor necesario para perseguir sus sueños. Para ir a la universidad. Por no hablar de poder pagarla. Todavía no sabía quién había financiado su beca, pero aquella no era la cuestión. En Fool's Gold la habían apoyado y, cuando se había marchado, había echado de menos aquel apoyo. Phoebe había disfrutado del amor de su madre y por eso, cuando estaba a punto de casarse, la echaba de menos.

—Eres muy buena conmigo —dijo Phoebe, enderezándose—. Gracias.

—Eres mi mejor amiga. No podrías alejarte de mí aunque lo intentaras.

Capítulo 9

–Gracias –dijo Aidan a regañadientes–. Te debo una.
Del le quitó importancia.
–Estoy encantado de ayudarte.
Aidan hundió las manos en los bolsillos de los vaqueros.
–Dos de mis hombres están de baja por culpa de no sé qué virus que anda por la zona y Rick todavía está recuperándose después de su caída en la montaña. Normalmente, mamá me ayuda cuando hay que sustituir a alguien, pero ella tampoco se encuentra bien.
–Ya te he dicho que no tiene importancia.
–¿No tienes que rodar ni hacer nada?
–No, soy todo tuyo.
Del estudió a su hermano. Se parecían mucho. De niños, a las personas que no les conocían les resultaba difícil distinguirlos. En aquel entonces, aquel parecido le resultaba divertido. Con el tiempo, se había convertido en algo que no tenía la menor trascendencia. Aunque él y su hermano compartieran muchos rasgos físicos, no estaba seguro de que tuvieran muchas cosas en común.

Se había alegrado cuando su hermano le había llamado para pedirle que le ayudara encargándose de uno de los recorridos por el pueblo. No solo estaba encantado de poder echarle una mano, sino que esperaba que el hecho de estar allí cuando su hermano le necesitaba pudiera abrir la comunicación entre ellos.

Aidan le tendió un fajo de mapas.

—Es un paseo por el pueblo. Solo tienes que enseñar los sitios más destacados y hablar de la historia del pueblo. Tenemos un acuerdo con Brew-haha. Patience tendrá preparado algo de beber y unos dulces para todo el mundo. En cuanto hayan terminado de tomar algo, les das los mapas y les dejas en el centro para que puedan hacer algunas compras. ¡Ah! Y háblales de la tienda de deportes que hay al lado del Desván de la Navidad. Una hora después tienen el almuerzo con Ana Raquel. Tiene la furgoneta al lado del parque. En cuanto terminen de comer, habrás terminado.

Del estudió el mapa. Era parecido al que él utilizaba cuando estaba a cargo de la empresa. Habían hecho algunos cambios, pero no era nada que no pudiera manejar.

—Entendido. Creo que hasta me acuerdo de la historia de mi pueblo.

Aidan no parecía muy convencido.

—El problema es que dentro de un par de horas empiezo una excursión de *rafting* de tres días y necesito ocuparme de ella. Después llevaré a un grupo a acampar y observar aves durante un par de días.

Del miró fijamente a su hermano.

—¿Vas a ir a ver pájaros?

Por primera vez desde que su hermano había llegado al pueblo, Aidan sonrió.

—¡Qué va! Voy a acampar. Pero hay un profesor universitario que viene para observar aves —exhaló un fuerte suspiro—. Hay muchos pájaros en la zona y ahora sé algo sobre ellos.

—Qué rollo.

—Dímelo a mí.

Miró hacia dos veinteañeras que estaban esperando en la sala de espera de la oficina. Ambas llevaban pantalones cortos y botas de montaña y tenían la mochila al lado.

Eran bastante guapas, pensó Del, observando cómo miraba su hermano a las jóvenes.

—¿Es la recompensa por tener que escuchar conferencias sobre pájaros? —preguntó.

Aidan se encogió de hombros.

—Es posible.

Una opción de vida interesante, pensó Del, aun a sabiendas de que aquel tipo de relaciones en serie no era para él. A diferencia de su hermano, no le encontraba ninguna emoción a la conquista. Él era hombre de una sola mujer. Lo difícil parecía ser encontrar a la mujer indicada.

Aidan alargó la mano hacia una hoja de papel que tenía encima de la mesa.

—Muy bien. Este es tu grupo. Llegarán a las nueve y media. En total son diez personas.

Del estudió la hoja. En ella estaban escritos los nombres junto a la ruta que Aidan quería que hiciera. No había cambiado mucho durante los últimos diez años. La ruta comenzaba en el lago, seguía por el parque y desde allí llegaba al ayuntamiento y terminaba junto al Desván de la Navidad.

—Es bastante fácil —tranquilizó a Aidan—. Lo tengo claro, no te preocupes.

—De acuerdo, gracias. Te lo agradezco mucho.

—De nada.

Sabía que Aidan esperaba que dijera algo más. Como, quizá, que no habían pasado mucho tiempo juntos. Pero una mañana tan ajetreada, y estando a punto de comenzar un recorrido turístico por el pueblo, no era el momento más adecuado para una conversación de ese tipo. Intentaría acercarse a su hermano más adelante.

—Voy a tomar un café y volveré a las nueve.

–Para entonces ya me habré ido. Millie te echará una mano al empezar.

Millie era una mujer de cincuenta y tantos años que trabajaba en la recepción. Del ya había tenido oportunidad de conocerla.

Se despidió de su hermano con un gesto, se marchó y le envió un mensaje a Maya para explicarle por qué no iba a poder acompañarla durante la sesión de edición de vídeos que habían programado. Después, dedicó unos cuantos minutos a repasar la historia del pueblo en su Smartphone. Tenía la sensación de que en cuanto empezara a hablar iba a acordarse de todo.

Quería hacer un buen trabajo para que su hermano dejara de estar tan molesto con él. Desde que había vuelto a casa, había comenzado a darse cuenta de lo mucho que había echado de menos a su familia. La culpa había sido suya, había sido él el que no había mantenido contacto con ellos. El objetivo inicial de su marcha había sido escapar del lugar en el que su mundo se había desmoronado. Pero tras su regreso se daba cuenta de que había llevado demasiado lejos aquella huida.

A las nueve menos diez estaba de nuevo en la oficina. Saludó a Millie y se presentó a los turistas que iban a hacer el recorrido por el pueblo. Poco después de las nueve apareció Maya.

Iba vestida con un vestido de verano rosa y unas sandalias planas. El pelo se lo había recogido en una trenza. Estaba muy guapa y, aunque el vestido no enseñaba nada que no debiera ni era demasiado corto, le pareció increíblemente sexy.

–¿Qué estás haciendo aquí? –le preguntó, esperando que la alegría que le producía verla no fuera demasiado obvia para todo el mundo.

–He recibido tu mensaje. Hace años que no haces esto –le dijo–. He pensado que podría servirte de ayuda.

—¿Estás diciendo que sabes más sobre el pueblo que yo?

Maya sonrió.

—Siempre se me dieron mejor que a ti los recorridos turísticos por el pueblo y lo sabes.

En eso tenía razón. Además, Del no pensaba rechazar su compañía.

Para las nueve ya estaba reunido todo el grupo y estaban caminando hacia el pueblo. Era una mañana cálida, de cielo azul. Arriba, en las montañas, las hojas habían comenzado a mudar de color, pero no en el pueblo. Todavía no. Aunque el otoño no tardaría en llegar.

Maya hizo un breve resumen de la historia de la tribu Máa-zib, de su lugar de origen y de cómo pensaban los investigadores que había llegado a aquella zona.

—Pero para mí —siguió diciendo—, la verdadera historia del pueblo comienza en 1849, cuando una joven de dieciocho años llamada Ciara O`Farrell iba de camino hacia un matrimonio concertado con un hombre mucho mayor que ella y al que no conocía. Se escapó del barco en San Francisco y se dirigió hacia el Este. Con el poco dinero que había conseguido ahorrar, compró los derechos sobre unas tierras situadas a los pies de Sierra Nevada.

—¡Oh, ya sé cómo termina la historia! —la interrumpió una mujer con un suspiro—. Esto tiene un final feliz. Lo sé.

Maya se echó a reír.

—Tiene razón. El capitán del barco, Ronan McGee, sale en su busca. Le había prometido a su padre que la llevaría sana y salva hasta el altar. Cuando por fin la alcanza, Ciara se niega a regresar con él. Quiere hacer realidad su sueño. El capitán le dice que ese sueño es una pura locura, pero se enamora de ella y se instalan aquí, en Fool's Gold.

Maya señaló hacia el lago.

—El lago Ciara se llama así por ella, por supuesto. Algunos de ustedes se alojan en el Ronan's Lodge, el hotel que lleva el nombre del capitán. Una hermosa mansión a la que la gente se refería como la Locura de Ronan. Muchas de las calles de la ciudad llevan el nombre de sus hijos. Ronan y Ciara disfrutaron de una larga y feliz vida en el pueblo.

Del escuchó la historia del pueblo, extrañado de lo bien que Phoebe la recordaba. Él manejaba algunos datos sobre los objetos Máa-zib que había en el museo, pero se había olvidado de Ciara y de su determinación de labrarse un camino propio en la vida.

Tenía la sensación de que aquella joven le habría gustado. Por lo menos habría admirado su voluntad de lucha en una época en la que se esperaba que las mujeres hicieran lo que sus padres y sus hermanos mayores ordenaban.

—¿Todavía queda algún pariente suyo en el pueblo? —le preguntó una mujer a Del.

—Solo tuvieron nietas —le explicó—, así que el apellido se perdió. Pero muchos de sus descendientes siguen viviendo en la zona. En la historia de mi familia hay algunos McGees, y también en la familia Hendrix.

—¡Qué bonito! —exclamó la mujer—. Me encantan las historias y las tradiciones familiares.

Maya sonrió de oreja a oreja y comenzó a contar la historia del terremoto de San Francisco en 1906 y de cómo el consiguiente movimiento de tierras descubrió una cueva con objetos Máa-zib, entre ellos estatuillas de oro y joyas.

Cuando se detuvieron a tomar un café y unos dulces en Brew-haha, Del se acercó a Maya.

—Lo has hecho muy bien —la felicitó.

—Ha sido divertido. No había vuelto a hacer de guía turística desde aquel verano. No sabía que recordaba tantas cosas, pero, por lo visto, tengo toda esa información almacenada junto a la letra de las canciones que me volvían loca en aquella época.

En aquel momento sonó el teléfono de Del. Miró la pantalla y vio que era su abogado.

—¿Puedes ocuparte del grupo un momento? —le pidió.

Maya señaló la puerta.

—Atiende esa llamada. Yo me encargaré de que nadie se quede sin café.

Del salió a la calle y contestó.

—Soy Del —dijo.

—Me estás evitando —le acusó Russell—. Sabes que eso me pone nervioso.

—Eres abogado. A ti todo te pone nervioso.

—Eso me convierte en un buen abogado. ¿Ya has tomado una decisión?

Justo antes de regresar a Fool's Gold, a Del le habían ofrecido formar parte de una nueva empresa. Las ideas que tenían eran buenas y le caían bien los tipos que estaban implicados en el proyecto.

—Creo que van a tener mucho éxito —comenzó a decir.

Russell gimió.

—Eso es un no. ¿Qué te pasa, Del?

—Yo no soy empresario.

—Sí, eso ya lo sé. Del, eres demasiado joven para retirarte. Necesitas hacer algo y, sinceramente, no te veo aceptando un puesto de trabajo en cualquier parte. No es tu estilo.

—Ya lo sé. Ya se me ocurrirá algo.

—En ese caso, les diré que gracias, pero no.

Del colgó el teléfono. Se volvió después y vio a Maya mirándole desde la entrada del Brew-haha.

—¿Quieres que hablemos de esa llamada? —le preguntó cuando Del regresó con el grupo.

—No hay mucho que decir. He recibido una oferta para

formar parte de una empresa que está empezando y he dicho que no.

—Me lo imaginaba. ¿Por algún motivo en particular?

—No es a eso a lo que quiero dedicarme. Soy un hombre afortunado, no tengo por qué aceptar cualquier cosa. Puedo elegir.

Esperaba que Maya le preguntara a qué quería dedicarse, pero ella se limitó a tenderle un café con leche.

—Patience dice que te gusta así.

—Es una gran mujer.

—Sí, bueno, pero tendrás que devolverle el favor dentro de un par de días, cuando tengamos que hablar de cómo se utiliza una cámara con su hija y su grupo de Retoños.

—Pensaba que eras tú la que iba a encargarse de eso.

Maya sonrió.

—Y pienso hacerlo. Pero tú vas a venir conmigo.

Del rio para sí.

—Por eso has decidido venir a ayudarme hoy. Para que te deba una.

—Es posible.

Dos días después, Maya no podía alegrarse más de haberle pedido a Del que la acompañara. En teoría, enfrentarse a ocho niñas no tenía por qué ser complicado. Y no era complicado. Era aterrador. Maya observó sus bonitos rostros observándoles y supo que, si hubiera estado sola, habría terminado tartamudeando. Era ridículo, pero cierto. Hablar del pueblo era una cosa. Suponía que porque la historia era algo impersonal. De alguna manera, explicar cómo había que utilizar la cámara le resultaba algo mucho más íntimo. O quizá tuviera que ver con que aquello era su pasión. Aunque le interesaba la historia, no era algo que le importara tanto como su trabajo.

Pero con Del haciendo bromas y desviando parte de la

atención, descubrió que podía controlar los nervios. Por lo menos si se concentraba en lo que estaba haciendo.

–Los filtros son ideales para manipular una fotografía –les explicó–. Hay muchas aplicaciones gratuitas para móviles que pueden convertir una fotografía normal en algo muy divertido –se interrumpió–. Pero antes de bajar cualquier aplicación, consultadlo con vuestros padres.

Una de las niñas levantó la mano.

–No todas las aplicaciones son buenas para los niños –dijo con firmeza.

–Es cierto. Ahora, con las cámaras digitales, podéis editar las fotografías en vuestro ordenador. Con un par de programas buenos y el ratón, podéis hacer maravillas.

Conectó su ordenador a la pantalla que le habían proporcionado. La sala en la que se reunían las Retoños era sorprendentemente agradable. Había mesas, sillas, una zona en la que las niñas podían sentarse en el suelo sobre una moqueta y otra para los trabajos manuales.

Maya presionó el ratón y giró la imagen en la pantalla. Era una fotografía del grupo de niñas que había hecho nada más llegar. Quería enseñarles las diferentes maneras de conseguir que resultara más interesante.

Cambió la fotografía a blanco y negro, aumentó la iluminación, añadió efectos especiales y después dejó que las niñas manipularan la fotografía.

Del y ella se habían llevado los móviles. Cada uno de ellos se ocupó de un par de niñas y utilizaron fotografías que tenían ya en el teléfono para enseñarles diferentes aplicaciones.

–Es divertido –dijo una de las niñas–. Estábamos preocupadas porque Taryn no va a poder venir durante algún tiempo.

Maya sabía que Taryn era una de las Guías de la Arboleda. Su marido, Ángel, era el otro.

–Taryn ha tenido un bebé, ¿verdad? –preguntó Maya.

—Ajá. Un niño. Se llama Bryce. Es muy mono —la niña, Chloe, miró al hombre que estaba sentado al lado de Angel.

Kenny, pensó Maya, recordando que se había presentado cuando Del y ella habían llegado. Era el padrastro de Chloe.

La niña de ocho años entrecerró los ojos.

—A mí me gustaría tener un hermanito —se quejó en voz alta.

Kenny gimió.

—Lo estoy intentando.

—Pues inténtalo más rápido.

Angel soltó una risita.

Maya señaló el teléfono de Del.

—¡Anda, mira! Tiene fotografías de sus viajes. Del, enséñanos las fotografías.

Del no había oído la conversación sobre el bebé, así que la miró un poco desconcertado, pero asintió de todas formas.

—Claro. Déjame conectar el teléfono al ordenador.

Sacó un cable de la bolsa de Maya y lo conectó al teléfono. Segundos después, apareció una imagen en la pantalla grande. Todas las niñas clavaron la mirada en aquellas fotografías que mostraban un paisaje montañoso y nevado. Cuando apareció un enorme yak todas se echaron a reír.

—¿Dónde es eso? —preguntó una de las niñas.

—En el Tíbet. ¿Quién sabe dónde está el Tíbet?

Del continuó enseñando montones de fotografías. Les habló de la vida en aquel lugar y de los niños que había conocido. Las niñas estaban absortas. Se habían olvidado por completo de la edición de fotografías.

Maya observaba y escuchaba. Sabía que un vídeo sería mucho más cautivador. Del iba bien encaminado con la idea de crear vídeos para colegios.

Se descubrió a sí misma preguntándose si le gustaría formar parte de un proyecto como aquel. En realidad, Del no se lo había pedido. Ni siquiera se lo había ofrecido. Fool's Gold se había convertido en su hogar, pero sería agradable...

Del estaba tecleando en el ordenador, sentado en el porche de la cabaña. Podía ser una locura, pero no era capaz de sacarse China de la cabeza. Un país enorme y diverso y cuya situación económica estaba cambiando. Algunas zonas rurales se estaban convirtiendo en zonas industriales. ¿Sería un proceso similar al de los Estados Unidos durante los años cincuenta, en la posguerra? ¿De qué manera estarían afectando aquellos cambios a la infancia?

China, pensó otra vez, y continuó tecleando. Era allí donde quería comenzar sus vídeos.

El viaje sería un desafío. Había muchas zonas accesibles a los viajeros occidentales, pero otras no lo eran. Hizo una lista de las personas que conocía en el Departamento de Estado. Maya quizá también tuviera algunos contactos. Los famosos a menudo viajaban a los lugares más inesperados.

Era posible que también necesitara que Maya le ayudara con el equipo. ¿Cuál sería el mínimo equipo necesario? Un enlace para comunicarse vía satélite sería lo mejor. Le permitiría enviar el material rodado a un lugar seguro sin tener que preocuparse de que alguien pudiera plantear problemas y confiscarles las cámaras.

El equipo tendría que ser pequeño. En un mundo ideal, iría con Maya y...

Del dejó de teclear y clavó la mirada en el lago. ¿Maya y él? No, imposible. No estaban juntos. Ni siquiera eran socios en un negocio. Él la estaba ayudando con los vídeos del pueblo porque la alcaldesa se lo había pedido. El hecho de que se lo estuviera tomando más en serio de lo que había pensado era algo anecdótico. Trabajar con Maya era divertido. Se llevaban bien. Pero no iba a llevarla a China con él.

Aun así, les había ido bien con aquellas niñas el otro día, pensó. Y durante el recorrido por el pueblo. Trabajaban bien juntos. Se comprendían y se respetaban. Por el pasado que habían compartido, pensó.

Una vez más, volvió a preguntarse si las cosas habrían sido diferentes si hubiera sabido que Maya estaba rompiendo con él por miedo y no porque no le quisiera. Si hubiera sido capaz de verlo, capaz de llegar a ella, ¿habrían continuado juntos? Él podría haberse ido a vivir con ella en la universidad. ¿Y después qué? Establecerse en Los Ángeles no le habría gustado más que hacerlo en Fool's Gold. Así que, a la larga, habría terminado marchándose.

¿Habría ido Maya con él? Una pregunta sin respuesta. Porque el pasado no había manera de cambiarlo.

Alzó la mirada al oír que un todoterreno se acercaba a la cabaña. Reconoció el sonido de aquel maltrecho vehículo y guardó su trabajo antes de cerrar el ordenador. Le habría gustado poder meterse por la puerta de atrás para que no le vieran. El problema era que la cabaña no tenía puerta de atrás y ya tenía demasiados años como para andar escondiéndose de su padre.

Así que esperó, observó a Ceallach mientras este subía los escalones del porche y al final se sentaba frente a él.

—Así que es aquí donde te alojas.

—Sí, aquí es.

Ceallach miró a su alrededor.

—Demasiada gente.

Del no se molestó en decirle que el hecho de que hubiera tanta gente a su alrededor era una de las cosas que le gustaban. Sabía que su padre ni lo entendía ni le importaba.

—¿En qué puedo ayudarte, papá?

—A tu madre le ocurre algo.

Aquello consiguió captar la atención de Del.

—¿Qué quieres decir?

—No lo sé. Es una mujer. Un misterio. Pero le ocurre algo. Está distinta —vaciló, como si estuviera a punto a decir algo más.

—¿Crees que está enferma?

Ceallach sacudió la cabeza.

—Está más callada de lo normal. Y va mucho al pueblo. Le he preguntado que qué le pasa y dice que está bien. Tengo que hacer algo.

—Muy bien. ¿Algo así como llevártela de vacaciones?

—No seas ridículo. Tengo que trabajar. ¿A ti no te ha dicho nada?

—No.

—Sabe que estoy trabajando en unos encargos. Son trabajos importantes. No le gusta distraerme cuando estoy trabajando.

Porque lo único importante era el arte, pensó Del sombrío. Lo único que importaba era Ceallach. Él era el centro del universo y la vida giraba a su alrededor.

—Son encargos muy importantes —insistió Ceallach, poniéndose a la defensiva como si supiera lo que Del estaba pensando.

—Estoy seguro.

—Uno es para el gobierno francés. Tengo que dedicarme a mi trabajo y Elaine lo comprende.

Después de treinta y cinco años de matrimonio no le quedaba más remedio.

Del se había preguntado muchas veces qué habría visto su madre en su padre cuando se habían enamorado. Ella era una joven que vivía en un pueblo pequeño. Estaba seguro de que muchos pensaban que se había dejado deslumbrar por la fama de Ceallach. Con poco más de veinte años, ya era un hombre famoso y con éxito.

Pero él sospechaba que a su madre aquello no le había impresionado. Tenía que haber sido otra cosa. ¿Quizá el que fuera un hombre apasionado? No quería pensar mucho en ello. Pero, cualquiera que hubiera sido su atractivo, le había sido leal y le había amado en los momentos más difíciles. Incluso cuando el arte era motivo de ansiedad y frustración y el alcohol acentuaba sus crisis, ella había estado a su lado.

De niño, se preguntaba a menudo cuánto habría heredado de su padre. Estaba seguro de que era algo que a sus hermanos también les preocupaba, aunque nunca hablaran de ello. ¿Serían iguales que él cuando crecieran?

Nick y los mellizos habían heredado el talento artístico de Ceallach. Aidan y él se parecían más a su madre. Del veía algunos rasgos de su padre en él mismo. Su afición a rodar vídeos quizá fuera una herencia del talento de su padre. Y la inquietud que Ceallach desahogaba en sus obras se había manifestado de otras formas en él.

Esperaba no haber heredado el egoísmo de su padre. Esperaba ser más tolerante que él con los demás. Era difícil saberlo cuando se trataba de uno mismo.

—¿A qué te dedicas? —le preguntó su padre—. ¿Ya has aceptado un trabajo?

—Todavía no —le dijo Del—. Estoy considerando mis opciones.

Pensó en mencionar que había vendido la empresa por tanto dinero que, en teoría, no tendría que volver a trabajar nunca más. Por lo menos no mucho. Pero su padre no lo consideraría como algo positivo.

—Tengo algunas ofertas.

—En el mundo de los negocios —el tono de Ceallach fue de desprecio.

—Sí, papá, en el mundo de los negocios.
—Un mal necesario.
—Pero sin el valor intrínseco que el arte pone en nuestras vidas.

Su padre se animó.

—Exacto. Los hombres de negocios no entienden el genio que se requiere para el arte.

—¿Y las mujeres de negocios? —preguntó, pensando que Maya habría apreciado aquella broma.

Su padre no tanto.

Ceallach le miró fijamente.

—¿Y las mujeres de negocios? —repitió Del—. Porque ahora las mujeres hacen el mismo trabajo que los hombres.

—Eso es ridículo. Tu madre siempre ha sabido que su tarea más importante era apoyarme.

Sí, era probable que así fuera, pensó Del, deseando que su madre fuera feliz con la vida que había elegido. Él no querría estar con una mujer que se limitara a servirle. Aunque en teoría podía parecer algo agradable, la realidad sería muy diferente. Él quería una persona con la que contar y que, a su vez, pudiera contar con él. Pero también quería algo más. Una compañera de trabajo. Alguien a quien pudiera apreciar tanto como lo que hiciera con ella a su lado. Una colaboración entre dos, pensó.

Algo que su padre no comprendería.

—¿Los mellizos van a venir a tu cumpleaños?

Ceallach despachó la pregunta con un movimiento de cabeza.

—No tengo ni idea.

—¿Dónde están?

—¿Crees que tengo tiempo para dedicarme a investigar cosas de ese tipo?

—De acuerdo. Supongo que ni siquiera sabes por qué se fueron del pueblo.

Su padre se movió incómodo en la silla y desvió la mirada.

–No tengo ni idea.

La discordancia entre aquella frase y el lenguaje corporal de su padre fue tal que Del estuvo a punto de echarse a reír. Era obvio que Ceallach sabía por qué se habían ido los mellizos, pero no iba a decirlo. Típico de una familia que adoraba los secretos, pensó.

–Espero que vengan a la fiesta –dijo–. Me gustaría verles.

Pensó que quizá su padre mostraría su acuerdo, pero, en cambio, Ceallach se levantó.

–Tengo que volver al trabajo. Adiós.

No había sido el mejor de los encuentros, pensó Del mientras su padre se marchaba. No entendía por qué se había dejado caer por su casa, como no fuera para hablar de Elaine.

Del se levantó y comenzó a pasear por el porche. Sintió la amenaza de la inquietud. No tan fuerte como para dejar el pueblo, sabía que todavía no estaba preparado para irse. Pero sí como para necesitar encontrar algo que le calmara. Algo que le ayudara a sentirse mejor.

Maya, pensó con alivio. Necesitaba ver a Maya. En cuanto estuviera con ella todo iría bien.

Capítulo 10

–No te vas a creer lo que estamos construyendo –dijo Chase tan emocionado que sus manos apenas parecían capaces de seguir el ritmo de sus palabras–. Ya estamos aburridos del gato robot. Mi equipo está trabajando en un robot sumergible que es capaz de soldar. Tiene que ser ligero para que resulte manejable, pero, al mismo tiempo, poder trabajar con todo lo necesario para soldar debajo del agua. Ahora estamos ocupándonos de las corrientes, porque siempre están cambiando, ¿sabes? Y las mareas influyen en ellas.

Maya sonrió a su hermanastro.

–Me agotas.

–Eso es porque soy muy inteligente.

Maya soltó una carcajada y le abrazó.

–En parte.

Chase la abrazó también.

–¿Has visto a Zane? Está muy contento. Es todo muy raro, pero me gusta.

–¿Tanto como tu campamento de *nerds*? –preguntó Maya.

El adolescente de diecisiete años se irguió y sonrió.

–Incluso más, pero no se lo digas.

–No se lo diré, te lo prometo.

Chase salió corriendo de la casa y Maya se volvió hacia Del.

–Está contento.

–Ya lo veo. Eso del campamento parece interesante.

–Lo es.

Se dirigieron hacia el establo del rancho de la familia Nicholson. Aquella noche tenían la cena previa al día de la boda, a la que estaba invitado un pequeño grupo: Maya, Del, Zane, Phoebe y Chase. También irían Dellina y su marido. La boda sería una gran fiesta a la que acudiría todo el pueblo, pero aquella noche el encuentro era más íntimo.

–Chase ha tenido la suerte de ser admitido –comentó Maya mientras pasaban por los rediles de las cabras más próximos a la casa principal–. Por lo visto, hay una lista de espera muy larga. Pero Zane se enteró de que había una plaza y movió algunos hilos. Yo he preferido no preguntar. Estoy encantada de que esté apoyándole tanto.

–¿No siempre ha sido así?

–Sí y no. A Zane le preocupaba que Chase no se tomara la vida en serio. Chase no es como él. Es un superdotado en lo relativo a la electrónica y los inventos, pero no es una persona que vaya a seguir un camino trillado. Zane veía a Chase como un desastre, y, en cierto modo, lo era. Los dos tenían las mejores intenciones, pero ninguno de ellos era capaz de comprender el punto de vista del otro.

Se detuvieron junto al redil de los chivos. Miró a Del; le gustaba cómo la observaba. Le habría gustado reconocer el deseo en su mirada, pero le bastaba con ser su amiga. Estar con él siempre la hacía sentirse mejor.

–A lo largo de este verano, eso ha cambiado –continuó–. Tuvieron un par de peleas fuertes, pero después se vieron obligados a sumar fuerzas para salvar esa conducción de ganado de la que te hablé. Durante la excursión, Zane se enamoró. Eso le ha cambiado de la mejor manera posible. Siempre estará preocupado por Chase, pero está aprendiendo a confiar un poco. Y Chase es cada vez más responsable.

–¿Así que ha salido ganando todo el mundo?

–Exacto.

Del señaló las cabras.

–¿Puedes contarme algo sobre ellas?

–Son cabras.

–Ya lo sé.

–Cabras de cachemira. Y muerden.

Del sonrió.

–¿Lo sabes por experiencia propia?

–Me han mordido un par de veces. Cuando todavía son pequeñas, están cerca de la casa. Pero estas pronto saldrán con el resto del rebaño.

–¿Hay un rebaño?

–Más de uno –señaló las cabras–. Ahora las hembras deben de pesar unos dieciocho kilos. Los machos son un poco más grandes. Técnicamente, no hay puras cabras de cachemira. Todas las cabras tienen un gen que les permitiría producir ese tipo lana –se interrumpió– . ¿Cuánta información quieres?

Del se reclinó contra la cerca y se cruzó de brazos.

–¿Cuánta información tienes?

Qué alto era, y qué hombros tan anchos tenía, pensó Maya, intentando no babear. Y era muy guapo. Cada vez que le miraba sentía un cosquilleo dentro de ella. Era una tontería, pero era inevitable. Quería acercarse a él y esperar a que la abrazara. A que la besara. A que la acariciara. Por supuesto, aquello les daría a las cabras algo de lo que hablar. Aunque aquellas cabras eran adolescentes. Seguro que podían verse reflejadas en aquella necesidad de terminar buscándose problemas.

–Las cabras de un solo color son preferibles a las de muchos colores. Como puedes ver, todas las de Zane son de un solo color. Tienen una capa de lana externa más gruesa y la lana más suave está debajo. Cada ejemplar adulto produce entre cien y ciento veinte gramos de lana.

Del frunció el ceño.

—¿Solo eso? ¿Cien gramos?

—Sí. Lo suficiente como para tejer la tercera parte de un jersey. Por eso la lana de cachemira de alta calidad es tan cara.

—Sabes mucho sobre cabras.

—Viví dos años aquí y estuve atenta. También puedo hablarte de ganado —reprimió una risa—. Zane vende esperma de toro.

Del retrocedió un paso.

—Creo que no quiero saber nada más.

—Casi ningún hombre quiere —miró hacia la casa y hacia la carpa que habían instalado para la boda, con el marco de las montañas en la distancia—. Este lugar es precioso.

—¿Muy diferente a Las Vegas?

Maya asintió, recordando el impacto que le había producido el rancho la primera vez que lo había visto.

—No sabía que existían lugares así. No podía creer que los hubiera en el mundo real. Pensaba que solo salían en las películas —le miró—. Antes de venir a vivir al rancho, no había visto nunca la nieve. Por lo menos tanta nieve acumulándose en el suelo.

—Y seguro que tampoco habías visto nunca una cabra.

—A lo mejor de pequeña, en el zoo —miró por encima de él—. Me gustó lo verde que estaba todo. Y lo tranquilo. Me transmitía seguridad.

Porque con su madre no siempre había podido disfrutar de aquella tranquilidad, pensó. A medida que había ido creciendo, algunos de los novios de su madre habían comenzado a fijarse en ella. Aunque no era algo que ella quisiera ni buscara, su madre siempre la había culpado.

—Fue inevitable que me enamorara de este pueblo —le dijo, prefiriendo alejarse de los recuerdos más oscuros del pasado—. Supongo que para ti todo esto era lo normal.

—Claro. Era un niño, era lo que me tocaba.

Comenzaron a caminar hacia el establo.

—Recuerdo que solíamos venir aquí —dijo Del mientras se acercaban al enorme edificio rojo—. ¿Te acuerdas de cuando íbamos al pajar?

Maya asintió. No habían vuelto a almacenar la paja en aquel lugar desde hacía años, así que, en su mayor parte, era un espacio abierto y vacío en el que guardaban parte del antiguo equipo del rancho y un montón de cajas que a saber qué contenían. Para Del y para ella era un lugar tranquilo y reservado, algo en lo que habían tenido gran interés aquel verano.

Entraron en el establo. Hacía frío y estaba a oscuras. La luz se filtraba por la puerta y por un par de ventanas. Los recuerdos se abrieron paso entre las sombras.

—Zane nos habría matado si nos hubiera encontrado —dijo Maya, bajando la voz.

En el pasado, siempre habían tenido mucho cuidado de no hacer ruido.

—Se preocupaba por ti —le recordó Del—. A pesar de que no os llevarais bien.

—Es cierto. Pero entonces yo no lo veía así. Zane me resultaba desesperante en aquel entonces —miró a Del—. ¿Sabes que conoció a Phoebe porque yo le supliqué a ella que viniera a la conducción de ganado? Estaba preocupada por Chase, acababan de tener la gran bronca y yo no podía venir. Phoebe tenía más tiempo, así que le pedí que viniera a proteger a Chase. Fue una motivación totalmente egoísta.

—No creo que fuera egoísta si estabas intentando proteger a tu hermano.

—Protegiéndole a expensas de otra persona —se sentó en el banco y Del se sentó a su lado.

—Al final todo salió bien —comentó Del.

—Sí. Yo incluso había llegado a bromear con ella diciéndole que le serviría de distracción a Zane. Las dos nos lo tomábamos a broma. Pero resultó ser la mujer ideal para él —la vida era divertida a su manera, pensó—. Si Zane no hubiera sido tan estricto, yo no habría enviado a Phoebe y no se habrían conocido. Cuando les veo juntos pienso que habría sido una pena. Hacen muy buena pareja.

Esperaba que su voz no reflejara su envidia. Estaba encantada de que se hubieran encontrado el uno al otro, pero le habría gustado poder disfrutar de parte de aquella magia. Ser feliz con alguien. Saber que había encontrado al hombre de su vida. Ella quería una historia permanente.

Era curioso que no lo hubiera pensado hasta entonces. Había salido con algunos hombres, pero no había encontrado ninguno que le interesara. No de una forma significativa. La combinación de amistad y atracción sexual parecía eludirla.

—El amor es extraño —dijo Del—. Mira a mis padres. Llevan juntos treinta y cinco años. Y, sinceramente, no sé qué ve mi madre en mi padre. No puede decirse que sea un hombre muy agradable.

—Ella le quiere y tu padre es bueno con ella.

Del la miró.

—Te estás olvidando de la parte más importante de la frase.

—¿Cuál es?

—Es bueno con ella... a su manera.

Maya exhaló un suspiro.

—Sé que es eso lo que parece desde tu perspectiva —comenzó a decir.

—¿No es lo que parece desde la tuya?

Se estaban adentrando en un terreno peligroso. Elaine era su amiga, pero también era la madre de Del.

—Sé que es el único hombre al que ha querido y que no se ha arrepentido de un solo momento de su matrimonio. Sé que le quiere y que él la quiere a ella. ¿Pero ese es el tipo de relación que me haría feliz? —negó con la cabeza—. No, yo espero algo más de una pareja.

—Un trato entre iguales —apuntó Del con firmeza—. Estoy de acuerdo. Mi padre se pasó por mi casa hace un par de días. Quería hablar de mi madre. Cree que le pasa algo, pero no sabe el qué. Podría aplaudir el que haya sido capaz de darse cuenta, el problema es que solo parecía preocupado por él mismo. Para mi padre, el papel de mi madre es cuidar de él y de su arte —se reclinó contra la pared—. A lo mejor es una cuestión de la edad.

Maya estaba menos preocupada por eso que por lo que le estaba pasando a Elaine. No la sorprendía que Ceallach hubiera notado que a su esposa le ocurría algo. Aquella mujer estaba luchando contra el cáncer. Era lógico que estuviera comportándose de forma diferente en casa.

La lealtad hacia su amiga batallaba contra el desagrado que le producía el mantener aquel secreto. Si pensaba en ello durante mucho tiempo, terminaba con un nudo en el estómago.

—¿Tu padre te dijo cuál pensaba que podía ser el problema?

—No. Fue bastante vago.

—Si está preocupado, debería hablar con ella.

Del asintió.

—Pero los Mitchell no hacen las cosas así —le recordó, tendiéndole la mano e invitándola a levantarse—. Ya sabes que nos encantan nuestros secretos.

—Sí, lo sé —inclinó la cabeza—. ¿Y tú qué secretos guardas?

—Ninguno que pueda resultar interesante.
—Sospecho que hay algunos que harían arquear algunas cejas.
Del rio para sí.
—Mi vida es un libro abierto.
—¿Incluso en todo lo relacionado con Hyacinth?
No había planeado hacer aquella pregunta. Ni siquiera había pensado en aquella otra mujer. Al menos de manera consciente. Pero, al parecer, la tenía en la cabeza.
—No puede decirse que hayas hecho una transición muy sutil —le dijo—. ¿Qué quieres saber?
—¿Cómo os conocisteis?
—A través de unos amigos. Estábamos los dos en la misma fiesta. Fue una de esas cosas que pasan.
—Me lo imagino. Es muy guapa.
Hyacinth era pura dinamita sobre patines. Maya imaginaba que debía de ser impresionante en persona. Tenía una personalidad burbujeante y un poco irreverente que la convertía en un personaje ideal para cualquier entrevista.
—Te enamoraste de ella —era una afirmación más que una pregunta.
—Sí.
—¿Y ahora?
Del la miró en silencio durante unos segundos.
—Ya no estoy enamorado. Ya está superado. Los dos queremos cosas diferentes. Yo era demasiado tradicional para ella.
—¿Tradicional en el sentido de que quieres una mujer y unos hijos?
—Tradicional en el sentido de que creo que la relación tiene que ser entre un solo hombre y una sola mujer.
—¡Ah!
Del se encogió de hombros.
—Son cosas que pasan. Le gustaba la variedad. Una

gran variedad de hecho. Comprendí que tenía que aceptarlo o dejarla. No está en mi naturaleza lo de compartir a la mujer con la que estoy.

Maya jamás habría imaginado que aquel había sido el motivo de su ruptura.

—Sabes que para la mayoría de la gente ser mujer de un solo hombre es algo bueno.

—Sí, he oído rumores —posó la mirada en su rostro—. ¿Y qué me dices de ti? ¿Guardas algún oscuro secreto sobre tu pasado?

—En ese sentido soy bastante aburrida. Podría hablarte de una noche con un luchador, pero no creo que te apetezca que te hable de ello.

Del sonrió al oírla, le pasó el brazo por los hombros y salieron del establo.

—Sé que te lo estás inventando, pero cuéntamelo de todas formas. ¿Era un luchador que hacía de bueno o de malo?

—De malo, por supuesto.

—Esa es mi chica.

El comedor del rancho estaba abarrotado de luces titilantes. La mesa estaba cubierta de arreglos florales que la recorrían desde los extremos hasta el centro. En cada servicio había unos vasos redondos en los que habían grabado los nombres de Zane y de Phoebe. Las tradicionales sillas de comedor las habían cubierto con fundas de lino azul claro y desde unos bafles sonaba una música suave.

—Te has superado a ti misma —dijo Maya—. Siento una extraña combinación de admiración y envidia.

Dellina, la atractiva morena que había organizado tanto la boda como la cena, suspiró.

—Gracias. Y prefiero la envidia. Cuando tengas que organizar tu boda, llámame.

—Por supuesto —contestó Maya, pensando que antes necesitaba tener novio.

El ensayo había transcurrido con fluidez. Había ayudado el hecho de que fueran pocos. En aquel momento se disponían a disfrutar de la cena antes de que comenzara la locura de la mañana siguiente.

Maya siguió a Dellina hasta el cuarto de estar, donde se había reunido el pequeño grupo. Phoebe estaba hablando con Chase y Del. Dellina estaba al lado de su marido. Zane se acercó a Maya.

—No me está haciendo ni caso —se quejó mientras le tendía una copa de champán.

—Solo por esta noche. Mañana estarás casado con ella para siempre.

Zane miró a su novia antes de volverse de nuevo hacia Maya.

—Gracias a ti.

—Sí, me debes una. Recuérdalo la próxima vez que te enfades conmigo. Que, probablemente, será dentro de cinco minutos.

Zane no sonrió ante aquella broma.

—Claro que te debo una. Fuiste tú la que trajiste a Phoebe a mi vida. Si no hubiera sido por ti, es probable que nunca la hubiera conocido.

Maya tragó saliva al sentir una repentina oleada de emoción.

—No me hagas llorar —le pidió—. Si empiezo a llorar, ya sabes que Phoebe será la siguiente.

Zane esbozó una mueca.

—Tienes razón. ¿Qué me dices de los 49ers? Creo que este año tienen muchas oportunidades en la Super Bowl. ¿A ti qué te parece?

Maya se echó a reír.

—Estoy segura de que les va a ir muy bien.

Zane se acercó a ella y bajó la voz.

—Voy a arriesgarme a abrir la espita de las lágrimas y a decirte que siempre serás bienvenida en el rancho. Formas parte de la familia. Sé que hemos tenido nuestras diferencias, pero ya las hemos dejado atrás. Siempre formarás parte de mi vida, Maya.

—Lo sé —tragó saliva, luchando contra las lágrimas—. Me gustaría que hubiéramos hablado de esto hace diez años. A lo mejor así no habría estado tanto tiempo lejos.

—Yo también. Pero es posible que los dos necesitáramos madurar. Tú más que yo, por supuesto.

Las ganas de llorar desaparecieron en medio de una carcajada.

—Siempre podré contar contigo para que me pongas en mi sitio.

Zane le dio un beso en la mejilla.

—No. Siempre podrás contar conmigo y punto —saludó a Del cuando se acercaba y se alejó para hablar con Phoebe.

—¿Estás bien? —le preguntó Del.

Maya le agarró del brazo.

—Sí. Fortaleciendo los vínculos con la familia e intentando no llorar. ¿Y tú?

—He sollozado por lo menos dos veces desde que he llegado. ¿Has visto las flores del comedor? Son preciosas —hizo un gesto con la mano libre delante de su propia cara—. Me encantan las bodas.

—Puedes burlarte de mí todo lo que quieras —replicó ella—. Estoy disfrutando de un gran momento.

—Y tienes motivos. Zane es un gran hombre. Me alegro de que haya encontrado a la mujer de su vida.

—Yo también —bebió un sorbo de champán—. Espero que todo esto no sea demasiado intenso para ti.

—Esto no es nada. He vivido rodeado de gritos y de alguna que otra pelea ocasional.

—Supongo que eso tiene que ver con el hecho de ser cinco hermanos y de llevaros tan pocos años.

—En realidad, era con mi madre con la que más peleábamos.

Maya soltó una carcajada.

—Estoy hablando en serio.

—De acuerdo, en serio. Sí, nos peleábamos mucho. Y después nos reconciliábamos.

—¿Ahora están mejor las cosas con Aidan?

Del consideró aquella pregunta.

—Algo mejor. Me evita menos.

—Le echaste una mano. Supongo que eso tiene alguna importancia para él.

—Si tú lo dices.

Señaló hacia donde estaban hablando Chase y Zane. Los dos hermanos se estaban riendo. Era obvio que se sentían muy cómodos el uno con el otro.

—Yo quiero llegar a eso —admitió Del—. Antes de marcharme, quiero poder tener una verdadera conversación con Aidan. Quiero saber que las cosas están bien entre nosotros.

Zane continuó hablando, pero Maya ya no le escuchaba. Lo único que podía oír era la frase «antes de marcharme».

Porque eso era lo que iba a ocurrir. Del iba a marcharse. Había ido para celebrar el cumpleaños de su padre. En cuanto pasara aquella fecha, no tendría ningún motivo para quedarse.

Aunque siempre había sabido que su estancia no sería permanente, en cierto modo, lo había olvidado. Del formaba parte de su vida. Parte de su trabajo. Sería terrible que se marchara. Pero era un hombre que necesitaba estar en movimiento. Y conseguir que se quedara... Maya sabía que aquello no iba a ocurrir.

La última vez había sido ella la que se había marchado. En aquella ocasión lo haría él. Pero el resultado final sería el mismo. Volverían a separarse. Ella sabía que le echaría de menos. La pregunta era cuánto.

Tal y como se esperaba, la gran mayoría del pueblo acudió a la boda de Phoebe y Zane. Del estuvo hablando con otros invitados antes de que comenzara la ceremonia. Maya estaba ocupada ayudando a la novia a hacer todas aquellas cosas que hacían las novias antes de casarse. Del vio a sus hermanos y se acercó a hablar con ellos.

—Bonito traje —le dijo a Nick. Se volvió después hacia Aidan—. El tuyo también.

Ambos hermanos vestían traje oscuro y corbata. Aidan se ahuecó el cuello de la camisa.

—Malditas convenciones sociales.

Nick parecía sentirse cómodo con aquella ropa tan elegante.

—Me gusta arreglarme de vez en cuando. Además, lo hago por Zane.

Aidan gruñó algo para sí, pero Del sospechaba que estaba mucho menos enfadado de lo que aparentaba. Aidan y Nick eran amigos de Zane desde que iban al colegio.

—Cuánta gente ha venido —comentó Del—. ¿Papá y mamá están aquí?

—Qué va —contestó Nick—. Papá está trabajando en un encargo y mamá no se encontraba bien.

Del recordó la conversación que había tenido con Ceallach unos días atrás.

—¿Crees que le pasa algo? —preguntó.

Aidan frunció el ceño.

—¿Por qué lo preguntas?

Del les habló de la visita que le había hecho su padre.

—Estaba preocupado.

—¿Quieres decir que estaba preocupado por alguien

que no era él? –preguntó Aidan con amargura–. Habrá que marcar ese día en el calendario.

A Del le entraron ganas de regañar a su hermano por ser tan cínico, pero pensaba lo mismo que él.

Nick esbozó una mueca.

–Sí, tienes razón. Si papá lo ha notado es que pasa algo malo. Me pasaré por casa y hablaré con ella. A lo mejor está agobiada organizando la fiesta. Podemos ayudarla con todo.

–Yo ya me ofrecí –respondió Aidan–, pero me dijo que se las estaba arreglando bien ella sola.

–Yo también pasaré por allí –le aseguró Del.

–Sí, y así seguro que se soluciona todo –musitó Aidan.

–No estás de muy buen humor –Del fijó la mirada en su hermano–. ¿Qué problema tienes?

–Este no es el momento –les advirtió Nick sin perder la calma–. Dejadlo ya los dos. Zane se va a casar. Cerrad el pico.

Del asintió. Su hermano tenía razón. Fuera lo que fuera lo que le pasara a Aidan, Del no iba a enredarse en una discusión en ese momento. Se volvió y se dirigió hacia la carpa que había en la parte de atrás.

En el interior, los empleados del catering estaban organizando las mesas para la cena. Había docenas de mesas redondas. La cristalería y la cubertería resplandecían bajo las luces que colgaban del techo. El dulce olor de las flores se fundía con el de la ligera esencia a humo de la parrilla.

Cruzó la carpa y salió al exterior, donde habían colocado las sillas a la sombra de los árboles. Había dos secciones divididas por un pasillo central. La zona estaba delimitada por flores y lazos. Una mujer tocaba el arpa mientras los invitados iban localizando sus asientos.

Del vio a Eddie y a Gladys y se dirigió hacia ellas. Aquellas ancianas irreverentes eran justo lo que necesitaba para olvidarse de Aidan y de aquello que le tenía tan fastidiado. No quería pelearse con él, aquel día no. Ya hablarían al día siguiente, pero de momento un buen tipo iba a casarse con una gran mujer. Deberían olvidarse de todo lo demás y celebrarlo.

El resto de los invitados no tardó mucho en ocupar sus asientos. La música había cambiado transformándose en una melodía lenta y romántica. Zane ocupó su lugar al lado del ministro. Su hermano Chase estaba a su lado.

Maya apareció desde detrás de los árboles y Del estuvo a punto de caerse de la silla al verla. La había oído bromear sobre el vestido y sobre el hecho de tener que ir tan arreglada, pero no esperaba que tuviera el aspecto de una diosa.

Se había recogido el pelo en un complicado torbellino de tirabuzones y rizos. El vestido era de color azul claro, con un pronunciado escote en forma de uve. La tela de la parte superior estaba entrecruzada y parecía abrazar cada una de sus curvas. Zane se descubrió debatiéndose entre el deseo por ella y la necesidad de ponerle su chaqueta encima para que nadie más pudiera verla.

Caminaba despacio, con un pequeño ramo de flores en la mano. Cuando pasó a su lado, Del tuvo oportunidad de ver el vestido por detrás. Tenía la espalda abierta, con unos tirantes en equis y unas telas colgando a los lados. Estaba seguro de que era muy elegante y le gustaba cómo le quedaba, pero él solo podía pensar en que era imposible que llevara sujetador.

Lo peor en lo que podía fijarse alguien en una boda. Solo un perro miserable podía estar pensado en desnudarla mientras la novia cruzaba el pasillo. Del casi temió que le fulminara un rayo y, como eso no ocurrió, supo que podía considerarse un hombre afortunado.

Para Del, la ceremonia transcurrió como un acontecimiento borroso en el que se hicieron promesas y se intercambiaron los anillos. Estuvo en todo momento pendiente de Maya que, era obvio, estaba emocionada al ver a su amiga casándose con Zane. Después de que la novia y el novio fueran declarados marido y mujer, abrazaron a Maya y a Chase antes de volver juntos por el pasillo.

—Ha sido una boda preciosa —dijo Eddie, agarrándose al brazo de Del—. Hacen una pareja muy bonita.

—Y van a disfrutar del sexo esta noche —añadió Gladys, que se colocó al otro lado de Del.

—Disfrutarán del sexo cada noche —respondió Eddie con una carcajada—. Si tuvieras a Zane en tu cama, tú también estarías haciéndolo todo el tiempo.

—Bien dicho.

Del se desasió de las septuagenarias.

—Y este es el momento de que yo me vaya. Señoras, ha sido un placer.

Eddie hizo un puchero.

—Somos viejas. Ya nadie quiere hacerlo con nosotras. Lo menos que puedes hacer es dejarnos hablar de ello.

Del alzó las dos manos con un gesto de rendición.

—No voy a impedíroslo de ninguna manera. De hecho, os animo a que sigáis halando.

Gladys sonrió radiante.

—¿Por qué no mientras quedarte aquí?

—Sois demasiado para mí.

—Cobarde.

—Tienes toda la razón.

Les dio un beso a las dos en la mejilla y se dirigió hacia Maya.

Estaba con el resto de los protagonistas de la boda. Se estaban haciendo las fotografías. Él permaneció entre los árboles mientras la veía posar. De fondo, un tipo con una cámara lo grababa todo.

Del se acercó y pensó en la composición de la toma. El plano parecía bueno. Habría una imagen para el inicio del vídeo, probablemente de la invitación de boda, o del velo, o de algún motivo que pudiera indicar a los espectadores que estaban a punto de ver el vídeo de una boda.

Desvió la atención hacia Maya, que se estaba riendo de algo que Zane había dicho. ¿Por qué no se habría casado? Era una mujer muy guapa, tenía talento, era divertida y sociable. Le extrañaba que ningún tipo se la hubiera llevado.

Maya se volvió después de hablar con Zane y le vio. Ensanchó la sonrisa como si se alegrara de verle. Algo le golpeó en las entrañas. El deseo, reconoció Del. Pero hubo algo más. Una sensación más profunda que no tenía ganas de analizar. En cambio, se limitó a permanecer donde estaba y les observó mientras hacían el resto de las fotos.

Cuando terminaron, Maya se acercó a él. Tenía problemas para caminar por aquel terreno tan desigual y cuando llegó a su lado le agarró del brazo y se quitó los tacones.

—Los tacones no sirven con la hierba —le dijo con una risa—. Te lo digo por si tuvieras alguna tendencia al travestismo.

—Hasta ahora no la he tenido.

Le quitó el ramo, lo dejó en el suelo, posó las manos en sus caderas y la atrajo hacia él.

Disfrutaban de una cierta intimidad entre los árboles. Había gente a su alrededor, pero nadie demasiado cerca. Había comenzado la música y, a juzgar por el olor a carne que flotaba en el aire, la barbacoa ya estaba funcionando. Lo que significaba que los invitados debían de estar desplazándose hacia la carpa. Mejor para él, pensó mientras bajaba la cabeza y la besaba.

Maya alzó la barbilla y fue anhelante al encuentro de su boca. Sus labios, suaves y flexibles, se aferraron a los de Del mientras le rodeaba el cuello con los brazos.

Él posó la boca con renovada firmeza sobre la de Maya. Ella sabía a menta y a champán y entreabrió los labios antes de que él se lo pidiera. Del movió su lengua contra la suya, sintiendo el calor, la electricidad de aquel encuentro. Siempre habían estado muy bien juntos, pensó confuso. Hacían buena pareja. A pesar del tiempo que habían pasado separados, eso no había cambiado.

El deseo se derramaba en su interior. La sangre descendió hacia sus genitales con un resultado predecible. Movió las manos desde las caderas al trasero de Maya, deslizándolas por la sedosa tela del vestido. Ella se estrechó contra él, relajándose, como si confiara en Del con todo su ser.

Sonó una campana en la distancia. Era un sonido insistente. Maya suspiró contra sus labios.

—Están llamando para la cena.

—¿Estás hambrienta?

Maya se echó a reír.

—Sí, y en el sentido en el que lo estás preguntando. Pero hay una mesa principal y los dos tenemos que sentarnos en ella.

—Maldita sea.

Maya le miró a los ojos.

—Pienso lo mismo que tú —sonrió—. Es el vestido, ¿verdad? Sabía que te excitaría.

Del le acarició la mejilla.

—No es el vestido.

A Maya se le dilataron las pupilas.

—Sabes decir cosas muy bonitas.

Del la besó, después, se agachó y recogió aquellos tacones absurdos.

—¿Quieres ir descalza? —le preguntó.

—Creo que vas a ser lo mejor.

Del agarró las flores y se levantó. Maya recogió el

ramo. Del, con los zapatos en una mano, apoyó la otra en su espalda.

—¿Vamos?

El banquete transcurrió en un abrir y cerrar de ojos. A pesar de que la carne estaba perfecta y de los deliciosos platos que sirvieron, Maya no comió mucho. Era demasiado consciente de que Del estaba a su lado. De vez en cuando, la acariciaba. Un roce de dedos contra su brazo desnudo. Su muslo presionado contra ella...

Chase y ella habían escrito el brindis entre los dos. Maya se acercó al adolescente para hacerlo junto a él y volvió después con Del. Phoebe y Zane se dirigieron al centro de la carpa para el primer baile. En cuanto comenzó el estribillo de la canción, el DJ animó a todo el mundo a unirse al baile.

Del la sorprendió entonces envolviéndola en sus brazos.

Estuvieron bailando, meciéndose al ritmo de la música mientras el resto de los invitados parecía desvanecerse tras ellos.

Le gustaba estar entre sus brazos, pensó Maya. Quizá fueran los efectos del beso y del champán que había bebido, pero la verdad era que se sentía bien. Muy bien.

Los movimientos fluían con facilidad mientras bailaban juntos. Cuando terminó la canción, estaban en la parte más apartada de la carpa, de modo que abandonarla fue sencillo. Sin hablar siquiera entre ellos sobre su destino, se dirigieron al establo. A medio camino, Del volvió a envolverla con sus brazos, pero en aquella ocasión ya no estaba pensando en bailar.

Maya se adentró en su abrazo y cedió a su beso. Sintió la calidez de la boca de Del mientras reclamaba sus labios y acarició su lengua con la suya. Profundizaron el beso.

Los senos de Maya se apretaban contra el pecho de Del como si estuvieran buscando consuelo. La noche era fría, las estrellas brillaban. Maya sentía el cosquilleo de la hierba bajo los pies descalzos. Del era el único objeto sólido en un mundo que comenzaba a girar a su alrededor. Se abrazó a él, dejando que el deseo se fundiera con los recuerdos. Sabía lo que habían sentido cuando habían estado juntos en el pasado. ¿Pero qué sentirían diez años después?

Quería averiguarlo. Quería saber si seguía siendo igual de maravilloso. Echó las caderas hacia delante y dejó que su vientre entrara en contacto con la dureza de su erección. ¿De verdad estaba así por ella? Eso sí que era tener suerte.

Desde el otro extremo del establo llegó hasta ellos una carcajada. Maya se sobresaltó. Del se apartó un poco, pero no tardó en volver a abrazarla.

—Parece que no somos los únicos a los que les apetecía disfrutar de un poco de intimidad —susurró con voz grave y ronca.

Maya deslizó las manos desde sus hombros hasta sus muñecas.

—Sígueme —le dijo, y le agarró la mano.

Le sacó del establo para llevarle hasta la puerta de atrás de la casa principal. Había algunas luces encendidas, pero casi toda la casa estaba a oscuras. Se acercó a la escalera de atrás. Recordaba el número de escalones exactos que había hasta el primer descansillo. Una vez allí, tiró de Del para cruzar el pasillo hasta llegar a la que había sido su habitación durante sus años de instituto.

Las ventanas de su habitación estaban muy lejos de la carpa. Aun así, se aseguró de correr las cortinas antes de encender la lámpara de la mesilla de noche. Del permaneció junto a una de las dos camas, mirándola con intensidad.

El deseo tensaba las líneas de su rostro. Tenía el aspecto de un hombre que deseaba a una mujer. Y era ella la mujer afortunada.

Se quedaron mirándose el uno al otro durante varios segundos. Maya pensó que Del iba a preguntarle que si estaba segura, o que si quería que hablaran un poco. Sin embargo, se acercó a ella, alargó la mano hacia la cremallera del vestido y la bajó.

Maya arqueó las cejas.

—¿Cómo has adivinado dónde estaba?

—Llevo estudiando el vestido toda la noche.

—Un hombre con una misión.

—Tengo más de una.

Le bajó los tirantes del vestido, que terminó deslizándose hasta el suelo y arremolinándose a sus pies. Debajo solo llevaba un tanga.

La habitación estaba en silencio, salvo por el sonido de la respiración de Del. Tenía todos los músculos en tensión y Maya vio el momento en el que su erección creció todavía más.

—¿Dónde está la habitación de Chase?

Maya parpadeó, perpleja ante aquella pregunta.

—Eh... cruzando el pasillo, dos puertas más adelante.

Del estaba moviéndose antes de que hubiera terminado de hablar. Cuando se fue, Maya vaciló, sin estar muy segura de qué hacer. Afortunadamente, menos de veinte segundos después Del regresó con una caja de preservativos en la mano.

Maya sonrió de oreja a oreja.

—Como he dicho, un hombre con una misión.

Y aquello fue lo último que dijo durante un buen rato.

Se oyó un suspiro cuando Del se acercó a ella y posó las manos sobre sus senos al tiempo que la besaba. Y un pequeño gemido cuando interrumpió el beso para poder inclinarse a lamer los pezones. Y un jadeo cuando la levantó en brazos y la dejó sobre una de las camas.

Era la misma cama en la que habían hecho el amor diez años atrás, pensó Maya en medio de su confusión. La cama en la que había perdido la virginidad el fin de semana que Zane se había llevado a Chase a una competición de ciencias.

Todo era distinto en aquel momento, reflexionó, observando a Del mientras este se quitaba los zapatos. Eran dos adultos. Ninguno de ellos era un adolescente asustado y sin experiencia. La camisa y los pantalones de Del terminaron en el suelo. Los siguieron los calzoncillos y los calcetines. Maya pudo contemplar su erección durante un breve instante, antes de que se metiera en la cama y la abrazara.

La hizo girar para que quedara tumbada boca arriba y la besó. Su lengua la perseguía y ella permitió que la atrapara. Disfrutaron de la primitiva danza de los amantes, explorando, acariciando, sintiendo, pero añadiéndole a ello la ventaja de haber recorrido antes aquel camino.

Cuando Del inclinó la cabeza para tomar su pezón, ella supo lo que iba a sentir. La anticipación aguzó la sensación. Cuando succionó, el deseo se arremolinó en su vientre y descendió, dejándola húmeda y henchida. Del iba de un seno a otro, tomándose todo el tiempo del mundo, como si no tuvieran que estar en ninguna otra parte.

Maya le deseaba, deseaba lo que estaba ocurriendo y lo que iba a ocurrir cuando Del entrara en ella. Pero también deseaba prolongar aquel momento para que no tuviera fin. No quería pensar ni en el mañana ni en lo que ocurriría más adelante. Solo estaba el presente.

Posó las manos en sus hombros, urgiéndole a retroceder. Después, se inclinó sobre él para así poder ser ella la que decidiera el siguiente movimiento. Del posó las manos en sus senos con resolución mientras ella le acariciaba los hombros y el pecho, bajaba las manos hasta su vientre y le agarraba el pene con la mano derecha.

–Estás jugando con fuego –bromeó Del.

–¿Ahora se llama así?

Del sonrió de oreja a oreja.

–Sigue haciendo eso y podrás llamarlo como quieras.

Maya se interrumpió para ponerle un preservativo. Después, Del la agarró por las caderas y la urgió a colocarse a horcajadas sobre él. Maya posó las manos a ambos lados de sus anchos hombros. Él deslizó la mano entre sus piernas, presionó el pulgar contra el centro de su sexo y comenzó a acariciar aquella zona henchida y hambrienta.

Empezó acariciándola con movimientos lentos, pero no tardó en incrementar la velocidad. Maya intentaba mantener la cabeza fría, no perderse en lo que Del estaba haciendo. Pero era imposible. Se sentía demasiado bien. El deseo crecía en su interior, acercándola cada vez más a su último destino. Pero todavía no estaba preparada e intentó contenerse. Si al menos...

Cometió el error de hundirlo ella. Solo un poco, pero fue suficiente. En el momento en el que sintió la plenitud de su erección estuvo perdida. Perdida en la sensación de ir abriéndose para él. Entregada a la facilidad con la que encajaban el uno en el otro, al placer que sentía cuando se alzaba y volvía a descender sobre Del.

Su manera de acariciarle el clítoris no cambió. Se ajustaba al ritmo del creciente deseo de Maya y de los movimientos con los que ascendía y descendía sobre él. Sus respiraciones se sincronizaron. Los muslos de ambos se tensaron.

Maya aumentó la velocidad de sus movimientos, preguntándose si aquello todavía podría mejorar y jadeó al sentir que la atravesaba un fiero deseo. Aquello no iba a poder soportarlo, pensó frenética. Demasiado intenso y demasiado pronto. Todavía no estaba preparada para terminar. Necesitaba que aquel momento durara mucho más.

Su cabeza batallaba contra el resto de su cuerpo y no tardó en perder la batalla. No podía pensar, no podía hacer nada, salvo moverse hacia arriba y hacia abajo, acercándose cada vez más a la cumbre de la liberación. «Más rápido» pensó, sintiendo la familiar promesa casi a su alcance. Estaba a punto de llegar.

Arriba y abajo, con el dedo de Del sobre el clítoris, presionando en cada una de sus embestidas. El final era inevitable. La única pregunta era...

—¡Del!

Jadeó su nombre mientras el clímax estallaba en su interior. Cada célula de su ser gritó al alcanzar el orgasmo. Del posó la mano libre en su cadera y sostuvo a Maya contra él mientras embestía con fuerza y ella se entregaba por completo a aquel placer.

Cuando los dos terminaron, Del la estrechó contra él y la abrazó con fuerza.

—Maya.

Su nombre fue un susurro. Una exhalación. El sonido pareció atravesarla, abriéndola hasta dejarla desnuda ante él de todas las maneras posibles. Y junto a aquella vulnerabilidad llegó una verdad tan afilada que terminó de desgarrar la fachada tras la que había estado escondiéndose durante los últimos diez años.

La razón por la que no se había enamorado de nadie, el motivo por el que no había encontrado el amor era que no podía hacerlo. Del le había reclamado su corazón y, por lo que ella sabía, jamás se lo había devuelto.

Durante todos aquellos años, había seguido enamorada de él.

Capítulo 11

A la mañana siguiente, Maya estuvo evitando mirarse al espejo del cuarto de baño. Aunque aquello podía complicar un poco la tarea de maquillarse, la aterraba lo que podía llegar a ver en sus ojos. Intentó decirse a sí misma que tampoco era que llevara un letrero proclamando en letras de neón «estoy enamorada de Del». O, al menos, eso esperaba. Y, al final, aunque solo fuera por mera supervivencia, necesitaba aplicarse la máscara de ojos. Tomó aire y miró su reflejo.

Excepto porque parecía un poco cansada, sin lugar a dudas porque había vuelto a casa después de las dos de la mañana y había sido incapaz de dormir, continuaba teniendo el mismo aspecto de siempre. No había ninguna expresión delatora que reflejara su sentimiento de culpa y su confusión. Ninguna mancha en la piel que dijera «amo a Del». Había salido indemne.

Por lo menos en apariencia.

Porque lo que ocurría dentro de ella era otra cuestión. Para ser sincera, no tenía la menor idea de lo que había pasado. Ni de cuándo. No podía creer que hubiera estado enamorada de Del durante los últimos diez años sin saberlo. Era imposible imaginar algo así. Había sido feliz viviendo su propia vida y forjándose una carrera profesional. Era obvio que si hubiera estado sufriendo por culpa de un amor no correspondido lo habría notado. ¿Pero eso qué significaba? ¿Que sus sentimientos hacia Del habían resistido en el tiempo? ¿Qué las chispas que saltaban con Del habían continuado en estado latente durante todos aquellos años, esperando a cobrar vida de nuevo?

Demasiadas preguntas y muy pocas respuestas, se dijo a sí misma mientras recogía el bolso y salía de la casa. Se detuvo para regar los geranios y caminó después con paso enérgico hacia el Brew-haha. Era obvio que un café sería el primer paso. Después, quizá, hacer un par de listas para intentar aclararse las ideas.

Estaba enamorada de Del. Aquel pensamiento la perseguía con cada uno de sus pasos. Habían hecho el amor en su antigua cama y había sucedido.

Vale, de acuerdo, estaba bastante segura de que no había sido el hacer el amor lo que la había hecho enamorarse de él. El sexo había sido genial, pero no tenía poderes mágicos. Había sido la intimidad compartida la causante de aquella revelación. Pero lo más preocupante era averiguar lo que iba a hacer a partir de entonces.

Se dijo a sí misma que no tenía por qué hacer nada. Podía continuar con su vida como hasta entonces y fingir que no había cambiado nada. En determinadas circunstancias, la negación era algo muy saludable. En realidad, era lo que más sentido tenía. Del solo iba a estar en el pueblo unas cuantas semanas más. Cuando se fuera, tendría que recapacitar sobre lo que había pasado e intentar comprenderlo. Pero, hasta entonces, pensaba enterrar la cabeza en la arena como un avestruz.

Veinte minutos después, estaba tomando el primer sorbo de un café que le devolvió la vida. Todavía estaba decidiendo qué iba a hacer a continuación cuando vio a Elaine dirigiéndose hacia el parque con Sophie.

Maya saludó a su amiga.

—Has madrugado —le dijo mientras corría hacia ella—. ¿Cómo te encuentras?

Elaine sonrió.

—Igual que ayer cuando me llamaste para ver cómo estaba. Bien, cansada, pero saliendo adelante.

Maya se agachó para acariciar a Sophie. La beagle se contoneó para recibir sus caricias mientras movía la cola feliz.

—Hemos decidido que nos vendría bien dar un paseo —dijo Elaine—. ¿Quieres venir con nosotras?

—Me encantaría.

Comenzaron a pasear por Pyrite Park. Sophie iba la primera, deteniéndose de vez en cuando para olfatear.

—Ayer te echamos de menos en la boda —comentó Maya.

—Lo sé. En realidad me encontraba bien, así que podría haber ido, pero cuando recibí la invitación no estaba tan segura. Cuéntamelo todo.

A la mente de Maya acudió la imagen de Del en la cama con ella, de su cuerpo sobre el suyo. El recuerdo de la piel de Del contra la suya fue tan intenso que, por un momento, tuvo la sensación de haber retrocedido en el tiempo.

Apartó aquel pensamiento de su mente a toda velocidad. Aunque Elaine era su amiga, también era la madre de Del. No podía contárselo. Eso sí que sería darle demasiada información.

—Phoebe estaba guapísima —sacó el teléfono y presionó un par de teclas—. Hice unas fotografías antes de la boda.

Elaine las miró.

—Está maravillosa. Y se la ve muy feliz. Me alegro por ellos.

—Yo también. Zane estaba nervioso, era muy divertido. Son una pareja encantadora.

Elaine la agarró del brazo.

—¿Cuándo vas a encontrar tú a un hombre encantador con el que sentar cabeza?

—No tengo ni idea. Pero estoy abierta a encontrarlo.

Algo que había sido cierto hasta la noche anterior, pensó Maya, preguntándose si aquel lapsus en el tiempo podría disculpar su mentira.

—¿Y no han saltado las chispas con Del?

Si Maya hubiera estado tragando saliva en aquel momento, se habría atragantado.

—Eres mi amiga y te quiero, pero no. No voy a volver con tu hijo.

—¿Por qué no? ¿No te parece un hombre maravilloso?

Maya se relajó. Aquella pregunta podía contestarla con sinceridad.

—Sí. Pero él va a marcharse del pueblo y yo no.

Lo cual era más fácil que admitir que, aunque la noche anterior él también parecía haber disfrutado, cuando la había llevado a su casa no había dicho una sola palabra sobre la posibilidad de que volvieran a quedar. No en un sentido romántico por lo menos. Era evidente que seguirían viéndose en el trabajo.

—A Del le encanta viajar —se mostró de acuerdo Elaine con un suspiro. Señaló un banco—. Vamos a sentarnos.

En cuanto se sentaron, soltó a Sophie de la correa. La beagle comenzó a explorar la zona, aunque sin aventurarse demasiado lejos.

Elaine la observó.

—Me preocupa que Del esté solo. No es el tipo de hombre que vaya a sentar cabeza en un solo lugar, pero necesita a alguien —le confesó.

—No todo el mundo quiere vivir en pareja.

—Del sí. No habla de ello, pero quiere casarse. Es como yo. Para él las relaciones son importantes —miró a Maya—. Y es posible que a ti te guste viajar.

Durante tres segundos, Maya se permitió imaginarse recorriendo el mundo con Del, pero apartó aquel pensamiento con firmeza.

—No hagas de casamentera. Del y yo estamos trabajando juntos y eso es todo.

Excepto que se habían acostado. Pero aquello no iba a mencionarlo siquiera.

—Muy bien. No te presionaré. Seguiré soñando despierta, pero no presionaré.

—Gracias.

Maya pasó el resto del domingo preocupada por lo que iba a pasar el lunes por la mañana. No durmió por segunda noche consecutiva y comenzaban a fallarle los trucos de maquillaje para disimular la falta de descanso. Tenía el estómago hecho un desastre y el cerebro le iba a toda velocidad. Para cuando Del llegó al estudio, estaba ya a punto de salir corriendo.

—Hola —la saludó Del alegremente al verla—. ¿Qué tal te ha ido durante el resto del fin de semana?

—Bien —contestó, buscando algún significado oculto en aquella pregunta.

Pero no parecía encerrar ninguno.

—Me alegro. ¿De verdad vamos a hacer una entrevista a una elefanta y a un poni? —preguntó mientras se sentaba en la silla que Maya tenía junto a su escritorio—. ¿Lo he leído bien?

—Priscilla y Reno tienen una historia de amor única. En realidad, no hablarán ellos. Entrevistaremos a Heidi Stryker, su propietaria.

—No sé si estoy de acuerdo. Sospecho que una elefanta tendría mucho que decir.

—¿Por qué los elefantes nunca olvidan?

—Eso es lo que se rumorea.

Sonrió como si no hubiera pasado nada entre ellos. Lo cual, comprendió Maya devastada y aliviada al mismo tiempo, probablemente fuera lo que él pensaba. Se habían acostado y en aquel momento estaban trabajando juntos otra vez. La noche había sido agradable, pero no había tenido ningún significado emocional. Ojalá fuera capaz de separar las cosas como lo hacían los hombres, pensó Maya. ¿Cómo lo conseguirían? ¿Sería una función cerebral o algo hormonal? ¿Un rasgo evolutivo o cuestión de suerte? Del era un hombre y conseguía ver la noche que habían pasado juntos con cierta distancia. Ella era una mujer y el haber hecho el amor la había obligado a admitir que estaba enamorada. ¿Acaso era justo?

No había una respuesta para ello, se dijo a sí misma. Además, lo más inteligente era continuar adelante.

—¿Estás preparado? —le preguntó—. Deberíamos ir a buscar el equipo.

Del asintió y se levantaron. Pero antes de que hubieran salido de la oficina, le tocó el brazo con delicadeza.

—Acerca del sábado —comenzó a decir Del. Su voz denotaba cierta preocupación—, quiero que sepas que me lo pasé muy bien. Mucho mejor de lo que recordaba, que ya es decir mucho, porque lo que recordaba era condenadamente bueno.

La tensión cedió y Maya fue capaz de respirar otra vez.

—Yo también —contestó en un susurro.

—¿Estás bien?

Aquello la hizo sonreír. Porque una mujer habría abordado aquella conversación de manera muy distinta. Con una explicación sobre lo que podría haber pasado, sobre lo que había pasado y sobre lo que podría llegar a pasar, pero no iba a pasar. A ello le seguiría un pormenorizado análisis de los sentimientos de cada uno de ellos.

—Estoy bien —contestó sin estar muy segura de que fuera cierto, pero dispuesta a fingir hasta que lo fuera.
—Estupendo.
Del la soltó y ella se dirigió hacia el estudio a buscar la cámara. De camino hacia allí, se dio cuenta de que estaba diciendo la verdad. Estaba bien. Enamorada, pero bien.

Para las doce de la mañana habían terminado la entrevista. Maya tenía una reunión en el ayuntamiento, así que dejó a Del en el pueblo. Este estaba a punto de dirigirse a su casa para almorzar cuando vio a Aidan caminando hacia el Brew-haha. Su hermano estaba un poco pálido, sobre todo teniendo en cuenta el momento del año en el que estaban. Del se dirigió hacia él.
—¿Resaca? —le preguntó cuando estuvo a su lado.
Aidan suspiró.
—Sí. Había una rubia y había tequila. No estoy seguro de cuál fue más mortal.
—A lo mejor fue la combinación.
Entraron en la cafetería y se pusieron a la cola. Aidan iba antes que él y pidió un café solo. Del un café con leche. Aunque tanto Aidan como él habían pasado de manera similar el fin de semana, en su caso, lo que había ocurrido había servido para tranquilizarle.
Le había dicho la verdad a Maya. Estar juntos había sido mejor de lo que recordaba. Siempre había habido química entre ellos y eso no había cambiado. Pero a la química le habían añadido un nuevo elemento. Quizá más experiencia, más madurez. En cualquier caso, había pasado el domingo entero con una sonrisa estúpida en la cara. Hacía mucho tiempo que no había sentido la necesidad de sonreír después del sexo y pensaba disfrutar de aquella sensación durante el mayor tiempo posible.

Esperó a que le sirvieran el café con leche y se reunió con Aidan en la calle. Su hermano se sentó en una mesa protegida con una sombrilla, evitando el sol. Del se sentó enfrente de él.

—¿Cuánto bebiste?

—Creo que preferirías no saberlo.

—Supongo que no.

Había visto a Aidan con diferentes mujeres cada fin de semana. Desde luego, tenía una intensa vida sexual. Del consideró la posibilidad de preguntarle por qué no quería algo más. Al cabo de un tiempo, el dicho de «de noche todos los gatos son pardos» dejaba de tener validez. Había más cosas en la vida que el sexo. Como el cuidado o la complicidad. A lo mejor aquella era la razón por la que había disfrutado tanto con Maya. Habían compartido un pasado, en aquel momento eran amigos y trabajaban juntos. La conocía, la comprendía. Y le gustaba de verdad.

Hacer el amor en aquellas circunstancias era casi todo lo perfecto que podía llegar a ser. Si por él fuera, en aquel momento estarían juntos y desnudos. Porque continuaba deseándola. Pero no iba a poder salirse con la suya. Lo que estaban haciendo era demasiado importante. Pero eso no significaba que no pudiera pensar en ello.

—¿Qué pasa? —preguntó Aidan malhumorado—. Tienes una sonrisa estúpida en la cara.

Del se echó a reír.

—Soy un hombre feliz.

—Vete al infierno.

Del le ignoró.

—¿Qué tal va el negocio?

—Bien. Tenemos mucho trabajo.

—Has hecho un gran trabajo con esa empresa, Aidan. Deberías sentirte orgulloso.

—Como si hubiera tenido otra opción.

Del dejó el café en la mesa y echó la silla hacia atrás.

—Muy bien —dijo, consciente de que desde el instante en el que había puesto un pie en el pueblo habían estado encaminándose hacia aquel momento—. Tú ganas. Lo haremos aquí mismo, ahora.

La mirada adormilada de Aidan pareció despertar.

—¿Pero qué estás diciendo?

—Vamos a arreglar esto de una vez por todas. Tienes ganas de desahogarte desde que me viste, así que, adelante —se permitió esbozar una leve sonrisa—. Y seré bueno contigo porque tienes resaca.

Aidan sacudió la cabeza.

—No voy a pegarme contigo.

—¿Por qué no? Estás mosqueado. Adelante.

Aidan también dejó su café en la mesa.

—¿Estoy mosqueado? ¿Así es como tú lo llamas? Muy bien. Estoy mosqueado, estoy enfadado porque me traicionaste, porque eres un egoísta. Te largaste. Yo tenía dieciocho años y ni siquiera te molestaste en despedirte. Desapareciste dejándome a mí a cargo de todo. No pude elegir. Tú me quitaste esa posibilidad.

—Lo sé y lo siento.

Aidan le fulminó con la mirada.

—Con eso no basta.

—Es lo único que puedo ofrecerte. Una disculpa. No puedo dar marcha atrás en el tiempo y cambiar el pasado. Y, para serte sincero, tampoco sé si lo haría. No podía quedarme después de lo que había pasado. Al principio me marché huyendo de Maya, pero con el tiempo descubrí que no estaba hecho para vivir en Fool's Gold. Jamás habría funcionado.

Tomó aire.

—Pero ahora sé que lo hice mal. Debería haber hablado contigo. Debería haberte explicado lo que pensaba hacer, haberte consultado. En todo eso me equivoqué. Manejé la situación de la peor de las maneras. Espero que, con el tiempo, seas capaz de aceptar mis disculpas.

Su hermano se reclinó en la silla.

—Lo haré si dejas de hablar —gruñó.

—¿Te duele la cabeza?

Aidan se frotó las sienes y se volvió hacia Del.

—Fuiste un auténtico cerdo.

—Estoy de acuerdo.

—Estoy llevando el negocio mucho mejor de lo que podrías haberlo hecho tú jamás.

—No voy a discutirlo.

—¿Te he dicho ya que eres un cerdo?

—Sí.

—Genial —Aidan sonrió—. ¿Y ahora quieres oír algo absurdo?

—Claro que sí.

—Me gusta llevar este negocio. Verlo crecer, preparar nuevos recorridos. Es divertido. Me caen bien los turistas. Y tengo a gente magnífica trabajando para mí. No pensaba que esta fuera a ser mi vida, pero ahora que estoy metido en ella, resulta que es una de las mejores cosas que me podían haber pasado.

Del se le quedó mirando de hito en hito.

—¿Qué? ¿Entonces por qué te has estado comportando como un cretino?

—Para fastidiarte. Lo dejaste todo sin preguntar. Eso estuvo mal, hermanito.

Del soltó un juramento.

—Me parece muy retorcido, pero lo respeto —alzó su vaso de café—. Por ti, hermanito. Has hecho las cosas bien.

Aidan lo imitó.

—Tú tampoco lo has hecho mal. Vendiste tu negocio por mucho dinero.

—¿Cómo lo sabes?

—Sigo un plan de blogs sobre negocios. Mencionaron la venta.

—Gracias. Se lo conté a papá.

Aidan soltó un bufido burlón.

—Supongo que al viejo no le importaría. Podrías estar contándole que has descubierto la vacuna contra el cáncer y le daría igual. Así es él.

—Dímelo a mí.

—¿Y qué piensas hacer ahora?

Del pensó en los vídeos que quería producir. En cómo ilustrarían y educarían a niños de todo el mundo. Y luego hablaba de la arrogancia y de la vanidad de su padre, pensó.

—No estoy seguro. Todavía estoy dándole vueltas. Tengo algunas ideas, pero nada en firme.

—No piensas quedarte aquí.

—¿Eso es una pregunta o una afirmación?

—Una afirmación —respondió Aidan con una sonrisa—. Tú mismo lo has dicho. No estás hecho para vivir en Fool's Gold. No tardarás en marcharte.

Del sabía que su hermano tenía razón. Se marcharía, porque eso era lo que siempre hacía. Pero, en aquella ocasión, al igual que la primera vez, lamentaría tener que dejar a Maya. Formaban un buen equipo.

Durante un segundo, se preguntó qué pasaría si Maya se fuera con él. Si quisiera lo mismo que él quería. ¿Pero cómo iban a vivir tan cerca sin comenzar algo que no deberían? Si pasaba tanto tiempo con ella, ¿correría el riesgo de volver a enamorarse?

Aunque podía comprender por qué había actuado Maya como lo había hecho, la verdad era que no había sido honesta. No había insinuado ni una sola vez que hubiera algún problema. ¿Podría confiar en que fuera a serlo en aquella nueva etapa? ¿En que fuera capaz de decirle que algo andaba mal e intentara arreglarlo con él? ¿O simplemente cortaría por lo sano y saldría huyendo?

A lo mejor era una tontería, pero estaba buscando una pareja. Alguien en quien poder apoyarse. Con Maya no podía estar seguro.

—Decidas lo que decidas, buena suerte —le dijo Aidan—. Admitiré que no lo entiendo. ¿No te apetece despertarte en la misma cama de vez en cuando?

—Ya llevo bastante tiempo en el pueblo. Me gusta viajar, ver lo que pasa en otros lugares del mundo. Me interesa la gente. Además, ¿cómo es posible que tú no lo comprendas? No quieres estar con la misma mujer más de unos cuantos días.

—Tienes razón. Los dos tenemos problemas para comprometernos, pero de diferentes maneras. Esta vez, envíame una postal —le pidió Aidan.

—Prometido.

Cuando se separaron, Del supo que habían conseguido superar el distanciamiento. Su hermano y él volvían a ser amigos otra vez.

Comenzó a dirigirse a su casa, pero cambió de opinión y fue hacia casa de Maya. Como era de esperar, las flores nuevas habían adquirido un color amarillento y estaban languideciendo. No sabía si les habría echado demasiada agua o demasiado abono. En cualquier caso, estaba matando a unas plantas inocentes. Fuera como fuera, montó en la furgoneta y se dirigió hacia Plants for the Planet a comprar otras con las que sustituirlas. Con un poco de suerte, podría arrancar las otras y plantar las nuevas sin que Maya se diera cuenta.

El apartamento que Elaine había alquilado era pequeño, pero muy acogedor. Un sencillo estudio con un cómodo sofá-cama. Había una alcoba con un comedor, una cocina con todos los electrodomésticos básicos y un pequeño cuarto de baño.

—Es perfecto para lo que yo necesito —dijo Elaine, estirándose en el sofá con Sophie a su lado—. Cuando la princesa necesita hacer sus cosas, puedo llevarla al jardincito que tenemos en la parte de atrás.

Elaine señaló hacia la cocina.

—Tengo té y algo de picar. Así que es perfecto.

—Sí, ha sido una buena solución —admitió Maya—. Me impresiona que hayas conseguido mantenerlo en secreto.

Elaine sonrió.

—Le dije al casero que era una de esas cosas de la menopausia. Después de eso, no quiso saber nada más.

Maya sonrió.

—¿Cómo te encuentras?

—Bien. Cansada —Sophie se tumbó de espaldas y Elaine le acarició la barriga—. Ella me hace compañía. Siempre ha sido más mía que de cualquier otro miembro de la familia, pero, desde que he empezado el tratamiento, no se aparta de mi lado.

—Sabe que te pasa algo.

Maya miró a su amiga. Elaine tenía unas profundas ojeras. Parecía cansada. Y más delgada.

—¿Estás perdiendo peso?

Elaine se encogió de hombros.

—Es posible que haya adelgazado un poco. Me cuesta comer. No tengo náuseas, pero no termino de encontrarme bien. Es difícil de explicar.

—¿Quieres que te tiente invitándote a cenar a tu restaurante favorito? —preguntó Maya, preocupada por cómo iba a soportar Elaine las próximas semanas de radiación—. Dime cuál es.

—Eres un encanto, pero estoy bien. Recibo el tratamiento, después vengo aquí y paso algunas horas. La mayor parte de ellas durmiendo. Después vuelvo con Sophie a casa.

Maya intentó contenerse, pero no fue capaz de reprimirse.

—Tienes que decírselo.

—No, de verdad que no.

—A ellos les gustaría saberlo. Querrán saberlo. Ceallach ya sospecha algo. Al final se sabrá. Harás algún comentario o llamará algún médico a tu casa. Te estás enfrentando a un cáncer de mama. Tu marido y tus hijos querrían estar a tu lado si lo supieran.

Elaine esbozó una sonrisa triste y autosuficiente a la vez.

—No sabrían cómo manejarlo. Ceallach está en medio de un importante encargo. No puedo arriesgarme a distraerle, así que a él también le dije que son cosas relacionadas con el cambio. ¿Quién iba a imaginar que la menopausia iba a venirme tan bien? En cuanto a mis hijos... No quiero preocuparles.

—Querrían saberlo, les gustaría ayudarte.

—No podrían hacer nada. Sophie y tú sois todo el apoyo que necesito.

Maya no estaba segura de que fuera cierto. Y también estaba preocupada por lo que sucedería cuando Del descubriera la verdad. Porque lo haría. Todos lo harían. Aunque podría justificarse diciendo que era lo que su amiga le había pedido, no podía quitarse de encima la sensación de estar haciendo algo malo. Por lo menos en lo que a Del concernía. Del querría saberlo y sospechaba que también el resto de los Mitchell.

—Les estás minusvalorando —le dijo con firmeza—. Deberías confiar en lo mucho que te quieren.

—No dudo de sus sentimientos, pero soy consciente de sus limitaciones. Supongo que la culpa es mía. Por lo menos con los chicos. No he sido muy buena madre.

Maya no se lo podía creer. Ella había tenido una madre horrible. En comparación, Elaine había sido una madre extraordinaria.

—¿De qué estás hablando? Has sido una madre fantástica. Les has cuidado, les has querido, les has apoyado. Han tenido una gran suerte al tener una madre como tú.

Elaine sonrió.

—Eres un encanto, pero me estás concediendo demasiados méritos. No protegí a mis hijos de su padre como debería haberlo hecho. Él es un hombre brillante, pero difícil. Hubo veces en las que me puse de su lado en vez de apoyar a mis hijos.

—Tuviste que tomar decisiones. Estoy segura de que algunas de ellas no las tomarías ahora, pero nadie es perfecto. No te estás concediendo suficiente valor —Maya se preguntó si aquello tendría algo que ver con la bajada de ánimo provocado por el tratamiento—. Ellos te adoran y, lo más importante, son personas felices y buenas. Han tenido éxito en la vida y son hombres de los que puedes sentirte orgullosa. No se te ocurra olvidarlo.

Elaine sonrió.

—Eres muy buena conmigo.

—Y tú conmigo. Eres mi amiga y te quiero.

—Yo también. No se lo digas a los chicos, pero siempre quise tener una hija. Cuando empezaste a salir con Del y nos hicimos amigas, estaba entusiasmada. Te agradezco que no hayas roto nunca ese vínculo.

—Eres mi familia —le dijo Maya—. Ha habido muchas veces en las que solo he conseguido salir adelante preguntándome cómo manejarías tú la situación. Siempre he querido ser tan fuerte como tú.

Elaine frunció el ceño.

—¿Fuerte? No soy una mujer fuerte.

—Sí lo eres. Pero no te das cuenta.

Capítulo 12

—Estás muy misterioso —bromeó Maya cuando entró en el despacho que ocupaba Del de forma temporal.

Le había enviado un mensaje pidiéndole que se reunieran en el estudio. Le había dicho que era algo importante, pero no le había dado ninguna otra pista.

Del permanecía al lado de su escritorio. Tenía una pila de DVD a su lado. Maya estuvo a punto de decirle que si pensaba ofrecerse como voluntario para participar en el concurso de traseros de Eddie y de Gladys iba a perderle todo el respeto, pero se dio cuenta de que no estaba sonriendo. No parecía preocupado, pero era obvio que no estaba de humor para bromas.

—¿Qué pasa? —preguntó, esperando que, fuera lo que fuera, no tuviera nada que ver con un problema médico.

No estaba segura de que fuera capaz de guardar otro secreto cuando le estaba costando tanto mantener el de Elaine.

—En realidad no es nada importante.

—Por la cara que pones, parece que se trata de algo importante.

Del relajó entonces la expresión.

—No hay ninguna cara que refleje que algo es importante.

—Sí, la tuya, y resulta un poco raro con esa barba tan sexy.

Mierda, pensó. Mierda y mierda. ¿Había dicho sexy? La culpa no era suya. Aquel hombre estaba maravilloso vestido con vaqueros y una camisa descolorida. La barba de tres días añadía atractivo a su aspecto. Mm, la última vez que le había besado se había afeitado para la boda. ¿Le sentiría muy diferente en aquel momento?

Decidió que sí, pero no estaba segura de si sería un roce agradable o desagradable.

—¿Sexy? —le preguntó Del, arqueando una ceja.

Maya señaló el montón de DVD.

—Explícamelo.

Del desvió la mirada de los DVD a Maya y volvió a mirar de nuevo los DVD.

—Estuvimos hablando de un proyecto —comenzó a decir—. Ya sabes, de grabar un día en la vida de alguien.

—Sí —miró los DVD—. ¿Ya lo has empezado?

—No exactamente. Estos son vídeos hechos por mí. Entrevistas a un montón de gente, muchos de ellos niños. Yo aparezco en algunos hablando del lugar en el que estoy y de su situación económica y política.

Maya le miró.

—¿Quieres que los vea?

—No, quiero saber si puedes arreglarlos —hundió las manos en los bolsillos—. Sé lo que veo en mi cabeza, pero no soy capaz de plasmarlo en la pantalla. Después de trabajar contigo, estoy seguro de que no sé colocar la cámara. Y los planos subjetivos también estarán mal.

Maya ya conocía el material de Del por las grabaciones que había hecho con ella.

—Es probable que te hayan faltado las tomas de apertura y que hayas tenido algún problema con el audio.

—Gracias por el voto de confianza.

—No eres un profesional. Para la preparación que tienes, haces un buen trabajo.

—Lo siento, no pretendía ponerme a la defensiva. Es solo que este proyecto... es importante para mí —palmeó los vídeos—. Esto es todo lo que he podido reunir. Tengo material sin editar en el ordenador. Sé que no se pueden corregir los errores de grabación, pero a lo mejor puedes agarrar todo esto que he hecho y practicar tu magia con la edición.

—Por supuesto.

—Te pagaría.

Maya hizo un gesto, descartando aquella posibilidad.

—De ningún modo. Estoy encantada de ayudar. Necesitaré revisar todo lo que has hecho. Me va a llevar algún tiempo, pero me encantará hacer cuanto esté en mi mano para que ese material quede como tú quieres.

Del todavía estaba tocando los DVD.

—Nadie los ha visto —le dijo—. Nadie. Quería que lo supieras.

Maya agradecía la información, aunque no estaba segura de qué hacer con ella. Del le estaba confiando algo que era importante para él. Aquello la hizo temblar. Por supuesto, en todo lo relativo a Del, tampoco hacía falta mucho para que se pusiera nerviosa.

Por un momento, deseó que las cosas hubieran sido diferentes cuando los dos eran más jóvenes. Pero en aquel entonces estaba muy asustada y Del no tenía manera de saber lo que le rondaba por la cabeza. Habían sido el lugar y el momento equivocados. Pero el hombre adecuado. Era curioso que hubiera necesitado diez años para averiguar que aquel era el hombre de su vida. Curioso y, quizá, un poco triste. Porque Del se iba a marchar y ella se quedaría. Y, lo que era más importante todavía, Del no había insinuado jamás que sintiera por ella algo más fuerte que la amistad y la atracción sexual.

—Tendré mucho cuidado con las grabaciones —le prometió—. Déjame copiarlas en mi ordenador para que pueda trabajar con ellas —arrugó la nariz—. Y no pienso dejar ninguna copia por aquí. Estoy segura de que Eddie y Gladys la encontrarían y solo Dios sabe lo que podrían hacer con ella.

—¿Todavía estás enfadada por lo del beso?

—No enfadada, exactamente.

—¿Entonces qué?

—Se convirtió en un vídeo viral. Me resulta extraño.

Del dejó caer los brazos y le guiñó el ojo.

—Beso muy bien.

—¡Oh, por favor! ¿Crees que esa es la razón por la que el vídeo se hizo viral? ¿Y qué me dices de mí?

—Tú has sabido aprovecharte de mi éxito.

Maya puso los brazos en jarras.

—Ya te gustaría. Tienes suerte de que te besara.

—¿Ah, sí?

—Sí.

Maya esperó otra respuesta graciosa. En cambio, Del rodeó la mesa, posó la mano en su cintura y la atrajo hacia él.

—A lo mejor deberíamos revisar eso —musitó justo antes de reclamar sus labios.

Desde una perspectiva racional, Maya no creía que fuera una buena idea besarle en el estudio. Podía entrar cualquiera y le parecía una falta de respeto hacia su lugar de trabajo. Había otras razones también, Maya estaba segura, pero le resultaba difícil pensar en ellas. O sentirse indignada. No cuando su piel era tan cálida y sus labios tan tentadores.

Entreabrió los labios sin pensar siquiera en ello. Él deslizó la lengua en su interior. Sus lenguas se enredaron, se acariciaron.

Maya pensó en cambiar de postura para acercarse

todavía más, para presionar su cuerpo contra el suyo. Pensó en el escritorio y en que parecía tener la altura perfecta como para que surgiera el sexo de forma natural.

Posó las manos en sus hombros y deslizó las palmas por sus brazos. Más calor, pensó con aire soñador. Unos buenos músculos y un hombre, todo a su disposición.

El deseo ardía con fuerza en su interior. Irradiaba por todo su cuerpo, acrecentándose con cada caricia de su lengua. Cuando Del deslizó las manos desde su cintura hasta su trasero, supo que estaba perdida. Total y completamente perdida. Y junto a aquella admisión llegó la idea de que no tenía la menor idea de dónde podrían conseguir un preservativo.

Del apretó las curvas de su trasero. Ella se arqueó contra él y presionó el vientre contra su erección. Se estremeció al sentir aquella evidencia de su excitación. Del siempre había sido su mayor debilidad, pensó. Aquel hombre la entusiasmaba.

Él alzó las manos por sus costados, dirigiéndolas hacia sus senos. La anticipación vibraba dentro de Maya. En alguna parte, en la distancia, su teléfono sonaba de manera insistente.

Ignoró aquel sonido, hasta que se dio cuenta de que no era el tono habitual. Tampoco era el sonido que anunciaba la llegada de un mensaje de texto. Un segundo timbre se sumó al primero. Maya se apartó.

—¿Qué es eso? —preguntó Del.

Cuando Del dejó de besarla, Maya consiguió pensar.

—El sistema de notificación de emergencias —dijo mientras alargaba la mano hacia el teléfono—. Tenemos un mensaje.

—¿El qué?

Maya ignoró la pregunta y agarró el teléfono. Apareció un mensaje en la pantalla.

Niña perdida. Informar al equipo HERO cuanto antes.

Maya agarró a Del de la mano mientras se dirigía hacia su despacho para ir a buscar el bolso.

—La alcaldesa nos inscribió en los avisos de emergencias, ¿te acuerdas? Somos voluntarios del equipo de búsqueda.

Del miró el teléfono.

—¿Se ha perdido una niña? ¿Dónde tenemos que ir?

—No muy lejos de aquí.

Las oficinas del Help Emergency Response Operation, o HERO, estaban cerca, tal y como Maya había asegurado. Del y ella llegaron al mismo tiempo que otros voluntarios. Aparcaron en la zona más alejada del aparcamiento y corrieron hacia el edificio principal.

En el interior se encontraron con lo que podría haber pasado por un centro de mando. Había unas enormes pantallas de televisión en las que aparecían diferentes zonas de los alrededores del pueblo, además de unos mapas enormes en las paredes. Kipling Gilmore, un hombre alto y rubio, permanecía en el centro de aquel torbellino de actividad. Estaba tranquilo y era obvio que era la persona que estaba a cargo de todo.

—Se ha perdido una niña —estaba diciendo—. ¿Shep?

Un hombre musculoso de pelo rojo oscuro y penetrantes ojos azules permanecía junto a Kipling. Jesse Shepard, pensó Del. Recordaba haberle visto en The Man Cave cerca de una semana atrás. Se había sumado al equipo de búsqueda y rescate hacía poco menos de un mes.

Shep leyó los datos en una tableta:

—Alysa Paige, once años de edad —comunicó su peso y su altura–. Estaba comiendo en el campo junto a su familia, de modo que no va vestida como para pasar una noche fuera. Tampoco tiene ni agua ni comida y su experiencia en la naturaleza es limitada.

Cerca de las ventanas, una mujer de unos treinta años comenzó a llorar. El hombre que estaba a su lado la rodeó con el brazo. Junto a ellos, un chico de unos trece o catorce años se secó las lágrimas. Parecía sentirse culpable y estaba asustado. Del dedujo que Alyssa era su hermana y era él el que estaba con ella cuando se había perdido.

–Enviaré la información sobre dónde se la vio por última vez a las tabletas –continuó Shep–. Jacob nos ha proporcionado todos los datos que ha podido.

El adolescente se encogió al oír pronunciar su nombre y todo el mundo se volvió hacia él. Del, instintivamente, comenzó a avanzar hacia el chico.

Cuando se acercó, oyó a Kipling hablando por el móvil.

–Sí, Cassidy se fue a buscar los caballos. No volverá hasta dentro de un par de días.

Del miró a Shep.

–¿Puedo hablar un momento con él? –preguntó, señalando al adolescente.

–Claro –contestó Shep.

Del se volvió hacia Jacob.

–Eh –le dijo en voz baja.

Jacob agachó la cabeza.

–No lo he hecho a propósito.

–Nadie piensa que lo hayas hecho a propósito –le aseguró Del.

–Ellos sí. Mis padres no dejan de decirme que soy un irresponsable –Jacob le miró–. Es mi hermana. Yo la quiero.

–Ya lo sé. Mira, soy el mayor de cinco hermanos y, créeme, sé lo que es eso. Te dicen que los cuides y tú lo intentas, pero son como ardillas. En cuanto te vuelves un segundo, ¡zas!, uno de ellos se ha metido en algún problema. Y tú te llevas todas las culpas.

Jacob sorbió por la nariz y después asintió.

—Ya lo sé —el chico tenía los ojos rojos de tanto llorar—. Yo le estaba enviando un mensaje a un amigo.

—Claro, estabas aburrido, ¿verdad?

—Sí. Alyssa me dijo que había visto un conejito y quería quedárselo de mascota. Yo le dije que lo dejara en paz y, en cuanto volví a mirar, había desaparecido.

Volvieron a llenársele los ojos de lágrimas.

—La estuve llamando y fui a buscarla, pero no la encontré.

—¿Cuánto tiempo has estado buscándola?

—Casi una hora.

—¿Lo sabes porque miraste la hora en el teléfono o es esa la sensación que tienes?

Jacob se sonrojó.

—Me pareció una hora.

—Genial —posó la mano en su hombro—. Lo has hecho muy bien. Déjame darle esa información a Shep y después encontraremos a tu hermana.

Del le contó lo que Jacob le había dicho. Shep introdujo la información en el programa mientras Kipling repartía el equipo a los diferentes grupos de búsqueda.

—¿Sabes cómo se utiliza esto? —le preguntó a Del.

—Claro.

Maya se acercó a su lado.

—¿En serio? ¿Sabes cómo se usa eso?

—Uno no se dedica a explorar las partes más remotas del planeta sin un equipo de rastreo. Al menos, si quieres que puedan encontrarte.

—Creía que la idea era que nadie te encontrara.

—Y lo es, a menos que alguien resulte herido.

Maya miró el mapa que había en la pared.

—O se pierda. ¿Crees que la encontraremos?

—No pararemos hasta que lo hagamos.

Maya y él se unieron a un grupo de gente del pueblo. Del vio que los bomberos y los ayudantes del sheriff tenían sus propios grupos. Los tipos de la escuela de guardaespaldas también se habían sumado a la búsqueda. El programa podía tener solo unos meses, pero estaba creciendo a pasos agigantados. Kipling sabía lo que estaba haciendo.

Maya y él fueron con Angel, Dakota y Finn Andersson. Finn tenía un teléfono satélite por si había que tomar alguna decisión o llamar al helicóptero para que ayudara en la búsqueda.

—Esperamos encontrarla antes de que sea necesario —dijo Kipling—. Buena suerte.

Los voluntarios salieron en caravana, con Shep encabezando el grupo. Kipling permanecía detrás del hombre que estaba al mando de la búsqueda. La excursión de la familia había comenzado en uno de los campamentos que había cerca del pueblo, una zona en la que los caminos estaban bien señalizados.

—Si salió corriendo detrás de un conejo, ahora puede estar en cualquier parte —apuntó Maya.

Cuando todo el mundo estuvo preparado, Shep dio las últimas instrucciones y salieron.

Caminaban en grupos de seis, extendidos y siempre en la misma dirección. A intervalos regulares llamaban a Alyssa. Del iba trazando el recorrido de su grupo en la pantalla de la tableta y corrigiendo la trayectoria siguiendo las indicaciones del programa de búsqueda.

Maya no tenía ninguna dificultad para seguir el ritmo. Escrutaba la zona y, cuando le tocaba a ella, gritaba el nombre de la niña. Era una tarde calurosa, pero no se quejó en ningún momento de la temperatura.

Estaba entregada a su tarea, pensó Del mientras continuaban la búsqueda. Participaba y hacía cuanto le decían.

Hyacinth también estaba siempre dispuesta a trabajar duro por todo aquello que quería, pero, si el trabajo en cuestión era en beneficio de otro, no era muy probable que estuviera dispuesta a participar. No creía en aquello de anteponer las necesidades de los demás a las suyas.

Era un rasgo que había tardado en reconocer en ella. Cuando lo había descubierto, había comenzado a preguntarse si sería algo relacionado con su éxito o un rasgo de personalidad. Tampoco importaba mucho la respuesta. Aunque ella siempre había dicho que le amaba, nunca se había mostrado dispuesta a cambiar para hacerle feliz. No, porque ella quería hacer las cosas de una forma diferente a la suya. Y siempre a su manera.

Maya era una persona más proclive a buscar el consenso. Con ella no había el mismo nivel de dramatismo o de estrés. Resultaba fácil hablar con ella. La respetaba. Y la noche que habían pasado juntos había sido maravillosa.

La miró, preguntándose qué posibilidades habría de que pudieran volver a acostarse. Lo único que le hacía vacilar a la hora de pedírselo era saber que Maya no estaba dispuesta a entregarse sin la promesa de algún tipo de relación. Y aunque los dos eran amigos, no estaba seguro de que fuera suficiente.

También estaba el hecho de que él pensaba marcharse y ella se quedaría en el pueblo. Lo que significaba que aquello que empezaran no iría a ninguna parte.

Por un instante, se permitió pensar que podría haber algo más. Que quizá Maya quisiera abandonar Fool's Gold con él y recorrer el mundo. Que podrían continuar su relación. ¿Pero podía confiar en que fuera una verdadera compañera capaz de decirle la verdad incluso cuando pensara que no iba a gustarle?

Antes de que pudiera dar el siguiente paso mental, su tableta comenzó a parpadear y a pitar. Miró la pantalla y vio el mensaje.

—¡La han encontrado! —gritó—. ¡Han encontrado a Alyssa!

Treinta minutos después estaban de vuelta en las oficinas de HERO. Alyssa estaba de nuevo con su familia y con los voluntarios habían ido a devolver el equipo. Cuando terminaron, Maya y Del se dirigieron hacia la furgoneta de este.

—Me alegro de que la hayan encontrado —dijo Maya.

—¿Pero?

Maya se encogió de hombros.

—Siento cierta insatisfacción. Supongo que quería estar en el meollo del reencuentro. Ya sé que hemos ayudado, pero, en cierto modo, ha sido decepcionante.

—¿Desde cuándo te gusta estar allí donde se produce la acción?

Maya se echó a reír.

—No sé. Supongo que estás teniendo algún tipo de influencia sobre mí. La próxima noticia que tendrás de mí será que me he largado hasta algún rincón remoto del globo —arrugó la nariz—. Aunque no puede decirse que el globo tenga muchos rincones. Pero ya entiendes lo que quiero decir.

—Sí.

«Ven conmigo».

Aquellas palabras surgieron de algún rincón muy dentro de él. Jugó con la idea de decírselo, pero cambió de opinión. Ya le había pedido en una ocasión que se quedara con él y le había dicho que no. Por lo que Del sabía, no había ningún motivo para que fuera a decirle que sí en aquel momento.

Maya se reunió con Madeline fuera de Luna de Papel.

—Shelby me ha puesto un mensaje diciéndome que Destiny y ella ya están allí.

Madeline soltó una carcajada.

—No se les habrá ocurrido empezar a divertirse sin nosotras, ¿verdad?

—Espero que no.

Se agarraron las dos del brazo y se dirigieron hacia su destino.

En vez de quedar a comer, algunas del grupo habían decidido disfrutar de una noche de chicas. Aunque algunas habían estado alguna vez en The Man Cave, era la primera vez que iban en grupo.

—¿No se asustarán los hombres al vernos entrar? —preguntó Maya.

Madeline arrugó la nariz.

—Me gustaría, pero no. Aunque seguro que si entráramos en *topless* se fijarían.

Maya soltó una carcajada.

—Tienes una vena aventurera que no conocía.

—Es todo charla barata —admitió Madeline—. La verdad es que, en el fondo, soy bastante tradicional. Quiero enamorarme, sentar cabeza, casarme y tener hijos. Ya sabes, lo normal, sin demasiadas emociones. ¿Y tú?

«Yo quiero ver mundo». La idea pareció surgir de la nada y la sorprendió. ¿Ver mundo? ¿Desde cuándo? Por supuesto, tenía su álbum de recortes, pero habían pasado años desde la última vez que había añadido alguno. Nunca había estado interesada en ver mundo, a no ser que fuera para encontrar trabajo en alguna cadena nacional. Y había abandonado aquel sueño cuando había vuelto a Fool's Gold.

Habían sido las fotografías de Del, pensó con tristeza, recordando las fotografías que habían enseñado a las Retoños. Todos aquellos lugares tan interesantes, tan hermosos. Quería conocerlos todos.

—No sabía que fuera una pregunta tan difícil —le dijo Madeline.

–¿Qué? ¡Ay, lo siento! Estaba pensando en otra cosa. Quiero estar enamorada de alguien y que mi amor sea correspondido.

–¿Pero no piensas en un hogar estable?

–Sería bonito, pero no es un requisito.

Lo había sido, se recordó a sí misma. Hasta hacía solo unas semanas. ¿Estaría descubriendo la verdad sobre sí misma o era el amor por Del lo que la estaba confundiendo? Era difícil estar segura.

Entraron en The Man Cave. En la entrada había una estatua de tamaño natural de un hombre de las cavernas. Algunos turistas se estaban haciendo fotografías junto a ella.

Maya y Madeline entraron y buscaron a sus amigas con la mirada. Vieron a Shelby y a Destiny sentadas en una mesa. Jo estaba con ellas.

–¿Espiando a la competencia? –preguntó Maya con una carcajada mientras se acercaban.

–No, esto es pura diversión para mí. Will ha salido con un amigo, así que yo me he venido aquí –miró a su alrededor–. Es agradable. Da buenas vibraciones.

–Espera a que empiece la actuación –le advirtió Shelby, sonriendo a Destiny, su cuñada–. Va a ser increíble.

Destiny bebió un sorbo de agua.

–Eres muy leal, Shelby. Estoy nerviosa. Y te aseguro que no es nada agradable.

–Te saldrá bien –la tranquilizó Jo–. Y si no, ¿quiénes somos nosotras para criticarlo?

Una reflexión razonable, pensó Maya, aunque no estaba muy segura de que pudiera ayudar a Destiny a dominar los nervios previos a la actuación. Aquel podía ser un establecimiento local y la actuación formar parte de una simple noche de karaoke, pero Maya sabía que para Destiny representaba mucho más.

Su hermana y ella habían grabado un disco con un

sello de Nashville que iba a salir del estudio en solo unas semanas. De modo que no era una chica de pueblo como cualquier otra saliendo a divertirse con sus amigas.

Madeline agarró a Maya del brazo.

—¡Dios mío! ¡No puedo respirar! ¡No puedo respirar!

Maya se volvió y vio a su amiga señalando frenética con la mano. Shelby alzó la mirada y sonrió.

—Vaya, mira eso.

Maya se volvió y vio a Shep, del equipo de búsqueda y rescate, que acababa de entrar con Jonny Blaze en The Man Cave.

Aquella superestrella del cine de acción no estaba haciendo nada más que acompañar a un amigo al bar. Aun así, bajó por un momento el volumen de las conversaciones y todo el mundo se volvió para mirar. La mayor parte de la gente retomó al instante lo que estaba haciendo. Unos cuantos turistas sacaron las cámaras.

—¡Qué hombre tan guapo! —exclamó Joe rotunda—. No es tan guapo como mi Will, pero aun así... ¡Qué hombros tan anchos!

Destiny asintió lentamente.

—Es más alto de lo que me imaginaba.

—Y muy musculoso —añadió Shelby.

Maya sonrió.

—Me gustan sus ojos.

—¿Qué os pasa a todas vosotras? —preguntó Madeline bajando la voz—. Es Jonny Blaze. No podéis dividirlo en partes. Él es... es...

—Deberías saludar —bromeó Maya.

Madeline la fulminó con la mirada.

—Claro que no ¿Pretendes que hable con él? ¿Es que te has vuelto loca?

—¿Por qué no? —preguntó Destiny—. Es solo una persona.

—No es «solo» una persona. No digas eso —Madeline

desvió la mirada, pero volvió de nuevo la cabeza–. No puedo respirar.

–Si puedes hablar, puedes respirar –replicó Jo–. ¿A qué viene tanto jaleo? A lo mejor tiene ganas de conocer a una chica del pueblo. Tú estás soltera y él está soltero.

Madeline posó las manos en la mesa y apoyó después la cabeza en ellas.

–Mátame. Ahora.

Maya le palmeó el dorso de la mano a su amiga.

–No querrás morirte antes de acostarte con él, ¿verdad? –le preguntó en tono de broma–. ¿No hay una canción que dice que besar es estar en el cielo?

Madeline se enderezó.

–Ja, ja. Muy graciosa. Lo entiendo. Estoy basando mi reacción en su aspecto, en cómo aparece en las películas, no en algo real. ¿Pero sabéis qué? No me importa. Es divertido. La razón por la que no quiero conocerle es que podría ser un idiota. Eso lo estropearía todo.

Shelby sonrió de oreja a oreja.

–Cuando piensas con lógica eres adorable.

–Sí –Maya la abrazó–. Por si te sirve de algo, Phoebe dice que Jonny es un hombre encantador. ¿Estás segura de que no quieres saludarle?

–Estoy segura. ¿Por qué demonios me siento así cuando está cerca? –preguntó Madeline.

–Es una estrella de cine –le explicó Shelby–. Es la fuerza de la tribu. Queremos estar cerca del miembro más poderoso. Esa cercanía facilita la supervivencia. Por lo menos antes, cuando vivíamos en las cavernas. Quienquiera que sea el mejor cazador o el mejor guerrero consigue los mejores alojamientos y la mayor cantidad de comida. Eso puede significar no morir cuando... –se le quebró la voz–. ¿Qué pasa?

Maya advirtió que todas se habían quedado mirando a Shelby de hito en hito.

—Es como si acabaras de transformarte en otra persona.

—Lo sé. Suena como algo inteligente —Shelby sonrió de oreja a oreja—. A veces Felicia viene a la panadería y hablamos. Siempre cuenta cosas interesantes. Hace un par de semanas hablamos de Jonny Blaze. Le parece que las celebridades son algo fascinante. No porque a ella le importen, sino por la manera que tiene la gente de reaccionar ante ellas. Así que me estuvo hablando de tribus.

—Es imposible no adorar a Felicia —dijo Jo mientras llegaba un camarero y pedían las bebidas.

Excepto para Destiny, pidieron todas el cóctel especial. Un martini con jengibre, coco y una pizca de limón. Maya tuvo la sensación de que debía de entrar muy bien y se alegró de poder volver andando a casa.

Después de que hubieran pedido la copa, la conversación giró hacia cosas que habían pasado en el pueblo. A todas les costaba creer lo rápido que había pasado el verano.

—¿Os habéis fijado en que en las montañas ya ha empezado a cambiar el color de las hojas? —preguntó Destiny—. El año va a terminar antes de que nos demos cuenta —se volvió hacia Maya—. Del y tú estabais maravillosos besándoos contra ese fondo de hojas rojizas y anaranjadas —bromeó—. ¿Tenéis planeado algún otro vídeo con besos?

Maya soltó una carcajada.

—No. Estamos reservándolos para cuando saquemos la película.

Se echaron todas a reír. Jo mencionó la proximidad de la Fiesta del Otoño, que no tardaría en llegar y Shelby les habló de los pedidos que había recibido la panadería para el día de Acción de Gracias. Maya las escuchaba, pero, en el fondo de su mente, continuaba viéndose a sí misma besando a Del. Hacían muy buena pareja, era cierto.

Y era curioso que durante todo aquel tiempo no hubiera sido consciente de sus sentimientos hacia él. A lo mejor el amor había llegado a formar parte de ella de tal manera que había sido incapaz de identificar lo que era.

Miró a su alrededor. El bar estaba abarrotado, pero de una forma agradable. Las conversaciones eran tranquilas. No había nadie demasiado borracho ni hablando en voz excesivamente alta. Jonny Blaze estaba sentado en una de las mesas con un grupo de hombres, como si fuera uno más.

Era el pueblo, pensó Maya. Fool's Gold tenía una manera especial de integrar a la gente y cambiarla para mejor. De convertirla en aquello que de verdad quería ser. Maya se alegraba de haber vuelto.

De haber vuelto, se repitió mientras llegaban las copas. Había vuelto, sí, pero no al hogar definitivo. Porque la inquietud no había desaparecido. Si acaso, iba creciendo dentro de ella.

Iba a tener que averiguar la razón, se dijo a sí misma. Y encontrar un antídoto. O, al menos, una forma de mitigar el deseo. Porque dedicarse a vagar por el mundo no entraba dentro de sus planes de futuro. Iba a establecerse allí. Pero esperaba que establecerse no significara resignarse.

Capítulo 13

Maya movió el cursor en la pantalla, hizo clic con el botón de la izquierda del ratón y observó las secuencias filmadas y fundidas a la perfección. Presionó la tecla de inicio y observó junto a Del aquellos ocho segundos de grabación que se habían convertido en diecisiete.

–Añade la toma en la que aparece Priscilla recortada contra el sol –sugirió Del–. ¿Sabes la que te digo?

–Sí, en la que llena toda la pantalla.

Maya ya estaba buscando entre el material que tenían. Encontró la toma y añadió aquel fragmento. Después, volvió a presionar la tecla de inicio.

–Está muy bien –Del se reclinó en la silla–. Cada vez está quedando mejor.

Mientras hablaba, la rodeó con el brazo. Maya estaba segura de que solo pretendía ser un gesto amistoso. De camaradería, incluso. Pero estar sentada a su lado le bastaba para ser consciente de que su cuerpo estaba al lado del suyo. Y le gustaba estar cerca de Del, aunque supusiera una enorme distracción.

–Estamos consiguiendo un buen ritmo de trabajo –comentó mientras buscaba otro fragmento y lo añadía.

Cuando volvió a poner el vídeo en acción, la cámara abandonó a la elefanta para mostrar una panorámica del rancho en la que aparecía Annabelle, una de las bibliotecarias del pueblo, al lado de su marido. Solo estaban hablando y se encontraban a una distancia suficiente como para fundirse con el fondo. Pero había algo especial en su diferencia de altura, en la forma en la que él se inclinaba protectoramente sobre ella, por no mencionar en lo sexy que era el ángulo de su sombrero vaquero, que añadía cierta chispa al que, de otro modo, se habría limitado a ser un plano tradicional del paisaje rural.

—¡Maldita sea, somos buenos! —exclamó Del, y soltó después una carcajada—. Sobre todo tú.

—No estoy de acuerdo. Si no fuera por tu capacidad para deslumbrar a la cámara, no podríamos conectar los planos. Bueno, necesitamos veinticinco segundos más. Va a ser difícil elegir los que queremos utilizar. Todo el material es muy bueno.

De pronto, se abrió la puerta y entraron dos hombres con traje. Ambos debían de rondar los cincuenta años. Uno de ellos era bajo y calvo, el otro, un poco más alto. Maya estaba segura de que no les había visto en su vida.

—¿Maya Farlow? —preguntó el más bajo de los dos.

Maya asintió despacio, medio esperando que uno de ellos sacara la placa de policía y pronunciara la escalofriante frase «voy a tener que pedirle que me acompañe, señora».

Los dos hombres se miraron el uno al otro y después la miraron a ella. El más alto sonrió de oreja a oreja.

—Soy Ernesto. Este es Robert, mi socio. Tenemos un enorme problema y necesitamos ayuda. ¿Podemos molestarte un momento?

Del se levantó y acercó dos sillas. Los hombres se acercaron a la mesa.

—Somos propietarios del casino Lucky Lady —se presentó Ernesto—. Estamos planificando una campaña publicitaria. Estamos a punto de grabar una serie de anuncios a nivel nacional. Robert y yo hemos escrito los guiones de los anuncios con una agencia y pretendíamos empezar a rodar esta semana.

Su socio asintió.

—Tenemos el equipo alquilado, los actores, la encargada de la peluquería y el maquillaje, el vestuario y un tiempo perfecto. Pero los cámaras a los que habíamos contratado para encargarse del rodaje acaban de decirnos que no van a aparecer. Estamos atascados. ¿Podrías ayudarnos?

Maya procesó la información.

—¿Queréis que produzca yo los anuncios?

Ernesto asintió.

—Dirigir, crear, producir. Llámalo como quieras. Tenemos los esquemas visuales del argumento y el guion. Todo lo que necesitas.

Una proposición absurda e interesante al mismo tiempo, pensó Maya.

—¿Cómo me conocíais?

—No te conocíamos. Fuimos a ver a la alcaldesa Marsha y ella nos enseñó parte de tu trabajo —Robert se volvió hacia Del—. Tenemos entendido que estás trabajando con Maya y queremos contratarte a ti también. La alcaldesa nos ha dicho que formáis un equipo.

Justo en ese momento sonó el teléfono de Maya. Si no hubiera sido porque tenía la sensación de que sabía quién la llamaba, lo habría ignorado.

—¿Diga?

—Maya, soy la alcaldesa. ¿Están ahí?

—Sí.

La alcaldesa se echó a reír.

—Sé que puede parecer una intromisión, pero tienen un negocio en el pueblo y al ayudarles estaremos ayudándonos a nosotros mismos. He hablado con el consejo municipal y vamos a liberarte durante una semana. Con eso tendrías suficiente, ¿no crees?

Si trabajaba veinticuatro horas al día, pensó Maya. Aun así, una campaña de publicidad a nivel nacional era una gran cosa. Contar con ella en su currículum sería algo importante.

—¡Ah! Y diles que queremos copias del material de archivo. Te pedirán imágenes de la zona y del pueblo y estaría bien que pudiéramos utilizarlas en nuestros vídeos, ¿no te parece?

—Lo pondré como condición —musitó Maya más que un poco impresionada por el hecho de que la alcaldesa supiera lo que era el material de archivo.

—Buena surte.

—Gracias —colgó el teléfono y miró a los hombres—. Era la alcaldesa. ¿Cuándo hay que empezar?

Los hombres intercambiaron una mirada.

—Hoy —contestó Robert—. Ahora.

Maya asintió.

—Permitidme unos segundos. ¿Del?

Del y ella se levantaron y salieron al pasillo. Maya condujo a Del a otro despacho vacío y una vez estuvieron dentro, cerró la puerta.

Del sonrió de oreja a oreja.

—¿No estás emocionada? ¡Es genial! Quieren contratarte, Maya.

—Jamás he hecho un anuncio —admitió. La cabeza le daba vueltas. Se sentía un poco mareada, temblorosa, pero en el buen sentido. En su cerebro se agolpaban todo tipo de posibilidades—. No sé si seré capaz de hacer algo así.

—Tienes una gran intuición. Estoy seguro de que puedes hacerlo.

—Y quiero —admitió—. Sería genial —le contó que la alcaldesa quería que tuvieran acceso al material de archivo.

—También deberías pedir una copia para tu currículum, o como quiera que lo llames.

—Tienes razón —Maya se mordió el labio—. Estoy aterrorizada. ¿Puedes hacer esto conmigo? —le pidió.

Porque se sentiría mejor haciéndolo con él.

—¿Estás de broma? Es una oportunidad de trabajar contigo. Piensa en todo lo que aprenderé. Cuenta conmigo.

Maya le miró a los ojos. Era tan fácil querer a Del, pensó. Sobre todo en momentos como aquel. No le ofendía que no hubieran ido a buscarle a él. Su ego no se resentía porque sabía que era bueno en lo que hacía. Su confianza en sí mismo le permitía no sentirse amenazado por ella. Una rara virtud, pensó Maya. Por lo menos por lo que había visto a lo largo de su carrera.

—Solo tenemos una semana —le advirtió ella—. Van a ser unos días muy largos. Supongo que la agencia publicitaria contratará a alguien para la edición. En ese caso, no podremos controlar el producto final.

Del posó las manos en sus hombros.

—¿Qué te dicen las entrañas?

—Que dé el salto.

Del le dio un beso fugaz.

—¿Eso no era del guion del *Titanic*? ¿Si tú saltas yo salto?

Maya soltó una carcajada.

—Muy bien, Señor del Mundo, estamos a punto de dar un gran salto.

Cuarenta y ocho horas de preproducción apenas bastaban, pensó Maya, diciéndose a sí misma que tenía que respirar. Las oficinas que habían alquilado de forma temporal para la producción de los anuncios estaban situadas en la espaciosa sala de reuniones del hotel Lucky Lady. Tenía tres ordenadores, una pantalla gigante, el equipo para rodar, una lista de personas que habían contratado para los rodajes y servicio de habitaciones gratuito. Algo que sería magnífico si no fuera porque estaba tan nerviosa que no podía probar bocado.

Ernesto estuvo revisando con ella los guiones gráficos de los tres anuncios que iban a rodar. Tres anuncios en cinco días. Parecía imposible, pero iba a conseguirlo. La alternativa era decir que no, obligarles a realquilar todo el equipo y volver a contratar a toda la gente de producción y a los actores más adelante. Y nada de aquello iba a suceder.

Editar les llevaría otro par de semanas, pero aquel no era el problema. Justo en aquel momento, estaba organizándolo todo para poder aprovechar las mejores horas para rodar en exteriores. En interiores podía rodarse a cualquier hora del día o de la noche.

Del corrió hacia ella con unas hojas impresas.

–Es el pronóstico del tiempo –dijo, tendiéndole las hojas–. Mañana estará nublado.

Si hubieran estado solos, Maya le habría besado. Porque las nubes eran sus aliadas. Todo el mundo buscaba la hora perfecta. Los cielos azules o las puestas de sol eran geniales para el material secundario, pero cuando había que rodar con actores, las nubes ayudaban a dispersar la luz. Permitían un mayor control sobre la propia iluminación y, para hacer una buena toma, había que dejar que mandara la luz.

Volvió a fijar la atención en el guion gráfico.

–Falta la llamada a la acción.

Robert y Ernesto se miraron el uno al otro. Maya bajó la voz y dijo en el tono de un anunciante:

–«Llame ahora y reserve para disfrutar del gran momento de su vida» –volvió a su tono normal–. O cualquier otra cosa que se nos ocurra. Queréis que la persona que está viendo los anuncios haga algo, ¿verdad? No que se limite a pensar, «¡vaya, qué anuncio tan bueno!». Tenéis que enseñar el número de teléfono, ofrecer un descuento.

Cerrar la venta. Técnicamente, nos referimos a eso como «la llamada a la acción».

—Tiene razón —dijo Ernesto. Clavó la mirada en el guion gráfico—. Falta la llamada a la acción.

—Arreglaremos eso —respondió Robert rápidamente—. ¿Crees que aun así podrás tenerlo todo a tiempo?

—Claro. La llamada a la acción la añadiremos durante la edición. Lo único que tenéis que hacer es pensar cuál queréis que sea el mensaje.

Los hombres asintieron y se marcharon. Del y ella volvieron a concentrarse en los guiones gráficos. Cada escena requería la preparación del equipo, el rodaje en sí y recoger después el equipo. La hora del día era esencial para rodar en exteriores. Ya tenía preparada una lista de las tomas que quería. En cuanto terminaran de desglosar los guiones gráficos, podría organizar un plan de trabajo detallado, hora por hora, para los cinco días siguientes.

Había terminado de revisar el equipo. Era lo bastante bueno como para despertar su envidia y hacer que le temblaran las rodillas. Ella se conformaría con el equipo de iluminación, pensó, deseando que el presupuesto de Fool's Gold pudiera permitir tantos focos extra. En el anuncio tendrían tres puntos de luz y las primeras tomas serían filmadas en exteriores, por la mañana, y, preferiblemente, durante un día nublado.

Tenía todo un surtido de lentes y trípodes para las cámaras, por no hablar de gente para peluquería y maquillaje, además de una persona encargada del vestuario. «Sencillamente, como en la vida real», se dijo divertida, pensando en cómo se las habían arreglado Del y ella para filmar sus vídeos.

Lo anuncios serían más complicados. Tendrían que rodar en alta definición. Maya ya había confirmado que los anuncios solo serían emitidos en los Estados Unidos, lo que implicaba utilizar el NTSC en vez del sistema PAL.

Había necesitado cinco minutos para que Ernesto y Robert comprendieran las diferencias entre el formato de los Estados Unidos, en NTSC, y el formato europeo.

–Quiero examinar las diferentes tomas –dijo–. Lo que vamos a rodar y cuándo. Con las nubes que anuncian para mañana, conseguiremos unas tomas magníficas en exteriores. ¿Puedes mirar a qué hora sale mañana el sol? Y necesito también información sobre el crepúsculo.

Del arqueó las cejas.

–¿Te refieres al Crepúsculo del equipo Edward y el equipo Jacob?

Maya se echó a reír.

–No, no me refiero a la película. ¿Cómo es que los conoces?

–Soy un hombre con muchas facetas.

–Sí, eso he oído. Necesito saber a qué hora amanece y anochece. Quiero la información astronómica, náutica y civil. Amanecerá antes que hoy y anochecerá más tarde.

–¿Porque todo depende de la luz?

–Exacto.

A la mañana siguiente, Del intentó averiguar la manera de explicar lo que era el crepúsculo astronómico en una sola frase, pero, en realidad, no creía que a nadie le importara. Aun así, era una información interesante. El crespúsculo matutino astronómico era a las cinco y treinta y tres, cuando el sol estaba dieciocho grados por debajo de la línea del horizonte. Era el momento en el que comenzaba a cambiar la luz. El civil comenzaba cuando los objetos se hacían visibles al ojo humano, aquel día, a las seis y veinticinco. Y la salida del sol era a las seis y cincuenta y uno.

Por lo que concernía a los anuncios, aquello significaba que a las cuatro de la mañana tenía que comenzar a trabajar todo el equipo. Los actores tenían que estar listos y en su lugar a las seis para preparar la puesta en escena y los desplazamientos delante de la cámara.

Las palabras «un caos controlado» apenas servían para describir lo que estaba sucediendo allí. Habían montado el equipo y lo habían revisado. Maya y él habían preparado cada escena, fotograma a fotograma.

Maya trabajaba de forma rápida y eficiente. No había malos modos ni exigencias. Daba lo mejor de sí misma y era evidente que esperaba lo mismo de todos los demás. Tenía un estilo tranquilo y controlado, transmitía una confianza que permitía que todo el mundo a su alrededor se relajara.

Él era el único que sabía que la noche anterior estaba tan nerviosa que no había podido dormir. La había visto temblar, pero no iba a decirlo. La admiraba profundamente. Maya tenía talento y la habilidad para hacerlo funcionar. Tal y como habían acordado, ella había dado el salto y él había estado a su lado.

Aparecieron los actores, seis hombres y mujeres entre los veinte y los treinta años. Harían el papel de unas parejas enamoradas y felices que estaban divirtiéndose en el casino. Ese mismo día grabarían a una familia disfrutando en la piscina.

Maya y él hablaron con los actores. Estuvieron ensayando con ellos, enseñándoles dónde estaban las marcas y explicando el ritmo del rodaje. Maya observaba a través de la cámara y asentía mientras Del daba las explicaciones.

—Estamos rodando contra reloj —dijo en voz alta—. Empezaremos desde el principio. Pareja número uno, colocaos en vuestro lugar.

Del utilizó el cronómetro de su teléfono para cronometrar la acción. La pareja comenzó a colocarse, seguida por la segunda pareja. Repasaron dos veces más las escenas. Del observaba todo con atención.

Después de la tercera vez, se acercó a Maya.

–¿Estás viendo lo mismo que yo? –le preguntó–. Me refiero a ese vestido –señaló a la actriz que estaba a su izquierda–. Cuando gira, la falda hace algo extraño.

Maya le dirigió una sonrisa fugaz.

–Tienes buen ojo. Distrae la atención. Si girara hacia la derecha, la escena fluiría mejor. Vamos a intentarlo.

Hicieron el cambio y realizaron otra prueba. Maya hizo una comprobación del sonido con el encargado y le pidió a todo el mundo que se preparara para comenzar.

Del conocía la rutina. Mostraban en la claqueta el número y el título de la escena. Ordenaban silencio. El audio entraba en funcionamiento antes de que las cámaras comenzaran a rodar. Se les daba la entrada a los actores y comenzaba el rodaje.

Del observaba a los actores, pero también estaba pendiente de Maya. Era ella la que dirigía el anuncio. Se sentía cómodo en aquella situación, pero también quería que ella supiera que no estaba sola. Estaría a su lado si le necesitaba. Y, como beneficio colateral, estaba recibiendo el equivalente a una clase magistral de Maya. Estaba asimilando información que podría utilizar cuando comenzara su serie de vídeos. No cometería más errores de aficionado.

–Hola, soy Cindy. Soy la encargada de peluquería y maquillaje.

La mujer que acababa de acercarse a él era una joven de unos veinticinco años, rubia y de enormes ojos azules. Llevaba una camiseta ajustada sobre unos senos impresionantes.

–Hola, soy Del.

–Sí, ya lo sé. He preguntado tu nombre –sonrió–. ¿Te apetece desayunar algo?

La insinuación era clara. Se inclinaba hacia él mientras hablaba. Era una mujer risueña y cuando terminó su pregunta, posó la mano en su brazo. Del retrocedió.
—Gracias, pero estoy con ella —señaló hacia Maya.
Cindy se encogió de hombros.
—¿Estás seguro?
—Sí, estoy seguro.

Para el final del rodaje, había dos cosas de las que Maya estaba convencida: no había estado más cansada en toda su vida y Del y ella habían sido capaces de hacer surgir la magia. Solo había visto el material sin editar, pero le gustaba lo que había visto.

Ellos no se encargarían de la edición. Aun así, se había quedado con copias de todas las tomas y más adelante podría incluir los anuncios en su currículum. En teoría, no tendría por qué necesitarlos nunca. Tenía un trabajo que le gustaba y no pretendía cambiar. Pero era bueno tener opciones.

Aparcó al lado de su despacho. Del se había ofrecido a llevarla, pero Maya necesitaba revisar una serie de cosas antes de regresar a su casa y arrastrarse hasta la cama. No había dormido más de cuatro horas durante la semana. Estaba cansada y medio dormida, pero había merecido la pena.

Se sentía orgullosa de lo que había hecho. Le habían propuesto un desafío y había conseguido sacarlo adelante. Del había jugado un gran papel en ello. Había estado a su lado en todo momento. Había ofrecido grandes sugerencias y le había servido de amortiguador cuando uno de los actores se había crecido. Además, había ignorado las evidentes insinuaciones de varios miembros del reparto, por no mencionar las del resto del equipo.

Ver a aquella sexy gatita de senos enormes haciéndole ojitos no le había hecho ninguna gracia, sobre todo sabiendo lo maravillosa que podía ser una noche con él. Pero Del había rechazado todas las invitaciones. Por lo que ella podía decir, ni siquiera parecía haberse sentido tentado. Y tampoco le debía a ella nada. Al fin y al cabo, no le había confesado sus sentimientos.

Se acercó a la puerta de atrás de la oficina y la abrió.

—Te quiero, Del —dijo en voz alta, y rio nerviosa.

Eso sí que supondría un punto de inflexión en una conversación, pensó. ¿Saldría Del lentamente de la habitación o correría disparado hacia las montañas? Porque estaba segura de que la noticia no iba a hacerle ninguna gracia.

A Del le caía bien, de eso estaba convencida. Trabajaban bien juntos. ¿Pero estar enamorado de ella? Estaba interesado en su próximo proyecto, no en una relación permanente. Mientras que ella...

Tenía el cerebro entumecido, no era capaz de pensar con claridad. Necesitaba dormir. Y lo haría en cuanto enviara unos cuantos correos electrónicos, se prometió a sí misma. Dormiría durante un par de días y se despertaría fresca y descansada. Era un buen plan. Un gran plan. Ella...

—¡Estás aquí!

Maya dio un salto y gritó al ver aparecer ante ella dos siluetas que le resultaron familiares. Tardó varios segundos en acostumbrar la mirada a la tenue luz del pasillo. Eddie y Gladys se acercaron a ella.

—Son las dos de la madrugada —les dijo—. ¿Qué estáis haciendo aquí?

—Nosotras podríamos hacerte la misma pregunta —respondió Eddie—. Eres joven. Deberías estar en casa disfrutando de una noche de sexo salvaje con Del.

Gladys aspiró.

—Apuesto a que está muy bien dotado.

Maya se tapó los oídos con un gesto instintivo.

—¡Basta! —suplicó—. Llevo toda la semana trabajando veinticuatro horas al día. Estoy muy débil. Os suplico un poco de compasión.

Eddie y Gladys se miraron la una a la otra y volvieron a mirar a Maya.

—Solo por esta vez —se comprometió Eddie—. Pero queremos algo a cambio.

¡Oh, no! ¿Iban a pedirle una fotografía del trasero de Del? Porque no estaba segura de que pudiera conseguirla. Además, incluso en el caso de que pudiera, no estaba segura de que quisiera hacerlo. Aunque era una firme defensora de la libertad de expresión, no creía que los padres fundadores de la patria estuvieran pensando en el trasero del hombre del que estaba enamorada cuando habían escrito aquella enmienda.

—Queremos hablar contigo sobre nuestro programa —le dijo Gladys.

Eddie asintió.

—No estamos haciendo lo que queremos. Y no me refiero a los contenidos. El contenido nos parece perfecto. El problema es el valor de producción. Nos gustaría que fuera más elevado.

El cerebro de Maya, agotado por la falta de sueño, hizo un enorme esfuerzo para entenderla.

—¿Habéis encontrado esa frase en internet? —les preguntó.

Las dos mujeres asintieron.

—Sí, y hemos llegado a la conclusión de que a la gente le gustaría más nuestro programa si tuviera un mejor aspecto. Queremos ayuda.

—¿Ahora? —preguntó con voz débil, segura de que el cerebro había dejado de funcionarle.

—No. Queremos que estés en las mejores condiciones —Eddie sonrió—. Queremos que nos des una clase. Como hizo Sam Ridge para ayudar a los pequeños comerciantes a llevar sus finanzas. No puede decirse que el tema fuera interesante, pero ese hombre sabe cómo lucir un traje –suspiró y miró a Maya–. Queremos que nos enseñes a rodar nuestro programa. Puedes enseñarnos a colocar los focos, la posición de las cámaras, a rodar una panorámica...

–Como en las películas –añadió Gladys.

Maya no estaba segura de si lo que pretendían era que el programa fuera rodado como una película o si lo que les apetecía era poder repetir los movimientos que habían visto en el cine cuando se representaba el rodaje de una película. Al momento decidió que no le importaba.

–De acuerdo –les dijo–. Aunque alguna de vosotras tendrá que recordarme esta conversación. Estoy segura de que mañana apenas me acordaré de nada.

–Lo haremos –le prometió Gladys, y le guiñó el ojo a su amiga–. Eso significa que también Del estará ahora muy débil. ¿Crees que podremos meternos en su casa y hacer algo con él?

Maya soltó una risa estrangulada y decidió que en aquel momento los correos podían esperar. Cualquier cosa que enviara aquella noche, o aquella madrugada, no tendría ningún sentido.

–Os adoro a las dos –les dijo con un bostezo–. Si podéis pillarle, adelante. Es increíblemente sexy –abrazó a la anciana–. La clase será divertida. Os lo prometo.

–Nos aseguraremos de que lo sea –le dijo Eddie, y le acarició la mejilla–. Muy bien, jovencita. Y, ahora, a dormir.

–Lo haré, gracias –comenzó a dirigirse hacia la puerta, pero se volvió–. Y en cuanto a Del...

Gladys hizo un gesto con la mano.

–No te preocupes. Solo era una broma. Para nosotras es como un hijo. Es triste, pero qué se le va a hacer.

Eddie asintió.

—No se lo cuentes a nadie, pero somos de mucho hablar y poca acción.

Todo un alivio, pensó Maya. Hizo un gesto con la mano.

—Vuestro secreto está a salvo conmigo.

Capítulo 14

Dos días después de acabar el rodaje de los anuncios, Del y Maya ya estaban preparados para retomar su propio proyecto. Del estuvo observando los fragmentos añadidos y comparó el producto final con una versión previa.

–Creo que funciona mejor de la otra manera –le dijo a Maya–, con Priscilla y Reno en el centro. El final del poni y la elefanta es divertido, pero se pierde el tono. Citándote a ti, no estás haciendo una propuesta directa.

–¿Te refieres a la llamada a la acción? –preguntó Maya con la atención fija en la pantalla.

–Sí, eso. Se echa de menos.

Maya arrugó la nariz.

–Me molesta que tengas razón.

Del se reclinó en la silla.

–No lo entiendo. A mí me gusta.

–Pues deberías comprenderlo–suspiró y miró la pantalla que tenía Del delante–. ¿Puedes volver a ponérmelo?

Del utilizó el ratón para comenzar el primer y el segundo vídeo. En medio del vídeo, Maya se inclinó sobre él. Para ver mejor, se dijo a sí misma. No para estar más cerca de él, aunque aquella fuera la feliz consecuencia.

Todavía estaba cansada. Del lo sabía por su manera de

comportarse. Pero poco a poco iba recuperándose. Había recuperado su antigua determinación. Aquella semana de trabajo había sido tan larga y tan dura como Maya había prometido, pero también de lo más interesante. Había aprendido una infinidad de cosas y la mayoría de ellas podría aplicarlas a su proyecto. Aquella vez haría un trabajo mucho mejor. No tan bueno como el de Maya, pero mejor del que había hecho hasta entonces.

—Priscilla está en el medio —dijo Maya—. Tienes razón —volvió a su silla y tomó varias notas—. Debería haberme dado cuenta.

—No puedes tener razón en todo.

—¿Por qué no?

Él rio para sí.

—Porque yo lo digo.

—En ese caso, debe de ser verdad —le sonrió—. Desde luego, ha sido grandioso.

Del sabía que se refería al rodaje de los anuncios.

—Sí. Imagina lo que tiene que ser poder contar siempre con un equipo como ese.

—El presupuesto tendría que ser brutal. Pero para lo que tú quieres hacer no es necesario. Sinceramente, un equipo de producción de ese tamaño crearía dificultades. Los niños pueden llegar a ignorar a una persona detrás de la cámara, ¿pero con tanta gente a su alrededor? —negó con la cabeza—. Distorsionaría la historia. Para cuando comenzaran a olvidarse del equipo ya tendrías que irte.

Maya acercó la silla a la suya.

—Así que no necesitamos tanta gente, pero me encantaría tener un equipo como el suyo. Esas lentes me dan mucha envidia.

—¿Solo las lentes? ¿No las cámaras?

—Las cámaras son más fáciles de conseguir. Lo que te mata son las lentes. ¿No has pensado en buscar una subvención? Seguro que podrías presentar un proyecto.

Sé que redactar una propuesta puede llegar a ser terrible, pero a lo mejor merece la pena.

—Sí, quizá merezca la pena pensar en ello —contestó Del.

La verdad era que no necesitaba ninguna subvención. Había vendido la compañía por suficiente dinero como para poder permitirse el lujo de comprarle a Maya cualquier lente que quisiera. Todo un equipo. Pero no lo dijo porque no iba a comprárselas. Las compraría para él, o para el tipo que llevara la cámara, si al final llevaba a alguno.

«Ven conmigo», las palabras estaban allí, en la punta de la lengua. Lo único que tenía que hacer era decirlas. Ofrecérselo. Podrían recorrer el mundo los dos juntos.

¿Lo haría? ¿Sería capaz de dejar tras ella todo lo que había conocido para viajar con él? Tenía sus dudas. Maya siempre había estado interesada en opciones mucho más sensatas. No había estado dispuesta a apostar por él diez años atrás, cuando él le estaba ofreciendo una vida más estable. ¿Por qué iba a estar dispuesta a arriesgarlo todo en aquel momento? Además, incluso en el caso de que dijera que sí, ¿podría confiar en que fuera a decirle siempre la verdad? ¿Sería capaz Maya de seguirle hasta el final?

—Podrías hablar con la alcaldesa —le propuso ella.

Del tardó un segundo en comprender que todavía estaba hablando de la subvención.

—Esa mujer parece tener respuesta para todo.

—Para todo no —suspiró—. ¿Sabes que alguien del pueblo me proporcionó una beca para que pudiera estudiar y no soy capaz de averiguar quién fue? Estoy segura de que la alcaldesa lo sabe, pero no quiere decírmelo.

—¿Por qué quieres saberlo?

—Sobre todo para poder agradecérselo. Fue mucho dinero. Me pagaron todo. No podría haber ido a la universidad si no hubiera sido por esa beca.

Del posó la mano sobre la de Maya y se la estrechó.

—Eso no es cierto. Habrías encontrado otra manera de estudiar. Eras una persona muy decidida.

—No estoy tan segura —le miró y desvió después la mirada—. Yo no crecí en este pueblo, como tú. Mi madre nunca me apoyó. Solía decirme que habría tenido una vida mucho mejor si no me hubiera tenido.

—Y sabes que eso no es cierto. Era una mujer desgraciada y te echaba la culpa a ti.

—Lo sé. Pero una cosa es que lo entienda a nivel racional y otra que lo crea en mi corazón. Me repetía una y otra vez que jamás serviría para nada. Que era una inútil. Que lo único que se me daba bien era hacerla infeliz y decepcionarla. Así que cuando digo que no sé si habría podido ir a la universidad, lo digo en serio. Hubiera tenido que conseguir al menos dos trabajos, además de ir a clase. ¿Y si hubiera hecho caso de lo que decía mi madre? ¿Y si hubiera dejado de creer en mí misma?

—Pero eso no ocurrió.

—Porque no tuve que hacerlo. Así que no es solo una cuestión de dinero. Quienquiera que me becara, me permitió triunfar a pesar de mi pasado.

Tiró para liberar su mano y se volvió hacia él.

—Cuando era pequeña, leía muchos cuentos de caballeros andantes que iban al rescate de sus damas. Yo supe desde muy pronto que nadie iba a venir a rescatarme. Que tendría que rescatarme yo misma. No sé si es bueno o malo tener que aprender esa lección, pero fue inevitable.

—Eso te ha hecho más fuerte.

—Quizá. Y entiendo que ser fuerte es importante. Pero los niños también necesitan la esperanza. De hecho, esa es una de las razones por las que estoy interesada en tu proyecto. Los niños necesitan saber que tienen derecho a un futuro decente, a creerlo posible. Necesitan ver que hay muchas más cosas a su alrededor. Venir a vivir a

Fool's Gold me permitió creer, por primera vez en mi vida, que podría ir a la universidad. Disfrutar de una vida mejor. Los profesores estuvieron a mi lado. Me demostraron que ser inteligente y ser una buena estudiante podía ser recompensado.

Se interrumpió y sonrió avergonzada.

—Lo siento, no pretendía ponerme a divagar.

—No tienes por qué disculparte. No viví una experiencia como la tuya, pero soy capaz de comprender lo que pasaste. Yo crecí en este pueblo, siempre he tenido un hogar, por no hablar de que siempre depositaron en mí grandes expectativas.

—Sí, claro. La familia Mitchell. Ser una artista o cuidar de alguien que lo sea.

—Solo teníamos dos caminos en la vida. No había un punto medio.

Maya le estudió con atención.

—¿Y encontraste ese punto medio marchándote?

—Sí, gracias a ti.

—No, lo encontraste tú solo. Yo solo fui el empujón que necesitabas para liberarte. Y como mis motivos fueron egoístas, por no decir ridículamente inmaduros, no pienso atribuirme ningún mérito.

—No eras inmadura —le dijo—. Estabas asustada. ¿Cómo ibas a confiar en mí? Nunca habías conocido a nadie en quien pudieras confiar. Para ti, el amor solo era una palabra.

—Si eso fuera verdad, ¿por qué me dolió tanto perderte?

Hizo la pregunta en un tono ligero, pero Del tuvo la sensación de que se estaban adentrando en un terreno peligroso. Maya y él ya habían tenido una oportunidad. Ya habían tenido su momento.

A pesar de la tensión que había en la habitación, se obligó a sí mismo a reclinarse en la silla y hablar con naturalidad. Rio para sí.

—Seguro que me echaste de menos, Maya. Vamos, reconoce que soy un buen partido.

Tal y como Del esperaba, Maya se relajó y se echó a reír.

—En absoluto.

—En ese caso, es que no me estás viendo bien.

Ambos se volvieron hacia la pantalla. Maya señaló algunos problemas en los encuadres y Del continuó revisando otras versiones del rodaje. Se perdió la magia.

Del se dijo a sí mismo que era lo mejor. Que cualquier cosa que pudiera haber habido entre ellos había terminado años atrás. Su relación había cambiado. Eran dos adultos con un objetivo común. Después del cumpleaños de su padre, cuando terminara el verano, se marcharía. Sin Maya.

Al final de la jornada, Maya revisó el calendario, se montó en el coche y salió del pueblo. Zane y Phoebe debían de haber vuelto de su viaje de novios la tarde anterior. Todavía era muy pronto para hacerles una visita, pero Maya necesitaba ver a su hermano.

Era curiosa la rapidez con la que se había acostumbrado a vivir cerca de Zane. Durante años, le había despreciado, a la cara y a sus espaldas. Habían discutido por Chase, habían asumido que eran incapaces de comprenderse y habían actuado más como enemigos que como hermanos.

Pero no habían sido capaces de olvidarse. Fuera cual fuera el vínculo que les unía, nada lo había roto. Al menos, no del todo. Y cuando Zane la había necesitado aquel verano para que le ayudara con Chase, ella había estado a su lado.

Las dos semanas que habían pasado conduciendo el ganado lo habían cambiado todo. Maya sabía que, en parte, era porque Chase se había enamorado. Muchos dirían que le había curado el amor de una buena mujer. Pero ella sabía que aquella metamorfosis había llegado de otra manera. No había sido el saberse amado lo que había suavizado las duras aristas de su corazón, sino su amor por Phoebe.

Era un hombre distinto. Si unos meses atrás Maya no se habría imaginado siquiera yendo a su encuentro en busca de consuelo, aquel día entró en el rancho y dejó la casa tras ella para dirigirse a su oficina.

Que era donde esperaba encontrarle al final de una jornada de trabajo. Delante del ordenador y con el ceño fruncido. Sonrió al entrar.

—Bienvenido a casa.

Zane alzó la mirada, se levantó y caminó hacia ella.

—Maya —le dijo, antes de envolverla en un abrazo de oso.

Ella lo recibió agradecida. Zane era una roca. A veces podía resultar irritante, pero era un hombre firme en el que siempre se podía confiar. Algo que ella no había sido capaz de apreciar a los dieciséis años, cuando pensaba que el único objetivo de Zane en la vida era hacerles desgraciados a Chase y a ella.

—¡Hola! —le saludó, y retrocedió—. ¿Qué tal ha ido la luna de miel? Y, aunque te lo haya preguntado yo, no olvides que eres mi hermano. Así que no entres en detalles.

—Ha sido magnífica —le hizo un gesto para que se sentara—. Estoy seguro de que Phoebe te contará todo con pelos y señales.

—Con demasiados detalles —gruñó sin demasiada energía—. Tengo que recordarle que hablar de ti no es lo mismo que hablar de otros chicos. Da repelús.

—Si ella quiere hablar, que hable.

—Sí, claro. Tú siempre poniéndote de su parte.

—No puedo evitarlo.

Zane se reclinó en la silla. Estaba más relajado de lo que Maya le había visto nunca. Era el amor, pensó, intentando no sentirse amargada por el hecho de que el de su hermanastro hubiera sido un amor correspondido. Ella no había tenido tanta suerte. Aunque estaba segura de que Del no diría que no si surgía la oportunidad de acostarse con ella, no parecía tener ninguna prisa en el apartado «quiero más». Por supuesto, ella tampoco había compartido sus sentimientos con él, pero aquella no era la cuestión.

–¿Qué te pasa? –le preguntó Zane.

Maya pretendía hablarle de los anuncios, pero, en cambio, se descubrió a sí misma diciendo:

–¿Sabes que Phoebe echó de menos a su madre el día de la boda?

–Me lo dijo. Echó de menos tenerla cerca, poder pedirle consejo –y añadió en un tono más delicado–: No todas las madres son malas, Maya.

–Lo sé. Soy amiga de Elaine y ella tiene cinco hijos. Algunas madres son maravillosas.

–La mayoría. Tú tuviste una mala madre. Y lo siento. Me gustaría poder retroceder en el tiempo y que tuvieras una vida mejor.

–Si pudieras, supongo que utilizarías ese poder para algo más importante que para cambiar mi pasado. Podrías detener una guerra o salvar vidas.

–También merecería la pena salvarte a ti. Tu madre se equivocó contigo –le sostuvo la mirada–. Lo sabes, ¿verdad? Sabes que cada día de tu vida es una prueba de hasta qué punto se equivocaba.

Porque Zane había oído las discusiones. Aquellas acusaciones de la madre de Maya en las que la culpaba de haberle arruinado la vida. En cuanto surgía algún problema, Maya era la culpable.

–¿Y por qué sacas ahora ese tema? –le preguntó.

—No lo sé. He estado pensando en mi pasado. En la beca. Me fastidia no saber quién me ayudó.

—Si esa persona hubiera querido que lo supieras, te lo habría dicho.

—Sí, eso dice la lógica. Pero ya sabes lo poco que me gusta la lógica.

—A Phoebe le ocurre lo mismo. Pero no me sorprende. Os parecéis en muchas cosas.

Maya se enderezó.

—¿A qué te refieres? Phoebe y yo no nos parecemos en nada.

Su amiga era una mujer dulce y generosa. Ella estaba obsesionada con su trabajo y a veces podía ser un poco bruja.

—Yo soy una persona complicada y cabezota. Phoebe es magnífica.

—Y tú también. Y las dos os dejáis guiar por lo que os dice el corazón. Por ejemplo, tú siempre estabas preocupada por Chase.

—Sí, pero me portaba muy mal contigo.

—Estabas intentando decirme algo. Debería haberte hecho caso.

—Esto ya está empezando a dar miedo.

Zane se echó a reír.

—Lo único que quiero decir es que es lógico que seáis amigas. Tenéis muchas cosas en común. Supongo que por eso os quiero a las dos —le guiñó el ojo—. Aunque de manera diferente.

—Gracias por aclararlo. Porque lo otro sería repugnante.

Zane no sonrió.

—Tú sabes que te quiero.

—Sí, ya me lo has dicho. ¿Por qué lo repites tantas veces?

—Porque no estoy seguro de que te consideres una persona querible.

Maya le miró boquiabierta. ¿Tan obvio era aquel defecto para todo el mundo? Y si era así, ¿qué demonios le pasaba?

O, a lo mejor, estaba analizando la situación desde una perspectiva errónea. A lo mejor debería aferrarse al hecho de que era una persona querible. Abrirse a sí misma a aquella posibilidad. Dejar de definirse por las palabras hirientes de una mujer que no había sabido ser feliz.

—Yo también te quiero —le dijo a su hermano—. Y ahora voy a ver a mi mejor amiga y a enterarme de los detalles más íntimos de tu luna de miel. Deberías estar asustado. Muy asustado.

—En absoluto. Creo que cualquier cosa que puedan contarte va a molestarte a ti más que a mí.

Maya suspiró.

—Odio que tengas razón.

—Pero sabes que la tengo.

Maya encontró a Phoebe en la cocina. Estaba vertiendo la mezcla de un *brownie* en un molde. El olor de la mantequilla y el chocolate llegó hasta ella, haciendo que le sonara el estómago. Suspiró, sabiendo que el olor mejoraría, o empeoraría, dependiendo del punto de vista desde el que se considerara, cuando metiera el molde en el horno.

—Hola —la saludó con una sonrisa—. Bienvenida a casa.

Phoebe dejó el cuenco de la mezcla y abrazó a su amiga.

—Hola. ¿Tenía que saber que ibas a venir?

—No, a no ser que tengas poderes paranormales. ¿Qué tal ha ido la luna de miel? —Maya le tendió la mano—. Y recuerda que solo estoy pidiendo una respuesta general.

Phoebe soltó una risita y continuó vertiendo la masa.

—Ha sido increíble. Fantástica. Maravillosa. Recomiendo una luna de miel a todo el mundo. Sobre todo con un hombre tan maravilloso como Zane. El tiempo ha sido perfecto y la comida deliciosa. Creo que he engordado tres kilos, pero ni siquiera me importa –suspiró feliz.

Phoebe siempre había sido guapa, pensó Maya, pero aquel día tenía un brillo especial. Era el amor, pensó con cierta melancolía, el amor correspondido. Y un par de semanas de sexo salvaje probablemente tampoco le había sentado mal. ¿No decían que el sexo era bueno para el cutis?

–Me alegro de que hayas disfrutado.

–Yo también –Phoebe metió el *brownie* en el horno y se reclinó contra el mostrador–. ¿Puedes quedarte un rato?

–Puedo.

Phoebe sacó una jarra de té de la nevera y sirvió dos vasos. Después se sentó en una mesa que había al lado de la isleta de la cocina.

–¿Ha pasado algo mientras estaba fuera? –le preguntó–. ¿Ha ocurrido algo emocionante?

Maya pensó en el anuncio, en la clase que iba a impartir, pensando sobre todo en Eddie y en Gladys, y en la sutil, pero innegable, inquietud que no quería reconocer, y supo que tenía mucho donde elegir. De modo que no tuvo ningún sentido que soltara:

–Estoy enamorada de Del.

Phoebe la miró boquiabierta.

–¿Qué? ¿Cuándo? Solo he estado fuera un par de semanas. ¿Cómo es posible que me haya perdido una cosa así? Empieza por el principio y cuéntamelo todo.

–No hay mucho que contar –admitió Maya–. Fue el día de tu boda –vaciló un segundo y después le contó a su amiga lo que había pasado aquella noche–. Después de eso, lo supe.

–¡Ay, Dios mío! ¿En serio? ¿Te acostaste con Del en mi boda?

—Técnicamente, fue después de tu boda y en mi antiguo dormitorio. Así que no fue en tu boda...

—Aun así, te acostaste con alguien el día de mi boda antes que yo —Phoebe soltó una carcajada—. Bien hecho —abandonó de pronto el buen humor—. ¿Estás bien? ¿Se lo has dicho? ¿Qué ha dicho él? ¿O piensas decírselo? ¿Qué crees que siente por ti? ¿Lo sabe alguien más? —se interrumpió—. Ya puedes empezar a hablar.

—Caramba, gracias —Maya consideró la lista de preguntas—. No sé qué pensar. No, no se lo he dicho. Sí, estoy asustada. Muy asustada. La primera vez lo estropeé todo. ¿Cómo va a volver a confiar en mí?

—¿Entonces no sabes lo que siente él?

—No. No le he dicho nada. No sé qué decirle —cambió de postura en la silla—. Tenemos que trabajar juntos. No quiero crear una situación violenta para los dos. Ahora tenemos una relación muy buena. Si se lo dijera, eso podría cambiar.

—Quizá para mejor. ¿Y si está enamorado de ti?

—En ese caso, él también puede decir algo —Maya tomó aire—. La vez anterior le abandoné, fui muy cruel. Tiene todo el derecho del mundo a odiarme, a intentar castigarme, y, sin embargo, está siendo muy amable. Aunque lo agradezco, no puedo evitar pensar que jamás volverá a confiar en mí. Es demasiado pronto. Yo solo...

—Estás asustada.

—Aterrorizada, mejor dicho.

Ya estaba. Había dicho la verdad. No era nada de lo que sentirse orgullosa, pero era cierto, pensó.

Phoebe la miró con cariño.

—¿Y tú qué quieres?

—No lo sé. Del no es un hombre que tenga ganas de permanecer siempre en el mismo lugar. Y yo ya he sentado cabeza en Fool's Gold.

—Por lo que dices, eso no está tan claro.

—Estoy confundida. Me encanta haber vuelto. El pueblo es fantástico. Tengo todo lo que debería desear.

—No hables de lo que deberías desear o dejar de desear —dijo Phoebe con firmeza—. Yo dejé que las obligaciones guiaran mi vida durante demasiado tiempo. ¿Qué es lo que te dice el corazón?

Que quería a Del y quería estar con él. Que tenía ganas de recorrer el mundo. Que quería formar parte de un proyecto que fuera más allá de cotilleos sobre famosos y concursos sobre traseros en una televisión local.

—No lo sé —mintió.

Porque tenía miedo de preguntar y ser rechazada. Pero, ¿no corría el riesgo de perderlo todo si no preguntaba? ¿No era mejor exponerse e ir a por ello?

—A lo mejor ya va siendo hora de que lo averigües —le dijo su amiga, acercándose a la verdad más de lo que ella misma imaginaba.

Del aparcó delante de casa de sus padres. Su madre le había puesto un mensaje diciéndole que necesitaba verle cuanto antes. En otras circunstancias, una llamada como aquella no le habría inquietado, pero, sabiendo lo preocupado que estaba su padre por Elaine, había ido corriendo a su casa.

Durante las últimas dos semanas, solo había pasado en dos ocasiones por allí. Su madre parecía haber vuelto a ser la de siempre. Estaba un poco cansada, pero decía que era porque no dormía bien. Supuestamente por algo relacionado con «el cambio», un tema del que a Del le incomodaba hablar. Y no entendía a qué podía deberse aquella repentina urgencia.

En cuanto apagó el motor, Sophie salió de la casa. Corrió hacia él, haciendo rebotar sus enormes orejas. Le recibió con una sonrisa canina y meneando la cola.

—Hola, muchacha —dijo Del mientras se agachaba para acariciarla.

La perrita se contoneó para recibir cuantas caricias pudiera. Del continuó mimándola hasta que vio a su madre en el porche.

Elaine estaba muy pálida y parecía cansada. Tenía unas profundas ojeras y los hombros hundidos. Corrió asustado hacia ella.

—¿Mamá?

Antes de que pudiera decir nada más, su madre empezó a llorar.

—No puedo hacerlo —dijo mientras las lágrimas rodaban por sus mejillas—. Es demasiado para mí. No puedo con todo. La fiesta, tu padre... Acaban de llamarme Ronan y Mathias. Van a venir los dos. No tengo sus habitaciones preparadas, la casa está hecha un desastre y yo ya no puedo más.

Del siempre había visto a su madre como una mujer tranquila, serena y capaz. Solo la había visto llorar en un par de ocasiones y siempre por culpa de su padre. Él habría jurado que algo tan sencillo como organizar una fiesta apenas la afectaría.

Subió al porche y la abrazó.

—Pase lo que pase, puedes contar conmigo. Lo sacaremos adelante. No tienes por qué hacer todo esto sola.

Su madre se abrazó a él. A Del le impactó su delgadez. Y su fragilidad. Había ignorado la preocupación de su padre, pero en aquel momento comprendió que debería haberle hecho caso. Algo le ocurría.

La acercó hasta el banco que había junto a la puerta de la entrada y esperó a que se sentara. Se sentó a su lado y dejó espacio para Sophie, que saltó para colocarse entre ellos. La perrita se le quedó mirando como si le estuviera diciendo «¡por fin, estaba preocupada por mamá!».

—Cuéntame lo que te pasa —se lo pidió en el tono más tranquilo y cariñoso del que fue capaz.

Su madre se secó los ojos.

—Nada. Estoy cansada. Tengo un virus o algo así. Últimamente no duermo bien —fingió una sonrisa—. Pero no me pasa nada.

—Mamá, no estás bien. Tú nunca te has puesto nerviosa por una cosa como esta. Tiene que pasarte algo —se preparó para recibir una respuesta que quizá le hiciera sentirse incómodo y se obligó a preguntar—: ¿Es por papá?

—¿Por tu padre? No. Él está igual que siempre —intentó esbozar otra sonrisa. En aquella ocasión le salió un poco mejor—. No deberías hacerme caso.

Del le rodeó los hombros con el brazo y le dio un beso en la mejilla.

—Eso es imposible. Mamá, ¿estás segura de que no te pasa nada?

—Claro que sí. Ya te he dicho que tiene que ser un virus veraniego. A veces pasa. Todavía estoy recuperándome, pero estoy recuperando las fuerzas poco a poco. Es solo la fiesta.

Del se levantó y tiró de ella.

—Vamos. Conseguiremos sacar la fiesta adelante. Y después te sentirás mejor.

Se dirigieron juntos hacia la enorme cocina. Una vez allí, Del buscó una libreta. En cuanto estuvieron los dos sentados, miró a su madre.

—¿Cómo va a ser la fiesta? ¿Grande, pequeña?

Su madre rio levemente.

—Estamos hablando de tu padre, Del. Y la semana que viene cumple sesenta años.

Del asintió.

—Una fiesta grande. ¿Vendrán la mitad del pueblo y todos sus conocidos?

—Más o menos.

—Genial. ¿Y qué es lo que tenemos preparado?

Elaine le habló de los detalles. Ya habían encargado el catering y el servicio de barra. Los invitados de fuera del pueblo habían recibido las invitaciones y todos ellos habían reservado habitaciones en los hoteles de la localidad. Los mellizos llegarían al cabo de un par de días.

La asistente de Ceallach se estaba ocupando de las piezas que iban a exponerse. La prensa había confirmado su presencia.

–¿Y no prefieres hacer la fiesta en alguna otra parte? –preguntó Del–. Como en el centro turístico, o en el centro de convenciones.

–Tu padre quería celebrar la fiesta en casa. Habrá carpas por si hace mal tiempo. Acabo de terminar de limpiar la casa y de prepararla para los mellizos. Además, quiero organizar una cena familiar –volvió a temblarle la voz.

Del posó la mano en su brazo.

–Escucha, mamá. Voy a contratar un servicio de limpieza para que se encargue de la casa. En cuanto a la cena, vamos a encargarla. Así podrás pasar más tiempo con los mellizos y no tendrás que dedicarte a cocinar. Ya sabes que les encanta la comida de Angelo's. La encargaré e iré a buscarla.

–No sé. Creo que debería cocinar yo.

–No, no tienes por qué cocinar tú.

–Déjame pensar en ello –parecía estar luchando contra las lágrimas–. Tengo la lista de invitados en el dormitorio. Voy a buscarla.

Del esperó a que su madre se fuera con Sophie pisándole los talones. Sacó entonces el teléfono y marcó un número.

–¡Hola! –saludó cuando Maya contestó–. ¿Estás libre? Sé que a mi madre le pasa algo y necesito tu ayuda.

No pudo negar el alivio que sintió al oír a Maya diciendo:

–Voy para allí.

Capítulo 15

–Deberías haberme llamado –le dijo Maya con firmeza mientras se sentaba en una silla al lado de la cama de Elaine–. Te dije que estaría a tu lado.
–Ya lo sé. Pero me sentí perdida y llamé a Del. No tengo ni idea de por qué.

Porque estaba de nuevo en el pueblo. Porque siempre había podido contar con él para que se ocupara de todas aquellas cosas que ella no podía. Del cuidaba de sus hermanos, del negocio de la familia. Siempre se había hecho responsable de todo.

Elaine se relajó en la cama y Sophie se tumbó a su lado. La primera acarició a la perrita y miró a Maya.
–No quería preocupar a nadie.
–Creo que Del está más asustado que preocupado.

Maya había ido en cuanto había recibido la llamada. Elaine y ella le habían asegurado que su madre se pondría bien en cuanto durmiera un poco.

Maya tomó aire antes de decir:
–Elaine, tienes que decírselo. No está bien. No me gusta mantener esto en secreto. Lo digo en serio. Te quiero, pero no me parece bien.

A Elaine se le llenaron los ojos de lágrimas.
–Maya, por favor. No puedo. No puedo decírselo una

semana antes del cumpleaños de Ceallach. No me hagas eso. Hablaremos después de la fiesta, te lo prometo.

Eso significaba que hablaría con ella, no que fuera a decírselo a su familia. Maya no lo entendía. Ceallach y sus hijos la querían. Sabía que la noticia les entristecería, pero que todos la cuidarían. Le darían su apoyo. Eso sería bueno. Sentir que los demás cuidaban de uno ayudaba a levantar el ánimo de una persona.

—¿No se te ha ocurrido pensar que parte de la razón por la que estás tan abrumada es el esfuerzo que estás haciendo para mantenerlo en secreto? —le preguntó—. No es solo la fiesta, Elaine. Te estás enfrentando a un cáncer de mama. Estás recibiendo radio. Tienes que decírselo.

—Y lo haré, pero más adelante. Ahora quiero que me ayudes con la fiesta. Tienes que comprender que para mí es importante.

La verdad era que no lo comprendía, pero no tenía ningún sentido seguir por ahí.

—Te quiero —le dijo a su amiga—. ¿Cómo puedo ayudarte?

Una hora después, Maya y Del estaban revisando la lista de tareas pendientes.

—La mayor parte de la fiesta ya está organizada —le explicó Del—. Mañana vendrá un servicio de limpieza. ¿Cómo has conseguido convencerla de que encarguemos la cena?

Maya pensó en la conversación que había mantenido con Elaine y en la obstinada negativa de su amiga a compartir algo tan importante como su diagnóstico y su tratamiento con su familia.

—Me debía una.

—Me alegro —Del tomó algunas notas—. Dellina ha

confirmado todo lo demás. Las carpas, la comida... Los mellizos estarán aquí dentro de unos días y nos prepararemos todos para la fiesta.

Maya hojeó la lista de invitados. Exceptuando la gente del pueblo, la mayoría eran personas a las que no conocía. Sin embargo, algunas anotaciones ayudaban. Como la de «Ministro de Cultura, Francia», que dejaba bien claro de quién se trataba.

–Tu padre es un hombre importante –susurró al ver a un antiguo vicepresidente de los Estados Unidos y a un par de renombrados actores.

Pero no aparecía Jonny Blaze, pensó con una sonrisa. Madeline iba a sufrir una gran decepción.

–Siempre lo ha sido.

Maya miró a Del.

–¿Qué te pasa?

–No sabía que la fiesta fuera a ser tan grande. Hay quinientas personas en la lista de invitados. Mi madre no debería haberse encargado de todo esto sola.

–Dellina la ha ayudado –aunque sabía que no era a eso a lo que Del se refería.

–Nunca se queja. Sé que mi padre no mueve nunca un dedo. Siempre ha sido así. Es ella la que se encarga de los dos. Esa es la clase de matrimonio que tienen.

Maya posó la mano en su brazo.

–Le quiere. Ella no se arrepiente de nada. Es posible que esa no sea la clase de matrimonio que nosotros quisiéramos, pero a ellos les funciona.

–No consigo comprender por qué –se volvió hacia ella–. Yo solía preguntarle que por qué lo aguantaba.

–Y te decía que para ella tu padre era su mundo.

–¿Cómo lo sabes?

–Es amiga mía y no es ningún secreto lo mucho que quiere a su marido. Tú miras a tu padre y ves lo mucho que te ha decepcionado. Lo cruel que ha sido. Pero tu madre ve otras cosas. No lo ve de la misma manera. A ellos les funciona.

—Supongo —se inclinó y la besó—. ¿Te he invitado a la cena de la familia?

—No. Eso es solo para la familia.

—Quiero que estés conmigo. ¿Te parece bien?

—Claro.

Sería una noche cargada de dificultades, pero no le importaba. Para ella, cualquier momento al lado de Del era algo precioso. El verano estaba llegando a su fin. El cambio en el color de las hojas iba descendiendo desde las montañas de semana en semana. Pronto llegaría el otoño. Del había dicho que solo se quedaría en el pueblo hasta el final del verano. Después del cumpleaños de su padre, nada le retendría allí. Desde luego, ella no.

—Voy a cambiar de tema —dijo Maya.

—¿Estás deseando decirme lo mucho que me quieres?

—Con todo mi ser. Pero quería hablarte de tu proyecto.

Del se enderezó.

—Dispara.

—Podría venirte bien recibir alguna clase de *feedback*. El curso empieza esta semana. Podrías hablar con la profesora de arte dramático del instituto y preparar una sesión con los alumnos para enseñarles algunos vídeos y conocer su opinión sobre ellos. Para saber qué es lo que funciona y lo que no. Estoy convencida de que su profesora estará encantada de que vean una aplicación práctica de lo que están aprendiendo y tú conseguirás información muy valiosa.

Del se la quedó mirando fijamente.

—Maldita sea, eres muy buena.

Maya sonrió.

—Sí, ya me lo han dicho.

—Eres buenísima. ¡Has tenido una idea brillante!

Maya se encogió de hombros.

—Siempre he sido una buena jugadora de equipo.
—La mejor.
Volvió a besarla y se levantó del taburete.
—Voy a ponerme en contacto con el instituto ahora mismo.

No había terminado de hablar cuando ya estaba fuera de la habitación. Maya apreció su entusiasmo, aunque le habría gustado que a Del le apeteciera hablar algo más de la cuestión del equipo. De la posibilidad de que siguieran trabajando juntos. De manera permanente.

Cerca de una semana después, Maya observaba a la familia Mitchell reunida alrededor de la mesa. No había ninguna duda de que Ceallach era el padre de los cinco hijos, pensó con humor. Desde luego, la potencia de su acervo genético era innegable.

Los cinco hijos eran altos, con el pelo y los ojos oscuros. Del y Aidan se parecían un poco más a su madre, mientras que los tres pequeños habían salido a su padre. Todos ellos eran fuertes, musculosos e irritantemente atractivos. No había ni un solo fracasado en el grupo. Ella podía ser un poco parcial, pero estaba convencida de que Del era el más guapo.

Elaine era el vínculo que mantenía a la familia unida. Era mucho más delicada que sus hijos. Maya se negó a pensar en la enfermedad contra la que estaba batallando. Aquella era una noche para disfrutar de la buena compañía, no para preocuparse por su amiga.

Sophie estaba en la gloria, yendo de un hermano a otro en busca de caricias y comida. Además de pedir la cena, Del había encargado unos aperitivos. Había una bandeja con *bruschetta*, un par de salsas para untar con crujientes *foccacias*, champiñones rellenos y rodajas minúsculas de mozzarella con tomate y albahaca. El vino fluía con generosidad y Maya advirtió que, con la tercera botella, comenzó a subir el volumen de la conversación.

—¿Os gusta vivir allí? —preguntó Elaine, un poco dubitativa.

Mathias y Ronan estaban al lado de su madre.

—Sí, estamos muy contentos. Inc. es un pueblo como Fool's Gold, aunque con un ambiente distinto.

—¿Seguís trabajando el vidrio? —preguntó Ceallach—. No podéis dejar el vidrio. Cualquier idiota puede dibujar o pintar. Hasta un niño puede pintar. Pero para crear algo a partir del fuego hace falta talento.

Los mellizos intercambiaron una mirada.

—Papá, vimos ese artículo que publicaron en la revista *Time* sobre ti —comentó Mathias—. Bonito reportaje.

—Sí, el periodista lo hizo bastante bien —admitió su padre a regañadientes—. Algo que no ocurre siempre.

—Debe de ser frustrante —dijo Nick—. ¿Os acordáis de ese periodista del *New York Times* que vino hace unos años?

—Menudo idiota —bramó Ceallach, y procedió a enumerar todas las equivocaciones del periodista.

Del se acercó a Maya y le susurró al oído:

—Tú también lo estás viendo.

Sentir el aliento de Del contra su piel hacía que le resultara difícil concentrarse, pero hizo un esfuerzo por centrarse en lo que le estaba diciendo.

—¿Te refieres a que cada vez que les pregunta que a qué se dedican evitan responder? Sí, ya me he dado cuenta. Nick también —miró a su hermano mediano—. ¿Crees que es algo planeado?

—Estoy convencido.

Maya se volvió hacia Del y le descubrió muy cerca. Si hubieran estado solos se habría inclinado para besarle. Pero no estaban solos. Peor aún, estaban rodeados de su familia.

—¿Por qué crees que no quieren hablar de lo que están haciendo? —le preguntó. Suspiró después—. No hace falta que contestes. Ya sé la respuesta.

Ceallach. Aquel era un hombre capaz de acabar con cualquier diversión.

Se preguntó si sería porque era un hombre de talento o, sencillamente, porque se aprovechaba de cuantos le rodeaban. Ella sabía que Nick tenía mucho talento y, aun así, era un tipo decente. Se rumoreaba que los mellizos eran tan brillantes como su padre y, aunque no les conocía bien, parecían agradables. A lo mejor era una cuestión generacional.

—Después de cenar, iremos todos al estudio —estaba diciendo Ceallach—. Así podréis ver lo que estoy haciendo ahora.

—Nos encantará, papá —le aseguró Mathias—. No hay nadie como tú.

Ceallach infló el pecho con orgullo.

—Ya lo sé.

Poco después de las once, Del salió al porche. Era una noche fría y clara, perfumada por el humo de la chimenea.

Maya se había ido una hora antes. Y no podía culparla. Él habría hecho lo mismo si hubiera podido. En la mesa habían comenzado a hablar de arte y no se había hablado de otra cosa en toda la cena. A aquellas alturas, su madre ya se había ido a la cama y Ceallach, Nick y los mellizos continuaban discutiendo sobre estilo, técnicas o cualquier otra cosa que se les ocurriera.

Se sentó en un banco y estiró las piernas. Unos minutos después, Aidan se reunió con él.

—¿Cansado de oír hablar de procesos artísticos? —le preguntó.

Su hermano esbozó una mueca.

—De eso y de sentirme ignorado —se sentó en una de las sillas del porche—. A veces no les aguanto. Es como si nada más importara.

—Porque no importa nada más. Por lo menos para ellos. Ya lo sabes.

Aidan miró hacia el cielo.

—Estarán así durante horas.

—Afortunadamente, los dos tenemos otra casa a la que irnos a dormir —Del sabía que debería irse a su casa, y lo haría. Pero, de momento, se encontraba bien—. ¿Qué tal va el negocio?

—Estamos muy ocupados. El Día del Trabajo la gente enloquece. Se dan cuenta de que el verano está a punto de acabar y terminan haciendo muchísimas reservas de última hora para los recorridos del fin de semana. Hay gente que prefiere disfrutar de las vacaciones en septiembre porque hay menos turistas y el tiempo suele continuar siendo bueno. Así que estamos a reventar.

—¿Hay alguna época en la que tengáis menos actividad?

—Sí, octubre y noviembre son los meses más tranquilos. Pero en cuanto empieza a nevar, la gente viene a esquiar los fines de semana y a hacer excursiones por el campo.

Del asintió.

—Tiene sentido. Desde luego, has conseguido hacer crecer la empresa. Deberías estar orgulloso.

Aidan le miró.

—Y lo estoy, gracias. Al principio fue difícil. No sé cómo demonios lo he hecho, pero he conseguido sacarla adelante yo solo. Y no me gustaría dedicarme a ninguna otra cosa.

—Te agradezco que me lo digas.

—Apuesto a que sí. Ahora no tienes que sentirte culpable.

—Eso va a dejarme mucho tiempo libre.

Aidan sonrió.

—No estoy seguro de que eso sea algo bueno.

—Por lo menos me paso el día buscando algo que merezca la pena.

La sonrisa de Aidan se transformó en una risa.

—Yo también. Aunque en mi caso el resultado es diferente.

—Por lo que yo he visto, para ti el resultado siempre es el mismo.

—¿Estás celoso?

—No.

Del pensó en todas las mujeres con las que había visto a su hermano. Lo único que tenían en común era que eran mujeres. Por lo demás, Aidan no parecía tener ningún prototipo.

—¿Nunca has buscado algo más que la variedad? –le preguntó.

—Claro que no. ¿Por qué iba a buscarlo? Cada día es un nuevo día, una nueva mujer. Me divierto y continúo con mi vida de siempre. ¿Por qué complicarse la vida con una mujer?

—Porque es bonito tener a alguien que te apoye. Sentirte arraigado.

—Lo dice un hombre que se dedica a viajar por todo el mundo. ¿Tú dónde encuentras el arraigo?

Una pregunta interesante. Pensó en Maya, deseando poder encontrarlo en ella. Pero no era así. Trabajar juntos no era lo mismo que tener una relación sentimental. Él quería estar con ella de la forma más íntima posible. Pero eso era algo diferente. Tenía que serlo. Ya no podía confiar en ella.

—Todavía estoy intentando averiguarlo –admitió–. Y esa es una buena manera de intentar distraerme de lo que estábamos hablando.

—¿Quieres decir que no ha funcionado? —preguntó Aidan riendo—. La próxima vez me esforzaré más —desapareció la diversión de su voz—. De acuerdo. Me gusta cómo vivo. Reduzco todos los riesgos a los relacionados con mi trabajo. Lo que hago con las mujeres no entraña ningún peligro. No mantengo relaciones serias y no me siento atado a nadie.

—A veces no es malo sentirse atado a alguien.

—Tú puedes opinar lo que quieras, pero yo no estoy de acuerdo.

—¿No tienes miedo de que el estar pasando de una mujer a otra signifique que no puedes establecer una verdadera conexión con ninguna de ellas? ¿Y si alguna se enamorara de ti? No es muy probable, pero podría ocurrir.

Aidan volvió a sonreír.

—Dejo muy claras cuáles son las normas. Saben que solo vamos a pasar juntos un fin de semana, una semana como mucho. Nada de relaciones a largo plazo. No las quiero. No las necesito y no tengo tiempo para ellas. Si me presionan, doy por terminada la relación.

—¿Y eso no te convierte en un imbécil?

—A lo mejor, pero en un imbécil con suerte.

—Algún día, todo eso te va a estallar en tus propias manos —le dijo Del, aun siendo consciente de que su hermano no necesitaba sus advertencias.

—Eso no va a ocurrir —parecía muy confiado—. Sé muy bien lo que hago.

Del esperaba que estuviera siendo sincero consigo mismo. Porque, en el caso de que no lo fuera, su situación podría empeorar, y muy rápido.

Del estuvo allí otra media hora, pero ni su padre ni sus hermanos parecían tener ganas de hablar de nada que no fuera arte. Cuando anunció que se marchaba, apenas interrumpieron su acalorada conversación sobre las mezclas de colores en medios no tradicionales. Algo que para él podía significar cualquier cosa. Aidan se había ido un cuarto de hora antes, así que Del les dejó y se dirigió hacia su furgoneta.

Era tarde. Si miraba el móvil, podría averiguar cuánto tiempo había pasado desde el crepúsculo astronómico. No tenía ninguna importancia, pero pensar en ello le hizo sonreír.

Puso la furgoneta en marcha y se dirigió hacia el lago. Al llegar al semáforo, giró hacia la izquierda, diciéndose a sí mismo que no iba a parar. Solo quería pasar por allí.

Cuando llegó a la calle de Maya, aminoró la velocidad. La mayoría de las casas estaban a oscuras. Todo estaba en un sereno silencio y la luz de la luna se filtraba entre las hojas de los árboles. Al llegar a su casa, vio que tenía las luces encendidas.

Aparcó en el camino de la entrada y esperó. Segundos después, la puerta se abrió y apareció Maya. Se miraron el uno al otro durante un par de segundos antes de que Del cediera a lo inevitable.

Tenía miles de motivos para alejarse de Maya, pero la necesidad de estar con ella, de acariciarla y ser acariciado, era más potente que cualquiera de ellos. Había estado enamorado de ella en otro momento de su vida. A lo mejor la intensidad de aquellos sentimientos había dejado una marca indeleble. Una marca que no podían borrar el tiempo y la distancia.

Quizá fuera por la forma de ser de Maya, o por su propia manera de ser cuando estaba con ella. O, a lo mejor, la atracción era algo que no podía explicarse. Una de aquellas extrañas leyes del universo.

Apagó el motor, salió y avanzó hacia ella. Maya retrocedió hacia el interior de la casa. Del la siguió y cerró la puerta tras él con mucho cuidado.

Maya iba descalza, con una camiseta y unos pantalones de yoga. Se había quitado el maquillaje y llevaba el pelo suelto. Estaba como la primera vez que la había visto: joven, dulce y sexy. En aquel entonces la había deseado más de lo que había deseado nunca a una mujer. Y aquello no había cambiado. La diferencia era que sabía, exactamente, lo que tenía que hacer para complacerlos a ambos. Y era capaz de durar más de quince segundos.

–Hola –susurró, alargando la mano hacia ella.

–Hola.

Maya avanzó hacia él y se fundieron en un abrazo. Maya era suave y delicada. Olía bien. Y, mejor todavía, encajaba perfectamente en él. Tenía la altura perfecta, las curvas adecuadas. Cuando estaba cerca de ella, la deseaba. Y, suponía que, en cierto modo, siempre la había deseado.

Inclinó la cabeza para besarla. Maya se encontró con él a medio camino, con los labios ya entreabiertos. No había manera de resistirse a algo así, de resistirse a ella. Del hundió la lengua en su boca y sintió un calor familiar abriéndose paso en él.

Maya le envolvió en sus brazos y adaptó su postura para estar más cerca de él. Del inclinó la cabeza para profundizar el beso al tiempo que deslizaba las manos por su espalda.

Maya era la combinación perfecta de suavidad y curvas. Hundió los dedos en su trasero, haciéndola estrechar su cuerpo contra el suyo. Ya estaba excitado, preparado. Maya presionó la pelvis contra su erección, excitándole hasta tal punto que era imposible pensar. Solo existía el deseo.

Se retiró para poder cubrir de besos su mandíbula y le mordisqueó después el lóbulo de la oreja. Presionó los labios contra la sensible piel de su cuello. Al mismo tiempo, alargó la mano hacia el dobladillo de la camiseta y tiró de ella para sacársela por encima de la cabeza. Para cuando la tiró al suelo, ella ya estaba desabrochándose el sujetador.

La prenda cayó hacia delante. Del acunó sus senos, regodeándose en su peso y en la suavidad de su piel. No lo comprendía. Tanto los hombres como las mujeres tenían piel, pero la de ellas era mil veces más suave que la suya.

Alzó los dedos hacia los tensos pezones. Cuando los acarició con el pulgar, Maya contuvo la respiración y echó la cabeza hacia atrás.

Él quería más, pensó Del mientras bajaba la cabeza y capturaba el pezón izquierdo con la boca. Quería oírla jadear, gemir, gritar. La quería desnuda y temblando en medio del orgasmo

Recordó la primera vez que habían estado juntos tantos años atrás. Eran los dos muy jóvenes. Dos adolescentes sin experiencia con más amor que sensatez.

Se habían dejado arrastrar por un deseo ardiente y luminoso. Habían comenzado a besarse y abrazarse en el asiento delantero de su coche y él había terminado corriéndose en los vaqueros. No había dicho nada y Maya no se había dado cuenta. La oscuridad había ocultado la mancha delatora.

Más tarde, cuando por fin había podido ver sus senos desnudos, había tenido la misma reacción. Y tocarlos había sido todavía peor. Al final, había terminado confesando y Maya no había hecho otra cosa que mostrar su fascinación por su cuerpo y por la intensidad con la que lo afectaba.

A partir de aquel momento habían progresado con rapidez, pasando del asiento de delante al de atrás. Juntos habían descubierto lo que les hacía estremecerse. Habían descubierto el clítoris y habían aprendido qué era lo que le gustaba a Maya. Ella había aprendido a acariciarle hasta llevarle al orgasmo. Días después, Maya le había lamido. Había sido la primera vez para ambos.

La primera vez que se había corrido en su boca, Del había estado a punto de morir de placer. Le había devuelto el favor y ella había gritado en el momento del orgasmo. Habían pasado semanas antes de que se atrevieran a dar otro paso. Semanas hasta que ambos habían perdido la virginidad.

Del lo recordaba todo de aquella noche. Recordaba la suavidad con la que Maya había descendido sobre su erección, deslizándose sobre él hasta permitir que la llenara. Maya ya le había complacido minutos antes, de modo que él había sido capaz de aguantar treinta segundos antes de explotar dentro de ella.

Habían practicado juntos hasta encontrar el ritmo adecuado. Habían perfeccionado el arte de hacerla llegar hasta el límite y alcanzar después juntos el orgasmo con una última embestida. Habían hecho el amor en la habitación que Maya tenía en el rancho, susurrando su amor y besándose al llegar al orgasmo para no dejar escapar ni un solo gemido.

Aquellos viejos recuerdos se agolparon sobre el reciente deseo. Del liberó los senos de Maya y se arrodilló ante ella. Le bajó los pantalones de yoga y las bragas con un rápido movimiento. Maya apenas había terminado de quitárselos cuando la hizo abrir las piernas con delicadeza y presionó la boca contra el corazón de su sexo.

Fluyeron los recuerdos. El recuerdo de que lo primero que le gustaba era un beso con la boca abierta. Un beso delicado, todo labios. Después una ligera caricia de la lengua, más vacilante que apasionada. La acarició hasta sentir que comenzaba a tensar los músculos, hasta notar cómo se aceleraba su respiración. Solo entonces imprimió un ritmo más firme a los movimientos de la lengua contra el clítoris. Maya se aferró a la mesita de la entrada que tenía tras ella y suplicó:

—No te detengas.

El tiempo se desvaneció y Del volvió a ser un adolescente. Habría jurado que podía oír la música de la radio del coche y sentir el cuero del asiento. Habían llegado a tener dos posiciones favoritas, dos maneras de convertir aquel reducido espacio en un lugar confortable. En aquel momento tenían toda una casa para ellos. Siempre y cuando fuera capaz de detenerse durante el tiempo suficiente como para dejar el vestíbulo.

Y él no quería hacer nada que no fuera continuar complaciéndola. ¿Cómo iba a resistirse cuando ella ya estaba empezando a gemir? Una de las mejores cualidades de Maya era que no había duda sobre aquello que le gustaba. Todas las señales estaban allí. Del aceleró un poco los movimientos y ella tembló. Succionó profundamente y Maya gimió.

Continuaba manteniéndola con las piernas abiertas y sintió en la palma de la mano los primeros temblores que delataban que sus músculos estaban preparándose para la liberación final. Aceleró la respiración. Estaba muy cerca... y él estaba controlando la situación.

Disminuyó el ritmo, solo un poco. La rodeó con la punta de la lengua y acarició después el clítoris henchido con un rápido movimiento. Maya volvió a jadear. Tras ella, la mesa tembló contra la pared.

—Del...

El placer y la anticipación se fundían en su voz. El deseo, pensó satisfecho. Presionó la boca contra el clítoris y succionó. Al mismo tiempo, hundió dos dedos dentro de ella y los sacó antes de volver a empujar. Sintió cómo se contraía Maya y comenzó a mover la lengua contra ella cada vez más rápido, hasta que oyó el grito de la liberación.

Notó el orgasmo desde su interior. Maya se tensó alrededor de sus dedos, haciéndole hundirse dentro de ella. Él siguió moviendo la lengua con firmeza, prolongando el placer. Maya movió las caderas, restregándose contra él, tomándolo todo. Y aquellos gemidos agudos estuvieron a punto de llevarle al límite.

«Solo unos segundos más», se dijo a sí mismo. Eso era lo único que tenía que aguantar.

Cuando cesó el último temblor, comenzó a levantarse. Maya le sorprendió arrodillándose frente a él y bajándole los pantalones. Del decidió que aquel era un buen momento para dejar que hiciera lo que quisiera con él y no protestó cuando le bajó los vaqueros junto a los bóxers, liberando su erección.

Maya le empujó hacia atrás. Del se tumbó en la alfombra de la entrada, medio vestido y con la erección en firme. Maya se sentó a horcajadas sobre él y Del alargó la mano para sacar un preservativo del bolsillo de los vaqueros.

Maya estaba desnuda, sonrojada y con aquella sonrisa de satisfacción que a Del le hacía sentirse como si hubiera conquistado el mundo. Pero no pudo disfrutar mucho de aquella sensación. En cuanto Maya descendió sobre él, tuvo otras cosas en las que pensar. Como en lo tensa y lubricada que estaba. En cómo la llenaba. O en aquellos temblores que les hacían gemir a los dos.

Maya buscó su mano y la colocó entre sus muslos.

–Acaríciame.

Del estuvo encantado de obedecer. Todavía estaba húmeda y henchida. Comenzó a mover el pulgar contra ella. Su caricia resultó algo más torpe cuando Maya alzó los brazos para colocarse el pelo por encima de la cabeza. Quizá en otras circunstancias no habría tenido ninguna importancia, pero, de alguna manera, con aquel sencillo movimiento, Maya estaba exponiendo todo su cuerpo.

Comenzó a moverse.

Al principio, Del no sabía a dónde mirar. A sus ojos cerrados y sus labios entreabiertos. A sus senos en movimiento. A las piernas abiertas y su pulgar acariciándolo. Aquello era algo vivo, sexy, y lo sentía en todo su cuerpo. Maya continuaba moviéndose hacia arriba y hacia abajo sobre él. La presión comenzó a crecer en la base del pene al sentir que Maya tensaba los muslos, a punto de llegar de nuevo al orgasmo.

Notó sus músculos interiores cerrándose a su alrededor. Maya comenzó a moverse más rápido. Bajó los brazos hacia los lados, pero mantuvo la cabeza hacia atrás. Los senos se mecían al ritmo de sus movimientos. Del soltó una maldición. Aquello era el espectáculo más caliente que había visto en su vida y él estaba a punto de echarlo todo a perder. Pero, maldita fuera, ¿cómo se suponía que iba a aguantar?

Un cambio en la respiración de Maya le llamó la atención. Sabía que estaba a punto. Se obligó a prestar atención a su forma de acariciarla, a ceñirse a lo que sabía que le gustaba. Maya abrió los ojos y Del fue testigo de cómo iba acercándose al límite. Cuando supo que Maya estaba a un segundo de su liberación, dejó de contenerse y empujó con todas sus fuerzas.

Alcanzaron juntos el orgasmo, mirándose a los ojos. Maya gimió y le acarició con su cuerpo mientras Del se vaciaba en ella. El mundo desapareció para los dos. Se produjo un giro en el tiempo y Del vio al adolescente del pasado junto a la chica de diez años atrás.

Maya se inclinó hacia delante y Del la abrazó. Tras estrecharla contra él, estuvo aferrado a ella hasta que ambos pudieron respirar otra vez. Y tampoco entonces la soltó.

Capítulo 16

Maya se dijo a sí misma que vomitando delante de su clase no causaría muy buena impresión. Aun así, no podía evitar los nervios que la habían tenido hiperventilando mientras conducía hacia el ayuntamiento, donde impartiría su primera clase en una de las salas.

Había pasado las tres noches anteriores elaborando la programación. Del la había ayudado y ella pensaba que tenía un dominio decente sobre aquello de lo que quería hablar. Pero la verdad era que nunca había dado una clase y no sabía qué podía esperar. Imaginaba que, en un mundo perfecto, no habría un solo alumno. Aquello podría herir sus sentimientos en un primer momento, pero, al menos, no tendría que preocuparse de hacer las cosas mal.

Entró en la sala y descubrió que había ya una docena de personas, incluyendo a Eddie y a Gladys. Del, que se había ofrecido a ayudarla, estaba preparando el equipo.

Eddie corrió hacia ella.

—Les hemos hablado de tu clase a todas nuestras amigas. Todo el mundo está emocionado. ¡Ah! Y le hemos pedido a Del que trabaje sin camisa.

Maya soltó una carcajada.

—¿Y qué ha dicho él?

—Se ha negado, pero seguimos insistiendo. No es justo que lo reserve todo para ti.

—Ya se lo comentaré.

Cruzó hasta la parte delantera de la sala. Del ya había sacado varias cámaras y lentes, además de una segunda caja con focos y trípodes.

—Eddie quiere que trabajes sin camisa.

—Sí, ya me ha comentado algo.

—Le he dicho que intervendría a su favor.

Del arqueó las cejas.

—¿En serio?

Maya intentó no sonreír.

—Eddie tiene razón. Eres un tipo muy atractivo y te estoy monopolizando. No es justo.

—¿Así que ahora quieres exhibirme?

—Solo un poco. Ya sabes, de cintura para arriba.

El humor brillaba en los ojos oscuros de Del.

—Una faceta tuya que jamás habría imaginado.

—¿Eso es un no?

—Lo es. Y después tendré que castigarte.

Maya soltó una risita.

—Ya te gustaría, grandullón.

—¿Quieres que te lo prometa? —se inclinó hacia ella—. Por cierto, tenemos la confirmación del instituto.

—¿Has tenido noticias de la profesora de Arte Dramático?

—Sí. Está emocionada con el proyecto. Me dijo que los alumnos están dispuestos a darnos su opinión en todo lo que queramos. Así que voy a necesitar tu ayuda con el cuestionario.

—Por supuesto. Podemos hacerlo esta noche.

Del subió la comisura del labio.

—No creas ni por un momento que me he olvidado del castigo.

—Jamás.

Se volvió hacia la clase y se dio cuenta de que aquella ridícula conversación había acabado con los nervios. Al menos con aquellos que le provocaban ganas de vomitar. Continuaba notando cierta tensión, pero era de la buena.

Esperó hasta un minuto después de la hora y dio la bienvenida a todo el mundo.

—Esta noche vamos a hablar de cómo crear un vídeo que resulte atractivo desde una perspectiva visual. En cuanto hayáis conquistado la tecnología, aprendiendo a enfocar la cámara y a iluminar como es debido, podréis hacer muchas cosas para que un vídeo resulte más interesante.

Se interrumpió, medio esperando que Eddie o Gladys hicieran algún comentario sobre traseros desnudos, pero ambas mujeres estaban concentradas tomando notas. Verlas garabateando la hizo extrañamente feliz. Aquel pueblo era increíble. Cuando ya pensaba que no podía encontrarse con más sorpresas, se descubría a sí misma haciendo de profesora y disfrutándolo.

Tal y como su madre había prometido, pensó Del, el cumpleaños de Ceallach Mitchell se celebró a lo grande. El tiempo colaboró, sin duda alguna, doblegado por la cabezonería de su padre. El sol brillaba en el cielo y la temperatura fue lo bastante agradable como para poder mantener levantados los laterales de las carpas, permitiendo así que los cientos de invitados se movieran con facilidad por toda la zona de la celebración.

Habían expuesto algunas piezas magníficas de su padre y también había fotografías mostrando sus obras. La música sonaba a través de los altavoces y los camareros circulaban con los aperitivos y el champán. Había altos dignatarios del extranjero, amigos del pueblo, artistas y decenas de periodistas. Ceallach era un hombre importante. Del a veces lo olvidaba, pero aquel era un buen día para recordarlo.

—Mamá nos debe una —gruñó Aidan mientras agarraba una copa de champán de una bandeja que pasaba a su lado—. ¿Por qué tenemos que venir con corbata? Ya nos la pusimos para la boda de Zane.

—No creo que eso cuente.

—Pues debería.

En realidad, tampoco tenía mucha importancia. Elaine había dejado claro cuál iba a ser el protocolo en el vestir. Teniendo en cuenta lo mucho que le había costado organizar la fiesta, él no iba a discutirlo. Y lo bueno de aquello era que Maya había aparecido con un vestido ajustado y con un pronunciado escote. Eso sí que era una vista magnífica. La tela, de color rojo oscuro, parecía muy suave. Y pensaba comprobar si de verdad lo era horas más tarde. Cuando la llevara a su casa.

No estaban viviendo juntos, pero él no había salido de casa de Maya desde la noche de la cena familiar. Hacían el amor una y otra vez, se abrazaban el uno al otro como si no quisieran dejarse marchar. Del se preguntaba cuánta de aquella intensidad se debía a su propia relación y cuánta al hecho de que ambos sabían que el tiempo que les quedaba era limitado.

—Bonita fiesta.

Del se volvió y vio que su hermano Mathias se acercaba. Era el más sociable de los mellizos. Divertido y seductor, siempre tenía a alguna mujer cerca. Aidan y él compartían la afición a la variedad, aunque Del estaba seguro de que Aidan le ganaba por mucho.

—Siempre que te gusten este tipo de cosas —refunfuñó Aidan—. ¿Qué me dices de los trajes?

Mathias se echó a reír.

—No le des importancia. Mamá te matará si te aflojas la corbata.

—¿Por qué tú no pareces incómodo?

—Porque el traje me sienta condenadamente bien —señaló Mathias—. Además, en la galería hago este tipo de cosas con mucha frecuencia. A los clientes les gusta. Quieren ver a los artistas, tocar nuestra magia —le guiñó el ojo—. Confía en mí, dejar que te toquen sirve para que saquen la chequera con más ligereza.

—¿Mientras Ronan está trabajando en la trastienda?

Mathias se encogió de hombros.

—Ya sabes que él es más reservado, el melancólico. Prefiere encerrarse solo con su arte a tratar con los clientes.

Del le creía. Ronan era el más cerrado de los dos. Del imaginaba que aquella diferencia tan marcada de carácter podía explicarse por el hecho de que eran mellizos y no gemelos. No estaban más conectados de lo que podían estarlo Aidan o Nick. Si hubieran sido gemelos, habrían tenido incluso más problemas.

—Siempre me he preguntado cómo se las arregló mamá —comentó Del.

El buen humor de Mathias desapareció y su mirada se hizo más afilada. Se quedó paralizado durante unos segundos antes de preguntar:

—¿A qué te refieres?

—A que éramos cinco y muy seguidos. Éramos terribles. No hubo un solo mueble que no destrozáramos. Me sorprende que no le prendiéramos fuego a la casa.

—¡Ah, a eso! —Mathias se relajó—. Era una mujer muy paciente. Tenía que serlo para soportar a papá.

—¿Cómo se ha tomado papá la noticia de que no pensáis volver?

Mathias bebió un sorbo de champán.

—Creo que está aliviado. No quiere competir con nadie.

—Eso que acabas de decir es muy duro.

—Quizá, pero es la verdad. Si Ronan y yo estuviéramos aquí, papá no podría ignorar la atención que nos presta la prensa. Los hijos del magnífico Ceallach Mitchell arrasan en los círculos artísticos. Estando nosotros lejos, puede fingir que eso no está ocurriendo.

—No es para tanto —bromeó Del—. A lo mejor estáis teniendo cierto éxito, pero se pasará.

—¿Estás celoso?

—En absoluto. Yo no podría soportar la presión de tener que estar siempre a la altura.

El arte nunca había sido lo suyo. No tenía talento y tampoco le interesaba. Aunque suponía que sus ganas de hacer vídeos podían estar relacionadas con su padre. Y no porque Ceallach pudiera considerar lo que él hacía como algo valioso.

Maya caminó hacia ellos. Se acercó a Mathias y le dio un beso en la mejilla para saludarle.

—Cuántos Mitchell atractivos hay por aquí. ¿Qué puede hacer una mujer en una situación como esta?

Mathias sonrió.

—Es abrumador.

Maya fingió abanicarse y después agarró a Del del brazo.

—Yo sigo quedándome con el mayor. Es más de mi estilo.

Del frunció el ceño.

—Estoy intentando averiguar si eso es un cumplido.

—No lo es, hermano. Déjalo correr —Mathias se volvió hacia Maya—. He oído decir que ahora te dedicas a hacer anuncios.

—Ha sido algo puntual, pero muy divertido. ¿Y tú qué tal estás? ¿Estás contento en Inc.? ¿De verdad se llama así el pueblo?

—Sí. Es una gran historia. Se remonta a 1880, cuando llegaron un par de caravanas de mujeres que se dirigían hacia la zona en la que se había desatado la fiebre del oro.

Las diligencias se rompieron a las afueras de nuestro pequeño pueblo y las mujeres quedaron allí atrapadas. Para cuando fueron a buscarlas, ya se habían enamorado de los hombres del pueblo. Decidieron quedarse y vivieron felices. El hijo de una de aquellas mujeres decidió que el pueblo se llamara Happily a partir de entonces. Después, en 1950, cambiaron el nombre y lo llamaron Inc. No tengo la menor idea de por qué.

–Me encanta –le dijo Maya–. Me han dicho que es precioso. Una zona desértica, pero muy montañosa. Se dice que es una zona con algún tipo de confluencia cósmica, como Sedona, ¿no es cierto?

–Sí, tenemos nuestras propias locuras –contestó Mathias–. Y nos gustan. Se celebran montones de bodas –le guiñó el ojo–. Es un destino ideal para las bodas, así que, si alguna vez te cansas de Fool's Gold, ven a vernos. Con tu capacidad, ganarías millones.

–Una oferta muy apetecible. Ya te avisaré.

Mathias se excusó y se alejó de ellos. Del miró entonces a Maya.

–Pensaba que pretendías quedarte en Fool's Gold para siempre.

–Y es lo que pretendo. O lo que pretendía –se apartó de él y se volvió para mirarle–. Ahora mismo estoy debatiendo mi futuro –desvió la mirada–. En parte es culpa tuya. Todas esas conversaciones sobre tus viajes por el mundo me están generando mucha inquietud.

Del se sintió complacido y divertido al mismo tiempo.

–¿Qué piensas hacer?

–No tengo ni idea. De momento, nada. Cuando no conseguí trabajo en una emisora nacional, comprendí que tenía que cambiar de rumbo. Ahora quiero pensar en lo que voy a hacer en el futuro. Y hasta que lo decida, me quedaré aquí –sonrió–. A lo mejor me contratas para que edite tus vídeos.

—Me encantaría.

Y le gustaría que fuera con él, pero no sabía si debía pedírselo. No lo había considerado hasta entonces porque siempre había dado por sentado que Maya quería quedarse en Fool's Gold. Pero si no era esa su intención, tenía otras opciones. Opciones que tendría que plantearse.

Su madre corrió entonces hacia él.

—Ceallach ya está preparado para hacer su discurso —le dijo—. Tenemos que reunir a todos los invitados —suspiró—. Está disfrutando mucho. La fiesta está siendo tal y como él quería.

Maya posó la mano en el brazo de su amiga.

—¿Cómo te encuentras?

—Maravillosamente. Ceallach se merece esta celebración. Y me emociona sentirme en parte responsable de todo esto.

Del comenzó a señalar que su madre era la razón de que hubiera podido celebrarse la fiesta, pero Maya sacudió la cabeza. A Del no le sorprendió que supiera lo que estaba pensando, siempre se le había dado bien.

—Vamos —le propuso Maya a Elaine—. Te acompañaré hasta el micrófono para que puedas llamar a todo el mundo.

—Gracias.

—Yo me encargaré de acercar a los rezagados —le prometió Del.

Las observó alejarse. Maya parecía proteger a su madre, algo que le agradecía. Comenzó a guiar a los invitados hacia la primera carpa, en la que habían montado el escenario. Aidan se acercó a él. Cuando los quinientos invitados estuvieron delante del escenario, apareció Ceallach.

Su padre era un hombre atractivo, pensó Del. Estaba envejeciendo muy bien. Probablemente mejor de lo que se merecía. Pero al menos así él tenía el consuelo de saber que tenía una genética resistente.

Cuando su padre comenzó a hablar de su vida y de su trabajo, Del pensó en cómo era Ceallach años atrás. Cuando él era niño y su padre había sufrido la decepción de saber que carecía de talento artístico.

Del había sentido con intensidad la insatisfacción de su padre. Había llorado hasta quedarse dormido cientos de veces, había rezado pidiendo despertarse a la mañana siguiente sabiendo dibujar, pintar o esculpir. Con el tiempo, había decidido que no le importaba. Podía triunfar de muchas maneras, aunque no lo hiciera ante los ojos de su padre.

Quizá en eso consistía crecer. En aprender a sentirse orgulloso de uno mismo. En hacer las paces con el pasado mientras se avanzaba hacia el futuro.

Maya permanecía a su lado sobre el escenario. Le miró y le sonrió.

El deseo le golpeó en las entrañas. El deseo y algo más. ¿Pero estaba dispuesto a darle otra oportunidad? Maya no era Hyacinth, pero eso no significaba que hubiera olvidado las lecciones que había aprendido con ella. Volver a recorrer aquel camino podría causarle problemas.

Pensó en su padre, en que todas aquellas personas estaban allí para celebrar la vida de un hombre que había convertido la vida de su familia en un infierno durante décadas. Del se acordó entonces de aquella pareja de ancianos a la que había entrevistado en los bosques. Continuaban estando enamorados después de haber pasado años y años juntos. Imaginaba que ninguno de los invitados a la fiesta de su padre había oído hablar de ellos ni se tomaría nunca la molestia de conocerles.

¿Pero quiénes eran más dignos de admiración? ¿Ceallach o aquella pareja de ancianos? Tanto el uno como los otros tenían muchas lecciones que dar y, si él fuera una persona inteligente, tendría mucho cuidado de aprender las buenas.

Del había visto lo nerviosa que estaba Maya antes de su clase y, en aquel momento, le tocó a él padecer los nervios. Pero los alumnos de Maya eran adultos y él tenía que enfrentarse a una clase llena de adolescentes de entre quince y dieciocho años. Se dijo que Eddie y Gladys le daban menos miedo.

Había visto la presentación de Maya y le había gustado su estilo cercano y relajado. Aunque él siempre había disfrutado hablando con niños, estaba habituado a tratar con niños más pequeños. Aunque no eran los adolescentes los que le inquietaban sino lo que pudieran decir. Aparte de Maya, iban a ser el primer público para sus vídeos y les estaba pidiendo que fueran muy críticos.

Pasara lo que pasara, conseguiría una información muy valiosa, se dijo a sí mismo. Si su trabajo era una porquería, comenzaría desde cero. Si había algo salvable, lo salvaría. El trabajo de edición de Maya ya había supuesto una gran diferencia. Ojalá hubiera podido tenerla a su lado mientras rodaba.

El aula del instituto era enorme, con ventanas altas y un enorme espacio entre los pupitres y la pizarra blanca. Había estanterías a lo largo de toda la pared del fondo con cubos de plástico con etiquetas como «sombreros», «máscaras» o «pinturas».

Maya hojeó las hojas que habían llevado. Habían empleado casi dos días, pero habían conseguido elaborar el cuestionario. El formato de la clase iba a ser sencillo. Los estudiantes verían fragmentos de diferentes vídeos y contestarían el cuestionario. Después participarían en una sesión de preguntas y respuestas.

La profesora de Arte Dramático, una mujer delgada de unos treinta años, presentó a Maya y a Del y explicó los motivos por los que estaban allí. Cuando terminó, Del avanzó hacia la clase. Comenzar siempre era complicado. Lo haría abriendo diferentes líneas y después decidiría cuál era la mejor para conseguir su objetivo.

—¿Cuántos de vosotros sabéis leer? —preguntó—. Levantad la mano.

Los estudiantes se miraron los unos a los otros y levantaron la mano indecisos.

Del le sonrió a la profesora.

—Me alegro de saberlo —soltó una risita—. Porque en la Antigua Roma solo el dos por ciento de la población podía leer. Hoy hay setecientos setenta y cuatro millones de personas en el mundo de más de quince años que no saben leer. El cincuenta y dos por ciento viven en el Sudeste Asiático. El veintidós por ciento en el África Subsahariana. Si no sabes leer, no eres capaz de entender un manual de instrucciones, ni un libro de texto, ni la etiqueta de una medicina.

Se interrumpió.

—¿Quién sabe cuál es el país del mundo con más graduados universitarios?

—¡Los Estados Unidos! —gritó alguien.

Una de las estudiantes elevó los ojos al cielo.

—¿En porcentaje o en números totales?

—Buena pregunta. En porcentaje.

—Suiza —contestó ella con suficiencia—. Allí la educación superior es gratuita.

—Sí, eso he oído. ¿Alguien más quiere arriesgarse?

—Australia.

—China.

—Estados Unidos, tío. La respuesta es siempre Estados Unidos.

—Esta vez no —respondió Del—. La respuesta es Rusia.

El cincuenta y cuatro por ciento de la población tiene estudios universitarios.

—¡Hala! Imposible —dijo uno de los estudiantes que estaba sentado en la parte de atrás.

—Pues así es.

Del se apoyó en una esquina de la mesa de la profesora. Comenzaba a relajarse. Aunque fueran algo mayores que ellos, aquellos estudiantes se parecían mucho a aquellos con los que estaba acostumbrado a hablar. La clave siempre estaba en conseguir engancharles.

—Estoy aquí porque quiero crear una serie de vídeos para mostrar cómo es la vida de los niños en otros rincones del planeta. Quiero mostrar qué tenéis en común, en qué os diferenciáis. Ahora vais a ver los fragmentos de unos vídeos que hice antes de pensar en ese proyecto. Así que quiero conocer vuestra opinión. Cuanto más sincera sea, mejor. Quiero saber lo que os gusta y lo que no os gusta y el momento en el que comenzáis a pensar que os gustaría estar haciendo cualquier otra cosa.

Algunos estudiantes rieron al oírle.

Una de las chicas alzó la mano.

—¿Después volverás y nos enseñarás lo que has hecho a partir de nuestras opiniones?

—Prometido.

Maya presionó el botón para detener el vídeo en el ordenador. Esperó mientras los estudiantes escribían. Del paseaba a lo largo del aula. Imaginaba que estaba intentando no parecer nervioso, pero ella percibía la tensión de su cuerpo.

Hasta el momento, la reacción del alumnado había sido excelente. Del y ella habían preparado varios fragmentos, variando el contenido, pero no la duración. En algunos era Del el que hacía la voz en *off*, en otros, ella.

Habían añadido música, algunas notas escritas y preguntas que podían generar debate. Estaban consiguiendo mucha información de los estudiantes. Ella ya tenía varias hojas llenas de notas y estaba segura de que también Del. Aquel encuentro tenía un gran potencial.

Cuando terminó de escribir el último estudiante, Del volvió a colocarse delante de la clase.

—Si pasáis los cuestionarios hacia delante, Maya y yo los estudiaremos más tarde. Pero ahora hablemos de lo que os han parecido.

—Los vídeos son buenos —dijo un chico—. Interesantes. Lo que no me gusta es la música.

—A mí tampoco —añadió una de las chicas—. Los hace demasiado... no sé. Como anuncios, supongo. Yo prefiero oír lo que está pasando. Como los cencerros de las vacas. Eso es mejor que la música.

Varios estudiantes asistieron.

—Las preguntas para el debate están bien —comentó otra chica—. Pero en cuanto las ves sabes que los profesores las van a utilizar para obligarnos a hacer un trabajo o alguna que otra cosa.

Del alzó las dos manos.

—De eso no puedo hacerme responsable.

—Las preguntas para el debate eran buenas —dijo otro alumno.

—Hay cosas que nos hacen pensar. Tenemos suerte de vivir en Fool's Gold. Y necesitamos saber ese tipo de cosas.

Maya era consciente del valor de aquellas aportaciones y tomó nota para acordarse de hablar con Del sobre la posibilidad de elaborar una guía para profesores. En ella se podrían sugerir preguntas o quizá incluso un libro con recomendaciones para un análisis más profundo. Podría servir de ayuda. O podían hacer un manual. En él podrían explicar cómo se habían hecho los vídeos e incluir algunas fotografías. Quizá incluso transcribir entrevistas. Porque dispondrían de mucho más material filmado del que iban a utilizar. Podrían resumir las entrevistas más largas. Sí, tenía que pensar en ello.

—¿Qué me decís de la voz en *off*? —preguntó Del.

Una de las alumnas arrugó la nariz.

—Tú quedas muy bien delante de la cámara, Del, pero es mejor que Maya haga la voz en *off*. No sé por qué. La voz de los dos está bien.

—La de ella es como la voz de una mamá —soltó el chico que estaba a su lado—, pero en sexy —se sonrojó y se movió incómodo en su asiento.

Maya parpadeó sorprendida. ¿Tenía una voz sexy?

Del asintió.

—Chico, tienes toda la razón del mundo. Maya tiene una voz muy atractiva. ¿Cuántos pensáis que es mejor que la voz en *off* sea la suya?

Casi todos levantaron la mano.

La profesora dio un paso adelante.

—Estoy de acuerdo, Del. Maya tiene un talento natural. Se percibe mucha calidez en su voz. Quizá sea porque las profesoras han sido tradicionalmente mujeres y reaccionamos de manera distinta a una voz de mujer. No estoy segura. Además, volviendo a las preguntas y a los temas de discusión, agradecería mucho tener un manual. Una serie como la que propones podría llevarnos por caminos muy diferentes. Podemos hablar de política, de historia, sociología e incluso de economía. Es un gran trabajo.

Maya comprendió que estaba poniendo fin a la clase y miró el reloj. La sorprendió darse cuenta de que habían pasado casi dos horas. Los alumnos tendrían que ir a su siguiente clase. Se levantó.

Del les dio las gracias a los estudiantes y estos aplaudieron. La profesora les permitió marcharse. Cuando se fueron, Maya y Del pasaron un par de minutos hablando con la profesora. Después, recogieron el equipo y se dirigieron hacia el aparcamiento.

–Ha sido magnífico –dijo Del cuando estuvieron fuera–. A los chicos les han encantado los vídeos.

–Lo sé. Y han hecho preguntas muy inteligentes. Estoy deseando ver todos sus comentarios. Vamos a tener toneladas de opiniones.

Se dirigieron hacia la furgoneta. Del dejó la caja con los cuestionarios detrás de su asiento y alargó la mano hacia la funda del ordenador de Maya.

–No se me había ocurrido la posibilidad de enseñar los vídeos en institutos –admitió–. Me pregunto si podríamos utilizar el mismo material y proponer diferentes programaciones dependiendo de los cursos. A los pequeños les plantearíamos las preguntas más sencillas e iríamos aumentando la dificultad en función de la edad.

–Sí, sería fácil. Pero, dependiendo del material que tengamos en un determinado momento, podríamos editar vídeos diferentes. Enseñar una versión más cruda para los cursos superiores. Tendremos que pensar en ello, pero es factible –se interrumpió, sobrepasada por todas las posibilidades que se le abrían.

–Para todo esto van a hacer falta fondos –continuó–. Conozco un par de personas que han conseguido subvenciones. Me pondré en contacto con ellas para descubrir lo que hace falta. Tienes que hacer esto, Del. Es un proyecto maravilloso.

Del la abrazó.

–Eres una parte muy importante de este proyecto, Maya –le dijo.

Y quería serlo, comprendió ella. Aquella idea había llegado a ser muy importante para ella. Había estado reprimiéndose durante mucho tiempo, limitándose a lo que consideraba más seguro. Buscando trabajos con los que estaba familiarizada, como el que había estado buscando en una cadena de televisión. ¿Pero por qué? Ella no pertenecía al mundo de la televisión. No necesitaba que la quisiera una audiencia sin rostro para sentirse especial. Ya no era una niña asustada. No necesitaba que nadie la rescatara, ni siquiera de sí misma. Era una mujer adulta competente y con éxito. Podía cuidar de sí misma.

Regresar a Fool's Gold le había permitido averiguar lo que de verdad quería. Quería participar en el proyecto de Del. Quería viajar con él, quererle y que él la quisiera.

Era el hombre de su vida. A lo mejor siempre lo había sido, pero se habían encontrado en un mal momento. Fuera lo que fuera, sabía que había llegado el momento de decir lo que sentía. Pero antes de hacerlo, tenía que confesar el secreto que había estado guardando. Y eso significaba que tenía que hablar con Elaine.

Capítulo 17

–Estás llena de migas –dijo Maya, señalando con el dedo, aunque tampoco le sirvió de mucho.

A Sophie no pareció importarle la delatora evidencia de su reciente búsqueda de comida en la cocina. Estaba más interesada en tumbarse al sol y recibir una buena caricia en la barriga.

–Tienes suerte de que Elaine te quiera tanto –continuó Maya, acariciando a la perrita–. Porque eres una diablilla.

–Sí, lo es –dijo Elaine con cariño mientras le tendía a Maya un vaso de limonada.

Maya lo tomó y estudió a su amiga. Elaine continuaba pareciendo cansada. Había perdido el brillo en la piel y tenía las ojeras más marcadas.

–Solo te quedan un par de días de radio, ¿verdad? –le preguntó.

Elaine se sentó en el sofá y suspiró.

–Sí. Ya me advirtieron que el cansancio tardaría tiempo en desaparecer. Tampoco surgió de inmediato, así que supongo que es lógico. Aun así, estoy deseando volver a sentirme como siempre.

Maya cambió de postura para mirar a Elaine.

–Necesito que se lo cuentes a tu familia.

La expresión de Elaine se tensó.

—Ya hemos hablado de eso. Soy yo la que tiene que tomar una decisión y no quiero contárselo. Tienes que aceptarlo.

—No puedo. Esto es muy importante para mí. Le estoy mintiendo a Del todos los días. Es terrible.

—Lo superará, y yo también.

A Maya la sorprendió la dureza de su tono. Ella esperaba que Elaine se mostrara de acuerdo.

—No es tan fácil —dijo con voz queda—. Mi relación con Del se ha complicado. Él es... —Maya no sabía cómo explicarlo, pero comprendió que, en general, la verdad siempre era la mejor respuesta—. Me he enamorado de él y no puedo decírselo mientras te esté guardando tu secreto.

Elaine había insinuado en numerosas ocasiones lo mucho que le gustaría que Del y ella estuvieran juntos y Maya esperaba que reaccionara con alegría. Esperaba sonrisas. Risas incluso. Desde luego, no esperaba que su amiga se tapara la cara y empezara a llorar.

—¿Qué te pasa? —preguntó, acercándose a ella para abrazarla—. ¿Estás enfadada? Si te ha molestado lo que te he dicho lo siento.

—No, no me ha molestado, no es eso. Es solo que ya no me quedan fuerzas. Estoy muy cansada y lo último que pretendía era hacerle ningún daño a nadie.

—Y no lo has hecho. Todos estamos bien.

Elaine se enderezó y sorbió por la nariz. Se secó la cara con la mano.

—Has estado ocultándole este secreto por mí. Lo siento.

—No pasa nada —Maya la estudió con atención—. ¿Estás segura de que estás bien? No te habrán dado una mala noticia los médicos, ¿verdad?

—No es eso. Es que ahora todo me supera. La fiesta de cumpleaños de Ceallach, la vuelta de todos mis hijos al pueblo. Ha sido maravilloso poder verlos. Me gustaría que los mellizos volvieran para siempre, pero parece que ellos están contentos allí donde viven.

Maya se relajó un poco.

–Los hijos terminan yéndose de casa. La mayor parte de los padres están deseando que se vayan.

Elaine le dirigió una trémula sonrisa.

–No quiero tenerlos a mis pies a diario, pero me gustaría poder verles más a menudo –tomó aire–. Tienes razón. Tengo que decírselo y lo haré. Ceallach está terminando una pieza esta semana. Para el viernes habrá terminado. Convocaré una reunión el sábado por la mañana y se lo contaré, te lo prometo.

Maya se sintió mucho más tranquila.

–Gracias, te lo agradezco. Cuando les expliques todo lo que has pasado y Del tenga la oportunidad de asimilarlo, podré hablar con él sobre nosotros –siempre y cuando hubiera un nosotros.

Sabía que le gustaba y que le gustaba estar con ella. Pero no sabía hasta qué punto era porque le resultaba práctico ni hasta qué punto sentía algo por ella. Solo había una manera de averiguarlo, se recordó a sí misma. Hablar de sus sentimientos y dejar que él hablara de los suyos.

–¿De verdad estás enamorada de él? –le preguntó Elaine.

–Sí. Y no sé lo que va a pasar. Es posible que a él no le importe nada en absoluto.

–Claro que le importa. Está todo el día contigo.

–En parte porque trabajamos juntos.

–¿Tú crees? Yo no estoy tan segura –desapareció su sonrisa–. Se van a enfadar.

–Y se van a preocupar. Esto ha sido algo muy serio. Incluso sabiendo que estás tan bien, se preocuparán por ti. Son tu familia y te quieren. ¿Qué pensarías si Ceallach te guardara algún secreto?

Elaine alargó la mano para acariciar a Sophie.
—Eso sería casi imposible.
Maya la observó atentamente. Había reconocido algo en su voz. Algo que no podía explicar. Después, Elaine alzó la mirada con los ojos brillantes de diversión.
—Déjame hasta el sábado —le pidió sonriendo—. Si para entonces no le he contado nada a mi familia, tienes mi permiso para delatarme.
Maya esbozó una mueca.
—¿No podríamos llamarlo de otra manera?
—Llámalo como quieras —Elaine tomó aire—. En serio, se lo diré el sábado por la mañana. Ya lo verás.

—El tamaño de la embarcación determina la cantidad de personas que pueden ir en cada viaje —dijo Del mientras Aidan y él se ajustaban los arneses—. Cuanto más grande sea, más gente cabe.
—Necesitaría un capitán con experiencia —señaló Aidan con la mirada fija en el vívido azul del lago Tahoe.
Habían ido juntos a aquel famoso lago para hacer esquí acuático con paracaídas. Aidan estaba considerando la posibilidad de añadir aquel deporte a las actividades que la empresa ofrecía. El lago Ciara era lo bastante grande como para practicarlo y había invitado a Del a acompañarle y a ayudarle en la investigación.
—¿Hay algún tipo de regulación estatal? —le preguntó Del.
—Tengo que comprobarlo. No estamos en el mar, así que no habría ningún problema con los guardacostas. Pero estoy seguro de que habrá que tener otras cosas en cuenta.
Aidan observó al hombre de la tripulación que conectaba los cables a embarcación.
Del disfrutaba con cualquier deporte que le permitiera

volar. El esquí acuático con paracaídas le ofrecía la posibilidad de hacerlo sin necesidad de que el viento y el paracaídas hicieran todo el trabajo. Lo único que tenía que hacer era agarrarse y disfrutar del viaje.

Aidan y él estaban frente al barco. El paracaídas se hinchaba tras ellos. Era enorme. Medía casi doce metros para poder soportar el peso. Del no estaba al tanto de las especificidades de aquel deporte, pero sabía que cuanto más grande fuera el paracaídas, más resistente era tanto para arrastrar a un determinado número de deportistas como para aguantar la fuerza del viento.

—El tiempo no sería ningún problema —comentó mientras la lancha aumentaba la velocidad.

Segundos después, estaban los dos elevándose en el aire.

La lancha iba haciéndose cada vez más pequeña. El ruido desapareció y fue aumentando el campo de visión del lago y las montañas. El viento les golpeaba y seguía elevándoles cada vez más alto.

—Este tipo cobra en función de lo alto que subas y de la longitud del trayecto —dijo Aidan.

—¿Cómo te gustaría hacerlo a ti? Cuanta más gente salga, más tendrás que invertir en combustible y tiempo, por no hablar del desgaste de la embarcación.

Aidan asintió.

—No estoy buscando nada complicado. Además, imagino que tendremos a muchas familias. A lo mejor podemos proponer trayectos de diferente longitud.

Alcanzaron los doscientos cuarenta metros de altura. La lancha cruzaba el lago dejando una estela tras ella. El agua parecía conformada por docenas de tonalidades azules. «A Maya le gustaría estar aquí», pensó Del, deseando que hubiera ido con ellos. Había muchos hoteles por la zona. Podrían perderse en alguno de ellos durante varios días. Podrían quedarse en la cama haciendo el amor, salir a comer algo y quizá a hacer una excursión. Aquella era la idea que tenía él de la diversión.

Maya se había convertido en una complicación inesperada. Cuando había decidido volver a casa a pasar el verano, no estaba seguro de cuál iba a ser el paso siguiente. Disponer de recursos era magnífico, pero tener opciones implicaba tener que tomar decisiones. En aquel momento ya estaba seguro de lo que quería o, por lo menos, de lo que no quería.

No quería financiar el sueño de otro. No quería invertir en otros. Lo que le había pasado a él había sido una casualidad. Su pasión estaba en otras cosas. Al cabo de unas semanas, estaría preparado para dejar Fool's Gold. La pregunta era si estaba preparado para dejar a Maya.

La lancha navegaba en un círculo ancho. Aidan y Del la seguían desde el aire. Cuando el trayecto comenzó a tocar a su fin, tiraron de ellos. Durante los últimos metros, flotaron sobre la superficie del agua. El capitán les había ofrecido la posibilidad de darse un baño en el agua helada, pero la habían rechazado.

—Si hiciera calor sería magnífico —gritó Aidan. El ruido del motor sonaba más fuerte a medida que se acercaban—. Podríamos dejar que la gente cayera al lago. Les encantaría.

—Por lo menos a los niños.

Su hermano soltó una carcajada.

Del agradecía que fueran capaces de salir juntos. Que pudieran hablar sin que hubiera ninguna clase de malentendido entre ellos. Era posible que a Aidan no le hubiera hecho ninguna gracia que le dejara a cargo del negocio, pero era evidente que se le daba muy bien.

—¿Cuál es el veredicto? —preguntó cuando estuvieron los dos de vuelta en la furgoneta.

—Yo también quiero uno de esos —Aidan sonrió de oreja a oreja—. Ha sido muy divertido. Conseguiré la licencia de patrón de barco o lo que haga falta y contrataré a dos tipos que estén bien preparados. Será una ampliación magnífica de la oferta que tenemos –arqueó las cejas–. Además, vendrán chicas preciosas con bikini. No tiene un solo defecto.

–Tú y las mujeres.

–¿Estás celoso?

–No. No estoy interesado.

Del podía admitir que la vida que llevaba Aidan era el sueño de cualquier hombre: sexo sin compromiso, pero él no le veía el atractivo en aquel momento. Quería algo más. Algo especial. A alguien especial. Mientras conducía hacia Fool's Gold se preguntaba si no lo habría encontrado ya. Porque había muchas cosas de Maya que le gustaban.

¿Pero qué hacer con todo aquello que le preocupaba? Sinceramente, era importante para él. Había crecido rodeado de secretos y estaba decidido a asegurarse de no repetir el patrón de sus padres en su propia vida. Él era un hombre sincero y esperaba que también lo fuera la mujer a la que amaba. Diez años atrás Maya le había ocultado sus miedos, sus temores. Le había roto el corazón y le había mentido sobre los motivos por los que lo hacía.

Los dos eran muy jóvenes entonces. Ambos habían crecido y habían cambiado. ¿Pero era suficiente? ¿Podía confiar en que fuera sincera? ¿En que no le guardara ningún secreto? Porque la mentira minaba cualquier relación, por buenas que fueran las intenciones. Él lo sabía mejor que nadie.

—Inclínate —dijo Maya, señalando hacia el espantapájaros.

Miró la pantalla de la cámara mientras Del se inclinaba hacia aquella criatura de paja, la rodeaba con el brazo y sonreía de oreja a oreja.

—Perfecto. Sigue así, así...

Justo cuando iba a decirle que se relajara, Del le guiñó el ojo.

Aunque una parte de ella estaba locamente enamorada de él, desesperada por decírselo y, bueno, quizá deseando un poco de acción, suspiró al ver aquel gesto. Su cerebro de cineasta reconocía el oro puro cuando lo veía. Eso sí que era un hombre atractivo.

—Ya lo tengo —le dijo, y presionó un botón para dejar de rodar justo en el momento en el que un pequeño de menos de dos años aparecía ante la cámara.

—Lo siento —gritó la madre, corriendo tras él.

—No se preocupe —le aseguró Maya—. Acabábamos de terminar.

Del agarró al niño antes de que siguiera avanzando por la calle. La madre lo recuperó agradecida. Su marido llegó corriendo para tranquilizarla.

Era un jueves del largo fin de semana de la Fiesta de Otoño y el centro del pueblo estaba abarrotado de turistas y vecinos del pueblo por igual, todos ellos deseando participar en las numerosas actividades, comprar en las tiendas y en los puestos y probar las deliciosas recetas de la temporada, como las magdalenas de Pumpkin Spice Latte o la sopa de tomate con queso cheddar. Del y ella estaban rodando material para los vídeos.

Muchos de los que pensaban rodar aquel día estarían dedicados al otoño, pero también grabarían material que pudiera utilizarse en cualquier época del año. Más tarde, esa misma semana, grabarían en el Desván de la Navidad para simular el fin del año. Morgan, de la librería Morgan, iba a decorar uno de los escaparates con motivos primaverales y de Semana Santa para echarles una mano. Maya había estado revisando todo el material que habían rodado dos días atrás. Calculaba que era muy probable que terminaran en menos de una semana el proyecto. Aunque a ella todavía le quedaría trabajo de postproducción, la parte de Del ya habría terminado. Y sería libre para irse a donde quisiera.

No habían hablado de cuándo iba a ocurrir. Maya conocía los motivos de su propio silencio, pero no estaba segura de cuáles eran los de Del. Esperaba que estuviera intentando averiguar cómo preguntarle si quería ir con él. En sus sueños más alocados le imaginaba diciéndole que siempre había estado enamorado de ella y...

Hizo retroceder el vídeo y se aseguró de que estaba allí para poder ser utilizado. Trabajaba de manera automática, dejando a su cerebro libre para admitir que ni siquiera en su imaginación estaba segura de lo que sucedería después de su declaración de amor. ¿Le haría Del una propuesta? ¿Le ofrecería enseñarle el mundo? ¿Escaparía con ella hacia la puesta de sol?

Se dijo a sí misma que todo aquello solo era una fantasía y que, incluso en el caso de que fuera verdad, no era ella la que tenía que escribirle a Del su parte del guion, pero aquello no la hizo sentirse más cómoda con la incertidumbre. Sabía que los nervios que le retorcían el estómago se debían a que había una bomba a punto de caer. Una bomba con la forma del secreto que Elaine iba a confesar a su familia. Cuando eso ocurriera, Del se enteraría de que ella había sabido que su madre tenía cáncer durante todo aquel tiempo y no se lo había dicho. Y tenía el presentimiento de que aquella conversación no iba a ser fácil.

Si al menos supiera lo que sentía por ella... Lo lógico sería preguntárselo, pero no podía. No, hasta que ella no fuera capaz de decirle lo que sentía, y eso no podía hacerlo mientras tuviera que seguir mintiéndole sobre su madre.

Y allí estaba de nuevo, en el mismo lugar en el que había empezado.

Del se acercó a ella.

—¿Por qué estás tan seria? Esa toma era magnífica.

—No tienes manera de saberlo.

—Soy capaz de verlo en tus ojos —le dirigió una sonrisa deslumbrante—. Lo he clavado.

—¿Te he mencionado alguna vez que la modestia es tu mejor cualidad?

Del se acercó a ella y bajó la voz.

—¿Así es como se llama ahora?

Se inclinó hacia ella mientras hablaba. Su cálido aliento le acarició el cuello, haciéndola estremecerse. O quizá fuera el mero hecho de tener a aquel hombre tan cerca de ella. Del siempre había tenido la capacidad de seducirla. Y eso era algo que el tiempo y la distancia no habían cambiado.

Le miró a los ojos y se preguntó si lo que ya compartían bastaría para sobrevivir a lo que Del estaba a punto de averiguar. Era un hombre con muchas cualidades, pero el perdón y la comprensión no formaban parte de ellas.

Fijó su atención en la cámara y reprodujo lo que acababa de rodar. Del observaba con mucha atención.

—Muy buena toma —le dijo—. Los colores estallan contra al fondo y se ve lo suficiente de la montaña como para transmitir una sensación muy auténtica de este lugar.

Maya asintió.

—Tenemos mucho material de archivo. Me gustaría rodar algo del nacimiento viviente en diciembre, pero, por lo demás, ya hemos terminado.

Del fijó sus ojos oscuros en su rostro.

—¿Eso significa que vas a volver al trabajo de oficina?

—Claro. Tengo que continuar haciendo el trabajo de edición, además de ocuparme de la televisión local.

—¿Y te parece un trabajo interesante?

—Eso dependerá de a quién hayan convencido Eddie y Gladys para que ceda una fotografía de su trasero.

—¿Alguna vez has pensando en hacer algo...?

Dos adolescentes se acercaron en aquel momento hacia ellos.

—¡Hola, Del! ¡Hola, Maya! ¿Estás grabando vídeos del pueblo?

Maya reprimió un suspiro. No podían haber llegado en un momento más inoportuno. Se volvió hacia las adolescentes y se obligó a recordarse que habían sido de gran ayuda con el cuestionario y el debate.

—Sí —contestó animada—. Estamos grabando el material de archivo. ¿Sabéis lo que es eso?

—Sí, los fondos —dijo una de las adolescentes—. Las imágenes que se ponen entre las tomas de la acción principal. Proporcionan contexto y color.

—Buena respuesta —la felicitó Del—. ¿Qué queríais?

Las chicas intercambiaron una mirada. Después, miraron a Del.

—Hemos estado hablando de tu proyecto y tenemos algunas ideas —dijo la rubia.

Su amiga, una adolescente morena, asintió con vigor.

—Por ejemplo, la de ir a un país en el que las chicas tengan que casarse siendo muy jóvenes. Podías seguir a la pareja durante unos cuantos años y ver lo que ocurre. Además, ¿qué pasa con el mundo del trabajo? Aquí todo el mundo dice que podemos ser lo que queramos.

La rubia arrugó la nariz.

—Pero no es del todo cierto, te lo aseguro. A nadie le gustaría verme formando parte de un programa espacial. Seguro que nos estrellaríamos. Pero si se me dieran bien las matemáticas...

—Como a mí —la interrumpió su amiga con una sonrisa.

—Sí, como a ti, entonces podría hacer cualquier cosa. ¿Ocurre lo mismo en todas partes? ¿Todos los niños tienen las mismas oportunidades? ¿O nuestro futuro está determinado por aquello a lo que se dedican nuestros padres? Si tu padre es un granjero, ¿tú serás granjero?

Del escuchaba con atención.

—Me gusta la propuesta y entiendo lo que quieres decir. ¿Hasta qué punto es una elección? ¿Hasta qué punto está determinado por la geografía y por tu situación económica?

—Exacto. Y también están las expectativas. Como la de casarte y tener hijos. ¿Pero a qué edad? Si se supone que tienes que casarte a los dieciocho años, es difícil que puedas ir a la universidad, ¿no?

Su amiga asintió.

—Además, están las tradiciones de cada familia. En la mía, todo el mundo va a la universidad. Pero si eres la primera en ir, ¿recibes alguna clase de apoyo o puedes esperar que estén dispuestos a mantenerte?

—Todo esto está muy bien. Has pensado mucho en ello. Gracias.

—De nada —contestaron las dos al mismo tiempo, y se dirigieron de nuevo hacia la zona en la que se celebraba la fiesta.

—Muy buenas ideas —le dijo Maya—. Aunque es muy triste que una joven tenga que casarse a una edad tan temprana.

—Sí, pero ocurre —Del miró a su alrededor—. ¿Y qué te parecería hablar de las diferentes formas de celebrar las fiestas? Es un tema muy trillado, ¿pero crees que se le podría dar un giro algo innovador?

—Podríamos hacer una tormenta de ideas sobre ese tema.

—Me encantaría —se interrumpió—. Y, sobre lo que estábamos hablando antes —comenzó a decir.

Justo en ese momento sonó el teléfono de Maya. Lo sacó y miró la pantalla.

—Es una llamada del Ayuntamiento. Y, como trabajo para la alcaldesa, no me queda más remedio que contestar.

Presionó la tecla de recibir llamadas.

—¿Diga?

—Soy Bailey. La alcaldesa quiere que vayas al casino inmediatamente. Ernesto y Robert quieren hablar contigo y con Del.

—¿Y ha dicho sobre qué? ¿Tengo que alegrarme o debería preocuparme?

—Lo siento, pero no ha dicho nada. Por si te sirve de algo, no parecía preocupada.

Maya intentó consolarse con eso.

—¿Alguna vez lo parece?

—A veces.

—Eso lo dices para que me sienta mejor.

Bailey soltó una carcajada.

—Un poco, pero no creo que haya pasado nada malo.

—Supongo que deberíamos ir a averiguarlo.

A pesar de que era un día de diario, había mucho tráfico en la autopista que conducía al hotel-casino. Del condujo hasta allí y encontró un hueco en el aparcamiento de la parte de atrás. Maya y él caminaron juntos hasta el enorme edificio.

—¿Estás nerviosa? —le preguntó Del mientras se acercaban a las puertas de cristal de la entrada del casino.

—Sí. Me gustaría decir que no, pero estoy nerviosa. Conozco el material que rodamos para los anuncios. Hicimos un gran trabajo.

—Sobre todo tú —respondió él.

—Gracias. Espero que no haya surgido ningún problema técnico.

Era demasiado meticulosa en el trabajo como para

que eso pudiera ocurrir, pensó Del. Había trabajado con muchas cámaras, había revisado cada toma y se había encargado de tener una copia de todo lo rodado. Si había habido algún error, no podía ser suyo.

A Del le gustaba que fuera tan cuidadosa con su trabajo. Maya quería sentirse orgullosa de lo que hacía, algo que Del respetaba. Había demasiada gente a la que solo le preocupaba salir del paso.

Una vez en el casino, siguieron las señales que conducían hacia el hotel. En el vestíbulo, el conserje les dirigió hacia las oficinas generales y allí una recepcionista les llevó hasta una pequeña sala de reuniones.

Ernesto y Robert estaban esperándoles dentro.

—Gracias por venir —les saludó Ernesto con una sonrisa mientras se levantaba para estrecharles la mano.

Robert siguió a su socio y después les hizo un gesto para que se sentaran.

Ellos dos se sentaron al otro lado de la mesa.

—Hemos visto los cortes preliminares de los dos primeros anuncios —dijo Ernesto, asintiendo mientras hablaba—. Son impresionantes. Hemos trabajado con otras compañías de producción y ninguna de ellas ha sido capaz de capturar lo que estábamos buscando con tanta precisión como vosotros.

Robert se inclinó hacia delante.

—Nos ha gustado mucho lo que hemos visto. Ernesto y yo hemos estado hablando sobre ello. Nos gustaría contrataros para que os encarguéis de todos nuestros vídeos publicitarios. Tenemos doce negocios en total, dos en los Estados Unidos y los otros diez repartidos por el resto del mundo. Los rodajes podrían llevar cerca de ocho semanas al año.

Del no sabía qué esperaba de aquella reunión con los hoteleros, pero, desde luego, no una oferta de trabajo. Por supuesto, era un trabajo a tiempo parcial, pero, ¿dedicarse a hacer anuncios? Aquello sí que no entraba en sus cálculos.

Ernesto explicó lo que tendrían que hacer y les planteó una propuesta de salario que estuvo a punto de provocarle a Del una carcajada. Imaginó que debía de ser el doble de lo que estaba ganando Maya trabajando para el Ayuntamiento. No estaba nada mal a cambio de unas cuantas semanas de trabajo.

Miró a Maya y vio que tenía los ojos abiertos de par en par con evidente asombro. Le miró, como si le estuviera preguntando lo que pensaba. Él asintió ligeramente y entonces Maya se volvió hacia Robert y Ernesto.

–La oferta es muy generosa, pero tendremos que hablarlo.

–Por supuesto. Si tenéis cualquier pregunta, decídnoslo. Podemos organizar el calendario planeándolo con mucho tiempo de antelación. Creo que este podría ser un acuerdo beneficioso para todos.

Capítulo 18

—Estoy en estado de *shock* –dijo Maya por tercera vez desde que habían salido del casino–. No me lo puedo creer.

La oferta era increíble. No solo a nivel económico, aunque el salario era espectacular, sino en general. Le ofrecía la posibilidad de trabajar de forma creativa, de aprender y crecer. De conocer otros lugares del mundo.

Del aparcó en el aparcamiento de las oficinas de Maya y se volvió hacia ella.

—No sabía que les había impresionado tanto tu trabajo.

Maya abrió la puerta de pasajeros y salió.

—Nuestro trabajo. Quieren contratarnos a los dos.

—Eres tú la que tiene talento –repuso él.

Salió y se reunió con ella.

—Detrás de la cámara –contestó Maya con una risa–. Tú la deslumbras al ponerte delante –le agarró del brazo–. Del, esto es increíble. ¿Te das cuenta de las oportunidades que se nos abren? Con tu nombre y mis contactos –hizo un gesto con la mano–. Ni siquiera sé por dónde empezar.

Podrían explorar miles de cosas, pensó. Anuncios. Cortos. Partir de la idea que Del tenía de los vídeos para los niños e intentar sacarla adelante. Las posibilidades se agolpaban ante ella, cada una más luminosa y fascinante que la anterior.

Del permanecía delante de Maya, iluminado por el sol. Alto, atractivo y siendo, exactamente, el hombre con el que ella quería estar.

—Deberíamos averiguar dónde están los otros casinos —le dijo Del—. A lo mejor podemos aprovechar los viajes. Ya sabes, rodar los anuncios y localizar después un par de colegios. De esa forma ya conoceríamos la zona.

—Estaba pensando en eso mismo. Es evidente que no vamos a hacer vídeos para cada hotel todos los años. Pero casi mejor. Eso significa que volveremos al mismo lugar cada dos años. Podríamos hacer un seguimiento. Ver cómo van creciendo y van cambiando los niños a los que hemos entrevistado. Plantearles las mismas preguntas y conseguir nuevas respuestas.

—También podríamos buscar a un redactor. Alguna persona que trabajara por libre. Le podríamos contratar para que fuera escribiendo artículos sobre lo que vamos haciendo, sería una manera de despertar el interés.

Maya asintió emocionada.

—O escribir un manual que complemente los vídeos. Para los profesores, como ya hablamos. Modelos de propuestas de debate. Con la tecnología digital es muy fácil cambiar y actualizar los contenidos —Maya presionó las manos—. ¿Y publicar una especie de diario *online*? Podríamos hablar de nuestros siguientes destinos. Los estudiantes podrían suscribirse. Y así podríamos proporcionar a los niños de otros países un foro para ponerse en contacto con los de aquí.

Había miles de posibilidades, pensó feliz. Muchísimas oportunidades.

—Mira —le dijo—, con el dinero que vamos a ganar con esto, financiar tu proyecto no sería tan difícil. Yo no necesitaría todo lo que me van a pagar y…

Presionó los labios al darse cuenta de lo que acababa de decir.

—No es que hayas dicho que quieras que yo participe ni nada parecido —añadió avergonzada, consciente de que Del no la había animado a sumarse al proyecto.

Del la agarró del brazo y tiró de ella.

—Maya, sin ti no existiría esa idea y, desde luego, tampoco el trabajo para los hoteles —la soltó y la miró—. He estado pensando mucho en ello. En nosotros. En lo bien que trabajamos juntos. Tú comprendes lo que pretendo hacer con mi vida.

Maya tomó aire y se quedó paralizada. Estaba llena de esperanza. Una esperanza ardiente y luminosa que crecía como una burbuja y estaba a punto de hacerla flotar.

—Espero que tú quieras lo mismo que yo —dijo Del—. Juntos somos buenos. Formamos un gran equipo.

—Sí —susurró Maya, pensando que amar a Del era lo mejor que le había pasado en la vida.

—Yo tengo algún dinero.

Maya parpadeó. No estaba muy segura de a qué se refería.

—Vale —dijo despacio—, eso está bien.

Del soltó una carcajada.

—Vendí mi empresa por una buena cantidad. Tengo dinero suficiente como para financiar nuestro proyecto. Desde que volví a Fool's Gold he estado intentando averiguar cuál iba a ser el siguiente paso. He tenido ofertas, pero ninguna de ellas me convence. Esta sí.

Acarició la mejilla de Maya.

—Quiero que formemos una sociedad. Crear una empresa. Haremos los anuncios para Ernesto y para Robert, grabaremos a los niños y crearemos programas que puedan utilizar los profesores en sus clases. Contrataremos a uno o dos escritores y quizá también gente para producción, pero la mayor parte del trabajo la haremos juntos.

La soltó.

—Sé que acabas de regresar, que no tienes ganas de marcharte tan pronto. Si no estás segura, podrías pedirle a la alcaldesa una excedencia para poder regresar dentro de un tiempo. Espero que pienses en lo que te estoy ofreciendo. El mundo es precioso y me gustaría enseñártelo.

La decepción tenía sabor. Un sabor amargo con un inesperado regusto afilado.

—Quieres que trabajemos juntos —dedujo Maya con suavidad. Necesitaba estar segura de que había oído bien—. Que seamos socios.

Del asintió con entusiasmo.

—Yo aportaré el capital financiero, pero tú tienes el talento. Estaríamos en esto al cincuenta por ciento.

Al hablar de «esto» se refería a la empresa.

No estaba enamorado de ella. No quería casarse con ella, no pensaba decirle que no podía vivir sin ella y que nunca la había olvidado. No le había confesado amor eterno ni le había entregado un anillo. Ni siquiera había insinuado nada que pudiera parecer ni remotamente personal. Para él, eran amigos, colegas. Nada más.

—Tengo muchas cosas en las que pensar —susurró—. Me está dando vueltas la cabeza.

Y tenía el corazón roto, pero eso no iba a decírselo a él.

—Necesitas tiempo —dedujo Del—, lo comprendo —volvió a esbozar su encantadora sonrisa—. Podríamos estar muy bien juntos.

—Lo sé.

Podrían. Pero no de la forma que él pretendía.

Maya se las arregló para superar el resto de la jornada de trabajo. En cuanto pudiera, se marcharía del pueblo. Estaba confundida, herida y asustada. Eso significaba que necesitaba ayuda y allí solo había un par de personas en las que confiaba lo suficiente como para contarles lo ocurrido.

Llegó al rancho Nicholson justo antes de las cinco. Había llamado a Phoebe para decirle que se pasaría por allí. Su amiga había insistido en que se quedara a cenar y estaba esperándola en el porche cuando Maya aparcó.

Por un momento, Maya miró a su amiga. Cuando estaban en Los Ángeles, era Phoebe la que no estaba segura de lo que quería hacer con su vida. Aunque le encantaba trabajar como agente inmobiliaria, nunca había sido capaz de sacudirse la sensación de que aquello no era suficiente. Le resultaba satisfactorio ayudar a los demás a encontrar la casa de sus sueños. Y aquella sensación de estar haciendo algo bueno le había servido para ocultar la incómoda verdad: que, al igual que Maya, jamás había sentido que mereciera un lugar al que pertenecer.

Enamorarse de Zane lo había cambiado todo. Maya no estaba segura de si había sido el enamorarse de un hombre o el permitir que él la amara a ella la causa de aquella transformación. En cualquier caso, Phoebe se había convertido en una mujer confiada que sabía cuál era su lugar en el mundo. Por desastrosa que fuera su propia vida, Maya sabía que podía encontrar consuelo en saber que dos de las personas a las que más quería eran tan felices.

—¡Hola! —la saludó Phoebe cuando Maya salió del coche—. He abierto una botella de tu vino tinto favorito y tenemos pasta para cenar.

Maya esperaba no parecer tan patéticamente agradecida como se sentía.

—¿Cuándo he llamado parecía necesitar carbohidratos? —preguntó mientras subía al porche.

Phoebe la abrazó.

—Más o menos.

—En ese caso, gracias por leerme el pensamiento.

Entraron en la casa.

Maya recordaba la casa del rancho de cuando su madre y ella se habían mudado allí doce años atrás. Lo espacioso de aquel lugar la había sorprendido tanto como los muebles. Ella estaba acostumbrada al plástico y a los muebles de segunda mano. No a los grandes muebles de madera. Ni a las mesas de madera tallada, ni a telas cálidas y confortables.

En las pocas semanas que Phoebe llevaba viviendo allí ya había comenzado a hacer algunos cambios. Algunas de las paredes estaban pintadas de amarillo pálido. La disposición de los muebles del cuarto de estar había cambiado, de manera que los sofás estaban el uno enfrente del otro, en vez de frente a la chimenea. El enorme aparato de televisión de una de las paredes había desaparecido y en su lugar había unos cuadros de colores intensos.

Su presencia también se notaba en pequeños detalles. Como en las flores frescas en bonitos jarrones y las revistas de moda que anidaban junto a las de ganado. Le bastaba con estar en aquella casa para que le resultara más fácil respirar, pensó Maya. Pasara lo que pasara, tenía una familia. En el caso de que necesitara ayuda, contaba con aquel contingente, por no decir que con todo un pueblo. No estaba sola.

Phoebe señaló el sofá que había al lado de la mesita del café. En la mesa había una botella de vino sobre una bandeja. Junto a ella, dos copas, un plato de queso y galletas saladas.

–Siéntate –le dijo Phoebe–. Te serviré una copa mientras empiezas a hablar. Seguro que es algo relacionado con Del. No puede ser otra cosa.

Maya aceptó la copa de vino y esperó a que Phoebe se sentara en el sofá de enfrente. Bebió un sorbo, tomó aire y se preguntó por dónde empezar. Quizá por la verdad más dolorosa.

—Del no está enamorado de mí.

Phoebe agarró un trozo de queso.

—No me lo creo. Está loco por ti. El amor flota entre los dos.

A pesar de todo, Maya soltó una carcajada.

—¿El amor flota? ¿Acaso tienes doce años?

—A veces. Ahora cuéntame lo que ha pasado.

—¿Te acuerdas de los anuncios que grabamos él y yo para el casino Lucky Lady?

—Sí.

Maya le explicó la reunión que había tenido con Ernesto y con Robert y lo que les habían ofrecido.

Phoebe alzó las manos.

—¡Es fantástico! ¿Has dicho que sí? Tienes que decir que sí. Sé que te echaré muchísimo de menos, pero no dejes de hacerlo. Seguro que te encantaría ese trabajo.

—Sí —admitió Maya—, claro que estoy interesada. Pero también ha sido una sorpresa. Ha sido una sorpresa para los dos.

—¿Y?

Maya dejó la copa de vino y se sentó encima de las piernas.

—Ya te conté que Del y yo habíamos estado hablando de hacer una serie de vídeos sobre la infancia.

Phoebe asintió.

—Sí, y podríais hacerlos también. Es perfecto.

—Eso era lo que yo pensaba. Que Del y yo podríamos hacer las dos cosas. Trabajaríamos juntos... —tomó aire—. En realidad, eso es lo que me ha ofrecido. Que sea su socia. Él tiene el dinero que ganó vendiendo su empresa y yo la capacidad técnica. Trabajamos bien juntos, compartimos la misma visión de las cosas. Todo es perfecto.

Phoebe la miró.

—¿Entonces cuál es el problema?

—Lo único que me ha ofrecido es que sea su socia en

un negocio. Yo pensaba que diría algo más –esperaba unas palabras capaces de producirle vértigo–. No ha dicho una sola palabra sobre sus sentimientos.

–¿Y has dicho tú algo de los tuyos?

–No.

–En ese caso, es muy posible que sienta lo mismo que tú y lo esté manteniendo en secreto.

–Del no es así.

Maya le habría dicho la verdad, pero no podía. No podía decírsela hasta que Del supiera lo de Elaine. El sábado, se dijo a sí misma. Si Elaine no convocaba la reunión familiar, sería ella la que le diera la noticia. Solo faltaban cuarenta y ocho horas hasta entonces.

El problema era que no sabía si quería decirle nada. ¿Qué sentido tenía?

–Si sintiera algo por mí, habría dicho algo –insistió.

–No tienes manera de saberlo. Estabais hablando de negocios. Ya sabes cómo son los hombres. Lo compartimentan todo. El trabajo es el trabajo y todo lo demás es diferente –Phoebe le sonrió–. Creo que necesitas organizar una noche romántica con Del y confesárselo todo. Dile que estás interesada en ser su socia, pero que quieres algo más. Seguro que se pondrá muy contento.

Maya deseó poder compartir el optimismo de su amiga.

–Yo no estoy tan segura. Es muy probable que se quede horrorizado y salga corriendo. Perderé las dos cosas, a él y una buena oportunidad de trabajo.

–¿Y quieres la una sin la otra?

Era una pregunta para la que Maya no tenía respuesta. Sabía que quería viajar con Del y rodar sus vídeos. También quería participar en el proyecto de los hoteles. Pero tener que estar a su lado siendo solo su socia, su amiga... ¿de verdad quería eso?

–No quiero quedarme aquí –admitió–. Y tampoco

quiero que se enamore de nadie –no podía haber dicho nada más horrible–. No me puedo creer que me haya pasado tanto tiempo pensando que no había ningún hombre para mí. Y cuando por fin encuentro uno al que creo que le puedo confiar mi corazón, él no está interesado.

–Deja de decir eso –la regañó Phoebe–. No sabes lo que siente, no has hablado con él.

Maya oyó pasos en la entrada. A los pocos segundos, entró Zane en el cuarto de estar. Se acercó por detrás del sofá, pero permaneció alejado, evitando ponerse a su alcance.

–¿Continuáis hablando de cosas de chicas? –le preguntó, acariciándole el cuello a Phoebe.

A pesar de su confusión, Maya sonrió de oreja a oreja.

–Fíjate en cómo se prepara para salir huyendo por si acaso no le gusta la respuesta.

–No me gusta mucho hablar de los aspectos más sentimentales de las cosas –admitió–. Supongo que es típico de los hombres.

Phoebe se inclinó contra su mano.

–No te preocupes. Tienes otras cualidades admirables. Estamos hablando de Del y de Maya. ¿Quieres darnos tu opinión?

Maya se sorprendió al ver que Zane la miraba y decía:

–Estoy dispuesto a apoyarte en todo lo que quieras. Como Del te rompa el corazón, le destrozaré.

Aunque no era una forma muy elegante de ofrecerle su apoyo, Maya tuvo que admitir que agradecía el sentimiento.

–Gracias.
–De nada.

Phoebe palmeó el sofá para que se sentara a su lado.

–Siéntate con nosotras. Necesitamos el punto de vista de un hombre.

Maya esperaba que su hermanastro saliera corriendo,

pero Zane volvió a sorprenderla rodeando el sofá y sentándose al lado de su esposa. Después de pasarle el brazo por los hombros, miró a Maya.

—Muy bien, cuéntame lo que ha pasado.

Maya le hizo un resumen de cuál era su situación con Del, incluyendo la oferta de trabajo, los vídeos que querían hacer y sus sentimientos hacia él.

—Yo creo que es probable que esté enamorado de ella —añadió Phoebe cuando Maya terminó—. Y que no quiere mezclar el trabajo con los sentimientos.

—Es posible —dijo Zane.

—¿Pero? —Maya sabía que había algo más.

—Sé sincera. No solo con Del, sino contigo misma. ¿Qué es lo que quieres tú? ¿Serías feliz siendo solamente su socia? ¿Qué ocurrirá si no le dices nada y él no está interesado? Podrías encontrarte de pronto en Nairobi viendo cómo se enamora de otra persona.

Entrelazó los dedos con los de Phoebe, pero continuaba manteniendo la atención fija en Maya.

—Por otra parte, podrías hacer el primer anuncio y ver qué tal va la cosa. A lo mejor tus sentimientos no son tan fuertes y descubres que no le soportas. O, al contrario, descubres que es todo lo que quieres y se lo confiesas entonces.

Maya frunció el ceño.

—Eres consciente de que me estás dando argumentos para decírselo y para no decírselo.

—Solo estoy intentando ser justo —soltó a Phoebe y cambió de postura en el sofá—. El trabajo de los vídeos, ¿quieres hacerlo?

—¿Te refieres a los vídeos para los colegios? Sí. Creo que es un gran proyecto.

—Entonces, si decides meterte en el negocio con Del, dímelo. Yo te prestaré el dinero para que lo inviertas en el negocio y puedas ser socia al mismo nivel que él. Sé que tú tienes que aportar el talento, pero, en el mundo de los negocios, quien tiene el dinero tiene el poder. No quiero tener que preocuparme por eso con Del.

Zane siguió hablando, pero Maya había dejado de escucharle. Tenía los ojos llenos de lágrimas. Se levantó y se acercó a él. Zane se levantó, la abrazó y le dio un beso en la cabeza.

–Creía que te haría feliz –susurró.

–Y así es.

Sintió que Phoebe se unía a ellos en un abrazo y dejó que aquel amor la inundara. Pasara lo que pasara con Del, tenía a dos personas que la querían. Ya no era una niña intentando sobrevivir. Estaba creciendo.

Maya sorbió por la nariz y se enderezó.

–Gracias –susurró–. A los dos.

–No tienes que dárnoslas –le aseguró Phoebe, apretándole la mano–. Somos tu familia, Maya. Estamos a tu lado pase lo que pase.

Maya asintió, volvió al sofá y bebió un sorbo de vino. Preguntó por el rancho y dejaron de hablar de lo confundida que estaba con Del.

Mientras oía a Phoebe y a Zane hablar y reír contando sus anécdotas, se preguntó por qué habría tardado tanto tiempo en averiguar la verdad. ¿Por qué habría tenido que regresar a Fool's Gold para darse cuenta de que había llegado la hora de que se marchara?

Del sentía la emoción bullendo dentro de él. Estaba en la cabaña, pero no podía quedarse quieto. Caminaba, tomaba notas en el ordenador y volvía a caminar. Había miles de cosas que organizar, pensó entusiasmado. Detalles en los que trabajar.

Maya y él tenían que llegar a un acuerdo con Robert y Ernesto. En cuanto dieran ese paso, podían comenzar a hacer otros planes. La intuición le decía que los primeros rodajes serían en China. Era un país enorme y en crecimiento. Todo ello estaba teniendo un gran impacto. Documentar aquel proceso, compartirlo con los niños, podría ayudarles a un mejor entendimiento en el futuro.

«Un objetivo muy noble», pensó, riendo para sí. ¿Pero por qué no? Teniendo a Maya como socia, todo era posible.

Volvió a la mesa de la cocina, a su ordenador, dispuesto a organizar una nueva lista y, en ese momento, sonó el teléfono. Lo agarró y vio que aparecía en la pantalla el nombre de su padre.

Dudó un momento. No estaba de humor para oírle despotricar porque Nick estaba desperdiciando su talento. Porque era imposible que su padre llamara para hablar sobre él. Aun así, su padre rara vez le llamaba. Pulsó el botón para contestar.

–Hola, papá.

–Te llamo por tu madre.

Del se levantó.

–¿Qué quieres decir?

A Ceallach le tembló la voz cuando contestó:

–Se ha ido.

–Lo que estás diciendo no tiene ningún sentido. ¿Cómo puede haberse ido?

–No está en casa. He venido de trabajar y no la he visto aquí. Hoy he terminado mi encargo. Siempre lo celebramos. Teníamos planeada una gran cena. No me ha dejado ni una nota ni nada, así que he venido al pueblo.

A Del no le estaba gustando cómo sonaba todo aquello.

–¿Y qué ha pasado?

–He encontrado su coche, pero nadie la ha visto. He estado llamándola al móvil, pero no contesta. Llevo tres horas yendo de tienda en tienda y no está en ninguna parte. Ni de compras, ni cenando –la voz habitualmente fuerte de su padre se quebró–. No sé qué hacer.

Del miró el reloj de la cocina. Eran casi las ocho de la tarde. No era extraño que alguien estuviera fuera a aquella hora, pero no estaban hablando de eso.

—¿Tiene amigas en el pueblo? —le preguntó.

—¿Cómo quieres que lo sepa? Nunca sale de noche. Siempre queda durante el día. Por las noches está en casa. Conmigo –Ceallach se aclaró la garganta–. Se ha ido. Se ha marchado. Debería haberme imaginado que esto terminaría pasando.

Del ya estaba caminando hacia la furgoneta. No estaba tan asustado como su padre, pero tenía que admitir que estaba algo preocupado. Su madre era una mujer de costumbres. Para ella, lo más importante era cuidar de su marido. Jamás le preocuparía de forma intencionada. Pero entonces, ¿dónde estaba?

—Mamá no te ha dejado, papá. Nunca lo haría. Ella te quiere. Seguro que es otra cosa. ¿Has hablado con la policía?

—¿Y qué les voy a decir? Solo lleva tres horas fuera de casa. No les va a importar. Darán por sentado que está bien. Me dirán que no pueden hacer nada hasta dentro de veinticuatro horas. Me ha dejado, lo sé. No volveré a trabajar nunca más.

—Maldita sea, papá, esto no tiene nada que ver contigo. Por una vez en tu vida, deja de mirarte el maldito ombligo y piensa en los demás. ¿Quiénes son las amigas de mamá? ¿Has hablado con ellas? A lo mejor iba a salir esta noche con sus amigas y te has olvidado.

—Tu madre no haría una cosa así.

—Tiene más sentido que pensar que te ha dejado –Del puso la camioneta en marcha y esperó a que el teléfono se conectara por Bluetooth–. Papá, mamá te quiere. No va a marcharse a ninguna parte.

—Hay cosas que tú no sabes. Cosas que ocurren dentro del matrimonio —Ceallach gimió—. Debería haber sabido que esto iba a pasar.

—No estás sirviendo de mucha ayuda, papá —le regañó Del subiendo la voz—. ¿Dónde estás?

—Al lado del bar de Jo.

—Dentro de cinco minutos nos vemos allí.

—Voy a llamar a tus hermanos.

—Buena idea.

Del colgó el teléfono y llamó a Maya. Tardó varios timbrazos en contestar.

—¿Del? ¿Qué pasa?

—¿Dónde estás?

—Con Phoebe, ¿por qué?

Le contó lo que había pasado.

—Sé que mi padre está exagerando —le dijo—. Tiene que haber una explicación lógica para lo que está pasando. Seguro que mi madre está en alguna parte y he pensado que tú podrías darme alguna idea.

Lo que de verdad esperaba era que Maya estuviera con su madre. Al saber que no estaba con ella, se mostró dispuesto a admitir que estaba algo más que preocupado.

—¿Has intentado llamarla? —preguntó Maya con voz tensa—. ¿Tu padre la ha llamado?

—Dice que no contesta. Maya, ¿qué es lo que no me estás contando?

—Es posible que tenga alguna idea de dónde puede estar. Reúnete conmigo al lado de la librería de Morgan dentro de veinte minutos.

Colgó antes de que Del pudiera preguntar nada más y este sabía que cinco minutos después de dejar el rancho entraría en una zona en la que el móvil no tendría cobertura. De modo que lo único que podía hacer era esperar a que apareciera.

Condujo hasta el pueblo. Durante el corto trayecto

hasta allí, intentó llamar a su madre varias veces. El teléfono sonaba y sonaba antes de desviar la llamada al buzón de voz. Una vez en el pueblo, encontró a su padre. Por primera vez en su vida, Ceallach parecía viejo. Cansado. Tenía los hombros hundidos y algo muy parecido al miedo en la mirada.

Tres años atrás, Ceallach había sobrevivido a un ataque al corazón. Del había pasado un par de días en el hospital, después, había estado ayudando a su madre a conseguir que su padre se recuperara. En aquel entonces Ceallach era un bravucón, a pesar del episodio del infarto. Les daba órdenes a gritos e insistía en que se recuperaría del todo. Ni siquiera se había asustado. De hecho, hasta aquella noche, Del nunca había visto que su padre le tuviera miedo a nada.

—Tengo que encontrarla —dijo cuando Del se acercó—. No me importa lo que haya hecho. Solo necesito que vuelva. Ella es la que me permite vivir mi vida. Sin ella...

Del se dijo que seguro que había amor en aquellas palabras, pero no era fácil encontrarlo. Le habría gustado decirle a su padre que si hubiera dedicado algo de tiempo a cuidar de su esposa, no estarían teniendo aquella conversación.

—Maya está viniendo en este momento hacia aquí desde el rancho de su hermano —dijo en cambio—. Tiene alguna idea de dónde puede estar.

Su padre clavó en él la mirada.

—¿Quién?

—Maya. La chica con la que salía hace diez años. Ella es la razón por la que me fui de Fool's Gold. Mamá y ella son amigas.

—¿La conozco?

Del soltó una maldición.

—Papá, si al final tienes razón y mamá te ha dejado, no podrás echarle la culpa a nadie.

—Dime algo que yo no sepa —gruñó su padre, y se alejó de él.

—¿Entonces por qué no haces algo? Compórtate como una persona normal por una vez en tu vida. Regálale flores, dile que la quieres.

Ceallach se volvió para enfrentarse a él.

—¿Crees que no la quiero? Tu madre lo es todo para mí. Es la razón por la que respiro. Sin ella no sería capaz de crear una sola pieza. Ella lo sabe. Lo sabe mejor que nadie. Me protege y me cuida. Es ella la que hace posible que saque adelante mi trabajo.

Del le dirigió a su padre una dura mirada.

—¿Entonces por qué iba a dejarte?

El todoterreno de Aidan aparcó en aquel momento a su lado. Ceallach corrió hacia el coche. Nick salió del asiento de pasajeros.

—¿Dónde está mamá?

Del supo entonces que el momento de intimidad había pasado y que jamás oiría la respuesta de su padre. Tenía que haber alguna razón para que Ceallach hubiera pensado desde el primer momento que Elaine se había marchado.

Aidan se unió a su hermano.

—¿Qué es eso de que mamá ha desaparecido? Mamá nunca dejaría a su familia. ¿Os habéis peleado? ¿Qué le has hecho?

Ceallach fulminó a sus hijos con la mirada y respiro lentamente.

—No sé lo que ha pasado. No ha pasado nada fuera de lo normal. He estado ocupado trabajando. Ella siempre está en casa, pero hoy no.

Por muchas ganas que tuviera Del de sumarse a las acusaciones de Aidan, sabía que con aquella clase de preguntas no iba a ayudar a nadie.

—Maya está viniendo hacia aquí desde el rancho —

dijo–. Vamos a reunirnos con ella en la librería Morgan. Podemos ir allí a esperarla. Conoce a mamá y creo que tiene alguna idea de dónde está.

–Si no, llamaremos a la policía –respondió Aidan sombrío–. Y al equipo de búsqueda y rescate. Tenemos que encontrarla esta noche.

Todo eso era palabrería, pensó Del. Comprendía la frustración de su hermano, pero el querer que algo sucediera no implicaba que fuera a ocurrir.

Recorrieron la corta distancia que les separaba de la librería. Cerca de tres minutos después de que llegaran, Maya aparcó también allí. Salió del coche y se acercó a ellos.

–¿Todavía no la habéis encontrado? –le preguntó Del.

–No. Y hemos estado llamándola por el móvil.

Maya parecía más resignada que preocupada. Del posó la mano en su hombro.

–¿Qué sabes, Maya? –le preguntó.

–Creo que sé dónde está. Vamos.

Antes de que Del tuviera oportunidad de preguntarle que de qué estaba hablando, comenzó a caminar. Rodeó el edificio y abrió una puerta situada en un lateral que conducía a la escalera.

Del miró los buzones de la pared y la entrada del edificio. Encima de las tiendas de la planta baja había pisos, pequeños apartamentos que solían alquilarse en verano. ¿Qué podía estar haciendo allí su madre? Siguió a Maya por las escaleras, espoleado por la inquietud.

Cuando llegaron al segundo piso, Maya condujo a una puerta que había al final del pasillo. Llamó una vez a la puerta y después utilizó una llave que ella misma tenía.

Del la siguió junto con sus hermanos y su padre. No sabía qué estarían pensando ellos, pero él solo era capaz de permanecer en medio de aquel pequeño estudio preguntándose qué demonios estaba pasando.

Había dos enormes ventanales con vistas al parque, una cocina diminuta, un televisor y una puerta que debía de dar al cuarto de baño. Su madre estaba dormida en un sofá cama, con Sophie tumbada a su lado. Había flores frescas en un jarrón, un par de pequeñas obras de su padre en una mesa que había al lado de la cama y desde una antigua radio-reloj sonaba una suave música de jazz.

Maya se arrodilló al lado de Elaine y le sacudió el hombro con delicadeza.

—Elaine, cariño, tienes que despertarte.

Elaine se estiró y abrió los ojos.

—¿Me he...?

Miró detrás de Maya y al verles a los cuatro se quedó boquiabierta.

—¡Mamá! —Nick corrió a su lado—. ¿Qué te pasa? Estábamos muy preocupados. Papá decía que habías desaparecido y no contestabas el teléfono.

—Lo siento —musitó Maya—. Estaban histéricos. No sabía qué hacer. He intentado llamarte desde el móvil, pero no contestabas.

Elaine se sentó apoyando los pies en el suelo y pestañeó varias veces.

—Debo de tener el teléfono en el bolso. A no ser que se me haya caído en el coche. Lo siento. No pretendía dormir tanto. ¿Han venido a buscarme?

Ceallach dio un paso hacia ella.

—Pensaba que te habías ido.

—¿Y adónde iba a ir?

Maya se levantó y se acercó a la ventana. Del la observaba, preguntándose qué sabía ella que los demás ignoraban. Maya no parecía aliviada. Y antes tampoco había parecido que estuviera asustada. La preocupación de Del comenzó a convertirse en enfado.

—Mamá, ¿este apartamento es tuyo? —preguntó en voz

excesivamente alta para estar en un espacio tan pequeño–. ¿Y por qué Maya lo conocía?

Maya palideció, pero no dijo nada. Su madre se retorcía las manos.

–No era así como pensaba decíroslo. Iba a explicaros todo mañana por la mañana. Cuando vinierais a desayunar a casa.

–¿Nos has invitado para hablarnos de este apartamento? –preguntó Nick–. Mamá, ¿qué está pasando?

Elaine tomó aire y sonrió.

–No pasa nada, no tenéis por qué preocuparos –se volvió hacia su marido–. Hace unos meses me diagnosticaron un cáncer de mamá. Me extirparon un tumor y después he estado yendo a radioterapia. El médico dice que es el mejor cáncer que he podido tener.

Del observó la expresión de sorpresa de sus hermanos y tuvo la sensación de que él debía de parecer tan estupefacto como ellos. Los pensamientos se agolpaban en su mente. Recordaba estúpidos fragmentos de noticias sobre aquella enfermedad. ¿Cáncer? ¿Su madre?

–Después de la operación, comenzaron a radiarme. He estado recibiendo tratamiento durante varias semanas. Estoy bien, pero la radio me cansa. No quería preocupar a nadie –sonrió a Ceallach–. Tú tenías un encargo importante y esto habría sido una distracción.

Elaine miró a sus hijos.

–Vosotros estáis muy ocupados con vuestras propias vidas. Así que decidí mantenerlo en secreto y alquilé este apartamento para poder descansar por las tardes sin tener que dar explicaciones sobre lo que me pasaba. Y si me hubiera acordado de poner la alarma, me habría despertado a la hora y nadie se habría enterado hasta que yo os lo hubiera contado mañana por la mañana. Siento haberos preocupado.

Del entendía que la disculpa de su madre era absurda

en todos los sentidos, pero no era capaz de articular palabra. Todavía estaba intentando asimilar la noticia. ¿Cáncer? Su madre tenía cáncer.

Miró a Maya involuntariamente. Ella estaba mirando a Elaine en completo silencio. De pronto, todas las piezas encajaron.

Maya era la mejor amiga de su madre. Sabía lo del apartamento. Sabía muchas cosas.

–Tú lo sabías –le dijo en voz baja–. Lo sabías y no me lo dijiste.

La traición le golpeó con la fuerza de un tornado. Había trabajado con él, se había reído con él, había hecho el amor con él. Y, durante todo aquel tiempo, había sabido que su madre estaba enferma, quizá muriéndose, y no le había dicho una sola palabra. Le había mentido. Todos y cada uno de los días durante semanas. Había hecho bien en no confiar en ella. Jamás podría confiar en Maya.

–Del –comenzó a decir ella.

Pero él negó con la cabeza y señaló hacia la puerta.

–Este es un asunto familiar. Lárgate.

Capítulo 19

—¿Tienes cáncer y no me habías dicho nada?

Del no estaba seguro de si su padre estaba haciendo una pregunta o una afirmación, pero como aquella era la quinta vez que lo decía ya no estaba seguro de que importara. Todo el mundo había dejado aquel misterioso apartamento y había vuelto a la casa familiar. Tal y como Elaine sospechaba, el teléfono móvil había aparecido en el asiento delantero del coche. Del apenas era capaz de asimilar lo diferente que hubiera sido todo si aquel estúpido teléfono no se le hubiera caído del bolso.

En aquel momento su madre estaba sentada en una silla del cuarto de estar con Sophie a su lado. La perra les observaba con una mezcla de preocupación y desafío, como si estuviera preparada para enfrentarse a cualquier cosa. Sophie podía querer a toda la familia, pero Elaine era alguien especial para ella. Ceallach caminaba por la habitación y Del y sus hermanos ocupaban el sofá y una de las sillas.

Ya era de noche. Las lámparas iluminaban la habitación, pero no las sombras que había más allá.

—No quería preocuparos —insistió Elaine obstinada.

—Eso no es una excusa.

—Mamá, teníamos derecho a saberlo —le dijo Aidan.

—¿Ah, sí? Era mi enfermedad, no la vuestra. No podríais haber hecho nada.

—Podríamos haber estado a tu lado.

Como había estado Maya, pensó Del con amargura. No tenía la menor duda de que había estado al lado de su madre durante todo aquel tiempo. No lo comprendía. ¿Cómo podía haberle ocultado algo así? Él había confiado en ella. Diablos, había estado pensando en un futuro a su lado. Habían estado pensando en trabajar juntos. Él creía que compartían un sueño.

Debería haberlo sabido, se dijo a sí mismo. Le había mentido en una ocasión así que era lógico que hubiera vuelto a hacerlo.

—No voy a aceptar ninguna culpa en nada de esto —les advirtió su madre con firmeza—. Era yo la que tenía que tomar una decisión. Esta familia está llena de secretos y el mío solo ha sido uno de ellos. He tenido un cáncer, he recibido tratamiento y ahora estoy bien. Cansada, pero bien.

Del recordó el aspecto que tenía su madre cuando había llegado él al pueblo. Estaba cansada, apagada. Le había preguntado por lo que le pasaba y había respondido que era «el cambio». Pero aquello no había tenido nada que ver con la menopausia. Era el cáncer.

—Mamá —intervino Nick—, no entiendo por qué no nos lo has dicho. Te queremos. Habríamos estado a tu lado.

—No habríais sabido cómo manejarlo. Ninguno de vosotros —se volvió hacia Del—. Tú apenas vienes a casa cada dos años. ¿De qué estás huyendo? —se volvió hacia Aidan—. ¿Y cuál es la razón por la que no eres capaz de salir con una chica durante más de tres días? ¿Qué es lo que te pasa? —a Nick le tocó a continuación—. Y tú escondes aquello que más te importa porque quieres fastidiar a tu padre. ¡Menudo ejemplo de madurez!

Se volvió entonces hacia Ceallach.

—Y tú eres el peor de todos. Para ti lo importante es tu arte. Durante todos estos años he aprendido cuáles son las normas. La más importante es no distraer al maestro. A lo mejor me estoy sobrevalorando, pero pensé que si te enterabas de que tenía cáncer mi enfermedad sería un motivo de distracción. Así que no dije nada. Ahora ya lo sabéis. ¿De verdad creéis que eso supone alguna diferencia?

Se hizo el silencio en la habitación. Del imaginaba que todos ellos estaban enfrentándose a la incómoda verdad que su madre acababa de exponer.

Ceallach fue el primero en hablar.

—Pensaba que me habías dejado.

Elaine suspiró.

—¿Y por qué iba a dejarte? Te quiero. Siempre te he querido.

—No soy un hombre fácil —dijo malhumorado—. He pensado que a lo mejor habías encontrado a alguien que sí lo era.

Elaine alzó las cejas y también la voz.

—¿Creías que estaba teniendo una aventura?

Ceallach suspiró.

—Sí. Para vengarte de la mía.

Del giró la cabeza y se quedó mirando a su padre de hito en hito. Nick y Aidan le imitaron. Su madre se levantó de un salto.

—No te atrevas a contárselo.

—Ya es hora de que lo haga, cariño. Tienen que saberlo —Ceallach miró a sus hijos—. Hace cerca de treinta años tuve una amante.

Hasta aquel momento, Del creía imposible volver a sentir el mismo nivel de estupor que unas horas antes, pero allí estaba, aplastándole con la fuerza de una apisonadora. Se volvió hacia su madre, que había vuelto a sentarse y observaba a su marido con una mezcla de frustración y cariño.

—La relación no duró —estaba explicando Ceallach—. Recobré la cordura y volví con mi maravillosa esposa. Pero unos meses después tuvimos noticias de aquella mujer. Había un niño de por medio. Ronan y Mathias no son mellizos. Ronan es el fruto de mi aventura.

Nick soltó un juramento. Aidan comenzó a levantarse y después se reclinó en el sofá. Del consiguió decir algo.

—¿Ronan no es hijo tuyo? —le preguntó a su madre.

—Claro que es hijo mío, en todos los sentidos, excepto en uno —apretó los labios—. No me puedo creer que se lo hayas contado, Ceallach. Quedamos en que no era necesario —cuadró los hombros—. Cuando aquella mujer nos dijo que estaba embarazada, también nos explicó que quería renunciar al bebé. Nosotros no podíamos permitirlo. Yo estaba embarazada de Mathias, así que tenía sentido aceptar también a Ronan. Nació unas semanas después que Mathias. Vosotros tres erais muy pequeños. Os dijimos que había tenido que quedarse en el hospital una temporada y eso fue todo.

Del no tenía ningún recuerdo de aquello. Él debía de tener tres o cuatro años, así que era lógico que no recordara los detalles, pero, aun así, era terrible.

Nick y Aidan parecían tan impresionados como él se sentía. ¿Cómo era posible que no se hubieran enterado hasta entonces de aquello?

—¿Y no pensabais contárnoslo nunca? —preguntó Del, a pesar de que conocía la respuesta.

La expresión de su madre fue de firmeza.

—Ronan es vuestro hermano en todos los sentidos que importan. No queríamos que le tratarais de forma diferente.

—¿Y su madre biológica? —preguntó Aidan—. ¿Todavía está viva?

—Desgraciadamente, no —musitó Ceallach.

Del hizo una mueca de dolor cuando su madre se volvió hacia su marido.

—¿Desgraciadamente? ¿Qué significa eso? ¿Es que la echas de menos?

—Elaine, ya sabes que eso no es verdad. Lo que Candy y yo tuvimos hace tantos años no fue nada.

—¿Candy? —susurró Nick—. ¿Se llamaba Candy?

Del sacudió la cabeza. Lo que menos importaba en aquel momento era el nombre de aquella mujer. Durante la última hora había descubierto que su madre había estado enfrentándose a un cáncer de mama, que la mujer en la que confiaba y con la que pensaba recorrer el mundo trabajando había vuelto a mentirle y que su padre había tenido una aventura y había terminado teniendo un hijo que su madre había hecho pasar como hijo suyo.

—¿Ellos lo saben? —preguntó—. ¿Se lo has contado a Ronan y a Mathias?

—Claro que no —contestó Elaine.

—Sí —contestó Ceallach al mismo tiempo.

Elaine le miró furiosa.

—¿Se lo has contado?

—Se lo conté después del infarto. Pensaba que me iba a morir. Estaban conmigo en el hospital y se lo dije.

—¿Sin decirme nada? Tres años de... —apretó los labios en una dura línea—. Por eso se fueron del pueblo, ¿verdad? Porque se lo contaste.

Del quería decir que por supuesto que sus hermanos pequeños se habían ido por culpa de aquella mentira, pero no creía que sirviera de ninguna ayuda. Aidan le miró y asintió como si él estuviera pensando lo mismo. Una mentira como aquella era imperdonable. No le extrañaba que se hubieran marchado. En aquel lugar no quedaba nada para ellos. Nada con lo que pudieran contar.

Deseó haberlo sabido. Habría ido a verles. No habría

servido de nada, pero podría haberles hecho saber... ¿Qué? ¿Que continuaban siendo una familia? Ronan y Mathias habían vuelto para celebrar el sesenta cumpleaños de Ceallach y no habían insinuado que nada hubiera cambiado. En aquella familia todo el mundo estaba ciego, pensó.

—¿Hay algo más?

Elaine se volvió hacia sus hijos.

—No que yo sepa. A no ser que vosotros tengáis algo que queráis compartir.

Nick y Aidan sacudieron la cabeza.

—Bien —dijo Del mientras se levantaba—. Mamá, siento que hayas tenido que pasar por todo esto. Me gustaría haberlo sabido. Podría haberte ayudado.

—Lo sé, pero era yo la que tenía la enfermedad. No podrías haber hecho gran cosa.

Podría haber hecho lo que había hecho Maya, pensó Del con amargura. Podría haberla escuchado, haberla llevado a sus citas con el médico, haberla ayudado cuando estaba cansada. De pronto, aquel derrumbe emocional que había tenido antes de la fiesta cobró sentido. Su madre había tenido que enfrentarse a mucho más de lo que merecía.

Se acercó a ella, la hizo levantarse y la acercó a él.

—Si necesitas cualquier cosa, solo tienes que llamarme.

—Lo haré —le prometió.

—¿Y por qué será que no te creo?

Elaine le sonrió y retrocedió un paso.

—Te acompaño a la puerta.

Del la siguió hasta la puerta principal de la casa. Sophie permanecía cerca de Elaine, como si sintiera que la persona a la que más quería del mundo necesitaba protección.

—Estás enfadado —señaló Elaine con voz queda.

—No contigo.

—Pues deberías estar enfadado conmigo. Yo soy la que no quería que lo supierais —le tocó el brazo—. Maya no quería mantener el secreto, pero lo hizo porque yo se lo pedí. Es una buena amiga, Del. No la castigues por eso.

—Lo sabía y no me lo dijo.

—Lo sé. La culpa es mía.

—Ha sido ella la que ha mantenido el secreto.

Maya había estado con él todos los malditos días de aquel verano. Había tenido cientos de ocasiones para contárselo y ni siquiera lo había insinuado. Ni una sola vez.

—Te quiere —le dijo Elaine.

—No lo suficiente como para que pueda importarme.

Maya tuvo noticias de Elaine a la mañana siguiente, pero no fueron muy esperanzadoras.

—Está enfadado —le contó su amiga—. Dale tiempo. Le he dicho que tú no tuviste la culpa. Y volveré a hablar con él.

Maya tenía la sensación de que hablar con Del no iba a servir de nada. Desde su perspectiva, ella le había mentido. Había guardado un secreto importante sobre una persona a la que quería mucho. Estaba al corriente de la verdad desde hacía semanas.

En aquel momento, en la soledad de su oficina, Maya se preguntó cuánto tiempo tardaría en ser capaz de respirar sin echarle de menos. Sin que la sensación de pérdida la acompañara como una sombra. Saber que había querido confesarle lo que le pasaba a su madre no contaba, pensó con tristeza. En cuanto a su amor por él… era imposible que después de aquello le importara.

Se preguntó si se habría puesto en contacto con Ernesto y Robert, o si querría que ella lo hiciera. La verdad era que no sabría qué decirles. Aunque la oferta de trabajo era increíble, no podía aceptarla por su cuenta. Ellos querían contratarles como equipo.

Miró su correo electrónico y revisó la agenda del día. Tenía una buena vida, se dijo a sí misma. Familia, amigos. Gente que la quería. No podía contar con el amor de Del, pero tenía mucho más de lo que tenía en Los Ángeles. Con el tiempo se olvidaría de sus proyectos con Del. Dejaría de pensar en todos aquellos rincones que pensaban recorrer juntos.

En cuanto a lo de su amor por él, tenía la desagradable sensación de que iba a acompañarla siempre. Nunca había dejado de estar enamorada de él y habían estado separados durante diez años. La diferencia era que antes no lo sabía. Había sido capaz de continuar con su vida sin ser consciente de que su corazón continuaba en manos de alguien que no lo quería.

Cerca de las doce, Eddie y Gladys entraron en la oficina.

—¿Tienes un momento? —preguntó Eddie mientras se sentaban en las sillas de plástico que había al otro lado del escritorio—. Tenemos que hablar.

—No lo digas así —le ordenó Gladys—. Vas a asustar a la pobre chica —Gladys le dirigió una radiante sonrisa—. Nos encanta nuestro programa.

Aquello consiguió hacerla sonreír.

—Sospecho que eso es algo que ya sabe todo el mundo. Vuestro entusiasmo es tan evidente como contagioso.

—Excepto por los fragmentos de los traseros —dijo Eddie—. Seguimos recibiendo críticas por esa parte del programa. Si quieres saber mi opinión, Marsha debería tener más sentido del humor.

—O a lo mejor no deberíais enseñar tantos traseros.

—Eso es imposible —Gladys le guiñó el ojo—. Es la parte del programa que tiene más audiencia. Pero no estamos aquí por eso.

—Casi me da miedo preguntaros por qué estáis aquí —admitió Maya.

Pero se alegraba de aquella interrupción, pensó. Era imposible compadecerse de una misma en compañía de aquellas dos mujeres.

—Nos hemos enterado de lo que ha pasado con Del y con su familia —dijo Eddie—. Cáncer de mama. Pobrecita.

Mientras parte del cerebro de Maya asumía que se estaban refiriendo a Elaine, la otra parte estaba intentando averiguar cómo habrían podido enterarse.

—La noticia está corriendo como la pólvora —le explicó Gladys—. Ahora ya lo sabe todo el mundo. Ceallach se encontró con Morgan esta mañana y, aunque aprecio a Morgan, tengo que reconocer que es un charlatán. Al parecer se lo extirparon todo a tiempo, esa es una buena noticia.

Eddie se llevó las manos al pecho.

—Yo me preocupo por mis hijas, ¿pero qué puede hacer una, aparte de conseguir que se hagan las revisiones? Elaine ha sido muy valiente y tú te has portado como una buena amiga.

—No todo el mundo lo ve así —musitó Maya.

—Hay gente muy cabezota. Ya se le pasará. Elaine te necesitaba y tú has estado a su lado. Eso es lo único que importa.

Maya sabía que Eddie tenía razón. Y cuando la invadía el dolor por la ausencia de Del, ella se decía lo mismo. Aunque se arrepentía de lo que había pasado y pensaba que su amiga se había equivocado al ocultar aquella información a su familia, no se arrepentía de lo que había hecho. Y si volviera a ocurrir algo parecido, haría exactamente lo mismo. Se comportaría como una buena amiga.

Gladys le sonrió.

—Queremos darte las gracias por habernos ayudado

con nuestro programa. Hemos utilizado todo lo que nos enseñaste en clase y la diferencia es increíble.

—Me alegro de que estéis contentas con los resultados.

Eddie asintió.

—Sí, lo estamos. ¿Sabes? Siempre te hemos admirado, Maya. Incluso cuando eras una adolescente comprendías que si querías hacer algo en la vida iba a depender solo de ti. Tu madre no era una persona muy agradable, pero no permitiste que eso te detuviera. Te esforzaste mucho cuando estabas en el instituto.

Aquel cumplido inesperado puso a Maya al borde de las lágrimas.

—Gracias por decírmelo —dijo con suavidad, sin estar muy segura de por qué sabían tanto sobre ella.

Pero estaban en Fool's Gold y allí todo terminaba sabiéndose.

—Sabíamos que estabas destinada a hacer algo grande —añadió Gladys.

—En ese caso, supongo que os he desilusionado. Aquí estoy otra vez, en el mismo lugar en el que empecé.

Las dos mujeres intercambiaron una mirada. Después, volvieron a fijar en ella su atención.

—No seas tonta —respondió Eddie—. Estuviste en un programa de televisión. Aquello fue algo importante. Nos gustaba ver tu nombre en los créditos todas las noches, cuando veíamos el programa por internet. Y ahora estás a punto de irte con Del a viajar por el mundo.

—No me iré. No puedo decir que ahora mismo tengamos muy buena relación.

—¡Tonterías! —Gladys sacudió la cabeza—. Se tranquilizará. Y después os iréis a recorrer el mundo. Harás muchas fotos y nos las enviarás para que las veamos. Nos encantará saber lo que estás haciendo.

Alzó la mano hacia su amiga.

—¿Chocamos los cinco por un trabajo bien hecho?

—Claro que sí —Eddie alzó la mano y la chocó contra la de su amiga.

Maya las miró alternativamente. Se sentía como si se estuviera revelando una importante verdad ante sus ojos, pero no fuera capaz de entenderla.

—¿De qué estáis hablando? —preguntó.

—De ti —le dijo Eddie—. Estamos orgullosas de ti, chiquilla.

Gladys se echó a reír.

—Todavía no lo comprendes, ¿verdad? Has estado preguntando por el pueblo que quién financió tu beca. Fuimos nosotras. Nosotras fuimos las que te pagamos los estudios.

Maya estaba segura de que se había quedado boquiabierta, pero no era capaz de que le importara.

—¿Vosotras? —tenía problemas para asimilar la información—. ¿Las dos?

—Hemos sido muy listas, ¿eh? —dijo Eddie—. Llevamos años haciendo cosas de esas. Nuestros maridos nos dejaron en una buena posición y las dos procedemos de familias de dinero. No nos lo vamos a gastar en tonterías como coches o ropa, así que, ¿por qué no?

Maya se levantó con dificultad y rodeó el escritorio. Las abrazó a las dos con todas sus fuerzas, antes de recordar lo entrado en años de sus huesos.

—Gracias —susurró—. Muchas gracias. No tenéis ni idea de lo mucho que esa beca significó para mí.

Gladys le acarició la mejilla.

—Lo sabemos y estamos orgullosas de ti, Maya. Queremos que seas feliz. Hoy por ti, mañana por mí, o como quiera que digáis ahora los jóvenes.

—Seguiré vuestro ejemplo.

Eddie le sonrió.

—No te preocupes por Del. Le conozco de toda la vida. Comprenderá lo que ha pasado y, si no, le daré un buen bolsazo.

Volvió a abrazarlas. Aquellas dos mujeres habían creído en ella cuando apenas estaba empezando a creer en sí misma. Pasara lo que pasara, saldría adelante. Si no lo hacía por ella, lo haría por aquellas dos mujeres que habían creído en su futuro cuando no estaba segura de tenerlo.

Del había perdido la cuenta de la cantidad de cervezas que se había bebido, pero, siempre y cuando fuera capaz de volver a la cabaña, no le importaba. Nick estaba repantigado a su lado en el sofá, mientras que Aidan se había instalado en su enorme butaca reclinable.

No tenían pensado quedar aquella noche, pero, de alguna manera, habían terminado allí, en casa de Aidan. Habían estado hablando de fútbol, de las posibilidades de que aquel año nevara pronto y de si deberían salir juntos de acampada antes de que llegara el frío. Pero no habían abordado la verdadera razón por la que se habían reunido a beber.

Del pensó que, al ser el mayor, le correspondía a él hacerlo.

—¿Los mellizos no os han contado nada?

Ya no deberían seguir llamando así a Ronan y Mathias, pero llevaban más tiempo haciéndolo del que podía recordar. Dejar de hacerlo en aquel momento era imposible. Se preguntó en qué términos pensarían Ronan y Mathias de sí mismos.

—No nos han dicho una sola palabra —contestó Aidan—. No sabía que eran capaces de guardar un secreto, y menos aún uno tan importante como ese.

—Desde luego —musitó Nick—. Secretos. Menuda forma de vida —alzó la mirada—. No, no han dicho nunca nada. Ni siquiera insinuaron nada cuando vinieron a casa para el cumpleaños de papá.

—¿Cómo es posible que no hayan dicho nada? —preguntó Aidan.

Del también se lo preguntaba. Habían tenido tres años para asimilar la noticia, pero no para compartirla con sus hermanos. Qué dinámica familiar tan retorcida, pensó sombrío.

—Por lo menos ya sabemos por qué se fueron —dijo Nick—. Querían alejarse de papá.

—Y también de mamá —añadió Del—. Ella también les ocultó la verdad.

Ronan debía de haber sufrido mucho intentando rehacer su identidad y Mathias había perdido la mitad de lo que hasta entonces le había definido. Siempre habían sido mellizos. Dos partes de un todo.

—Me pregunto qué otras cosas nos ocultan —Aidan dio un sorbo a su cerveza—. Podrían ser millones de cosas.

—No creo que vayan a decírnoslo —dijo Nick—. Son demasiados secretos.

Del pensó en la obra artística de su hermano, escondida en medio del bosque. No pensaba mencionarlo. Ya tenían demasiadas cosas a las que enfrentarse. No quería pelearse con sus hermanos. No, aquel día no.

Aidan alzó la mirada.

—Por si no lo sabes, has sido un idiota con Maya.

Allí se acababan sus buenas intenciones, pensó Del.

—A nadie le importa lo que tú pienses.

—Estoy de acuerdo con Aidan —replicó Nick—. Vamos, Del. ¡Estaba ayudando a mamá!

—Y mintiéndonos a todos.

—Solo estaba ocultando algo.

—Que nuestra madre tenía cáncer —Del les fulminó con la mirada—. Es imperdonable.

—Solo si tú decides que no la puedes perdonar —le dijo Nick—. Fue mamá la que decidió no decirnos nada. No estoy de acuerdo con lo que ha hecho, pero la responsabilidad es de mamá. Maya actuó correctamente, mantuvo el secreto.

Del se levantó y se dirigió a la cocina. Terminó su cerveza y sacó otra de la nevera.

–Por mucho que huyas no vas a poder esconderte de la verdad –le gritó Aidan desde el cuarto de estar–. Maya es la mujer para ti, Del. Es inteligente, sexy y, por alguna razón que nadie es capaz de comprender, quiere estar contigo. Has tenido suerte. No la fastidias comportándote como un imbécil.

Del regresó al cuarto de estar, pero no se sentó.

–Yo no soy el malo de la película. Confié en ella y me mintió. Debería habérmelo imaginado. Ya me había engañado una vez. Me ocultó que estaba asustada y me mintió cuando cortó conmigo. Y ahora ha vuelto a hacerlo. No ha cambiado nada.

–Si eso es lo que has aprendido a raíz de todo esto, no te la mereces. Adelante, sigue haciendo tú solo tus películas. ¿Por qué molestarte en intentar hacer funcionar una relación con otra persona? Al final lo fastidian todo de una u otra forma, ¿y después qué? Tienes que deshacerte de ellas. Debe de ser muy molesto ser la única persona perfecta del mundo.

–Tú no lo entiendes –dijo Del, dejando la cerveza y dirigiéndose hacia la puerta.

–Claro que lo entiendo –replicó Aidan–. Necesitas garantías. Pero en la vida no todo es perfecto. A veces ocurren cosas desagradables y hay que enfrentarse a ellas. Al final, la pregunta es, ¿puedes confiar en que la persona a la que quieres te apoye de forma incondicional? Ese ha sido siempre el problema de papá. Sabíamos que para él su arte era siempre lo primero. No sé cómo lo aguanta mamá, pero ella decidió casarse con él y quiere seguir a su lado. Así de sencillo. Pero en su caso, ha podido contar con el apoyo de Maya. Teniendo en cuenta todo lo que tiene que soportar al estar casada con papá, me alegro de que haya tenido a alguien a su lado.

—Podría habernos tenido a nosotros —señaló Del.

—Pero no quería estar con nosotros. Quería estar con Maya. Y Maya no la ha decepcionado. Eso debería ser importante. Si eres demasiado estúpido como para darte cuenta de que Maya también te apoyaría a ti, entonces lárgate de aquí. No voy a impedírtelo.

Del miró la puerta y se volvió de nuevo hacia sus hermanos. Nick se encogió de hombros.

—Aidan tiene razón. Me sorprende tanto como a ti, pero hasta una ardilla ciega encuentra una bellota de vez en cuando.

—Sabes que en una pelea te ganaría —repuso Aidan, en un tono nada beligerante.

—Ni en sueños.

Del agarró la cerveza y volvió al sofá.

—Sois insoportables.

—Lo sé —Aidan sonrió—. Cómo no vas a querer a esta familia.

Capítulo 20

Maya había oído hablar de las famosas fiestas de ruptura de Fool's Gold, pero nunca había estado en una. Lo único que lamentaba era que la primera vez que asistía a una fuera porque Del le había roto el corazón. Tenía la sensación de que habría disfrutado mucho más si la fiesta no hubiera sido en su honor.

Su pequeño cuarto de estar estaba abarrotado de mujeres y ruido, con el sonido de la licuadora haciendo bebidas. Estaban allí todas sus amigas. Phoebe, por supuesto, Madeline, Shelby y algunas otras mujeres del pueblo. Jo se estaba encargando de las bebidas. En el capítulo de la comida, todo el mundo había aparecido con algún aperitivo, dulce o salado. Había patatas fritas, frutos secos, *brownies*, galletas, chocolate y litros y litros de helado. Maya todavía no había empezado a comer, pero ya sentía que le apretaban los pantalones. Iba a tener que ponerse a hacer ejercicio en serio. Y pensaba comenzar en cuanto se recuperara de la resaca que pensaba tener al día siguiente.

Sophie, que llevaba varios días quedándose en su casa, estaba en el paraíso de los perros, yendo de invitada en invitada. Maya no estaba segura de qué le gustaba más, si las atenciones que recibía o las migas que caían al suelo.

—¿Estás bien? —le preguntó Phoebe tendiéndole una margarita.

—Por supuesto.

—De acuerdo, era una pregunta muy tonta —abrazó a Maya—. Estoy muy enfadada con Del.

—Los hombres son idiotas —gritó Destiny Gilmore desde el otro extremo de la habitación—. Difíciles, imprevisibles e insufribles.

—¿Incluido Kipling? —preguntó Shelby.

Destiny suspiró mientras se acariciaba su barriguita de embarazada.

—No, Kipling no. Kipling es un amor.

—No estás ayudando mucho —le advirtió Phoebe.

Destiny arrugó la nariz.

—Lo siento. Los hombres son idiotas.

Maya consiguió esbozar una sonrisa. Agradecía que la estuvieran mimando aquella noche. Los últimos dos días habían sido muy largos y solitarios. Había tenido mucho tiempo para pensar en lo que había pasado y en lo que iba a hacer a partir de entonces. Y no había sido fácil.

Comprendía los motivos por los que Del se sentía traicionado. No estaba segura de que pudiera culparle de su reacción. Si ella hubiera estado en su lugar, también se habría enfadado.

Madeline se acercó y se sentó a su lado en el sofá.

—Lo siento —le dijo—. ¿Cómo lo llevas? ¿Y cómo está Elaine?

La noticia del cáncer de Elaine se había extendido rápidamente por el pueblo.

—Esta mañana ha venido a verme al trabajo —dijo Maya, y rodeó a Sophie con el brazo. La perrita se acurrucó contra ella y después olfateó la alfombra—. Se siente fatal por todo lo que ha pasado. Yo no paro de decirle que no tiene por qué culparse. Ella ya tenía bastante con lo suyo.

Phoebe y Madeline intercambiaron una mirada.

–¿Qué pasa? –preguntó Maya–. No juzguéis a Elaine.

–No lo haremos –le prometió Phoebe–. Y eres muy buena al defenderla. Pero si no te hubiera pedido que le guardaras el secreto, Del y tú todavía estaríais juntos.

–A lo mejor –dijo Maya–. Pero seguro que habría terminado sucediendo algo que le hubiera hecho enfadarse y sentir que no podía confiar en mí. Del estaba buscando una razón para no comprometerse en una relación seria.

Haberse dado cuenta de ello era magnífico, pero, por desgracia, aquello no aliviaba el vacío de su corazón.

Shelby se acercó a ellas.

–Esta mañana he hablado con Elaine. Me ha dicho que se va a ir unos días con Ceallach. Los dos solos.

Su amiga también había pasado por allí para decírselo a ella y para preguntarle si podía quedarse unos días con Sophie. Maya se alegraba por su amiga. Se merecía unas vacaciones. Elaine también se había ofrecido a hablar con Del otra vez, pero Maya se había negado. No hacía falta. Era a Del al que le correspondía comprender o no los motivos por los que había actuado como lo había hecho. Repetírselo una y otra vez no iba a servirle de nada.

–Lo de Ronan y Mathias sí que es interesante –dijo Madeline–. Solo son medio hermanos. Yo estuve con ellos durante todos los años de colegio y jamás me lo habría imaginado –inclinó la cabeza–. Bueno, «interesante» quizá no sea la palabra más adecuada.

Maya le sonrió.

–Entendemos lo que quieres decir. Siempre hemos pensado que eran mellizos.

–He estado pensando en ello –comentó Destiny–. Y me pregunto si nos comportamos como lo hacemos por lo que somos o por lo que nos dicen que somos.

—¿Sientes que se acerca una canción? —preguntó Shelby en tono de broma.

—A lo mejor. Eso nunca se sabe. La vida es un motivo constante de inspiración.

—¿Crees que el hecho de ser medio hermanos cambia algo? —preguntó Shelby—. Kipling y yo lo somos, pero no creo que pudiera estar más unida a él.

Maya era hija única y no tenía un marco de referencia que le permitiera dar una respuesta. Le gustaba ser hermanastra de Zane. Aunque no siempre se hubieran llevado bien, había sido como un ancla. Una persona en la que apoyarse.

—Starr y yo somos medio hermanas —dijo Destiny lentamente—. Y Kipling y tú.

—Y Chase y Zane. Solo son hermanos de padre —añadió Phoebe.

Maya se preguntó cómo habría cambiado su vida si hubiera tenido una hermana. Alguien con quien compartir el viaje. Con quien dividir la culpa con la que la cargaba su madre. Por lo menos esperaba que hubiera sido así. A lo mejor, haber oído que también otra persona había arruinado la vida de su madre la habría ayudado a darse cuenta de que, en realidad, ella no era culpable de nada. Aquello habría cambiado su relación con Del.

Cuántos «si...», pensó con tristeza. Si hubiera sido capaz de decirle la verdad años atrás... Si hubiera sido capaz de confesar que estaba asustada en vez de haberle abandonado diciéndole que era aburrido... Tenía muchas cosas de las que arrepentirse.

En cuanto a lo que había ocurrido con Elaine, todavía no tenía una respuesta. Si Del no podía comprender por qué le había guardado el secreto a su madre, entonces no era el hombre para ella. Pero eso no evitaba que siguiera enamorada. Ojalá pudiera dejar de quererle.

Madeline alzó su margarita.

—Como símbolo de amor y amistad, Maya, te ofrezco a Jonny Blaze.

Todo el mundo soltó una carcajada y hubo incluso algunos gritos.

—No sabía que fuera tuyo —replicó Jo desde la cocina—. ¿Lo sabe él?

—Tengo la sospecha de que en alguna parte, en el fondo de su alma, sabe que estamos destinados a estar juntos —respondió Madeline—. Se está resistiendo, pero eso solo fortalece nuestro amor.

—Eres la persona más retorcida y rara que conozco —dijo Destiny divertida—. Eso hace que me caigas mucho mejor —se volvió hacia Maya—. ¿Alguna noticia interesante sobre nuestro más famoso residente?

—La verdad es que no —contestó. Miró a Madeline y añadió—: sin ánimo de ofender.

—No me ofendo. Sé que es un hombre increíble.

—Probablemente él también lo sepa —musitó Shelby.

A pesar de su dolor, Maya se sumó a sus risas. Le dolía todo. Se sentía como si la hubiera atropellado un camión y después la hubieran tirado por una montaña. Le dolían los huesos, los músculos y el corazón, bueno, su corazón era una herida en carne vida. Era curioso que su madre no se hubiera enamorado nunca de nadie y ella hubiera resultado ser mujer de un solo hombre. La biología funcionaba de una forma muy extraña.

Quería decirse a sí misma que lo superaría, pero sabía que no era cierto. Siempre estaría enamorada de Del.

Como si hubiera sentido su inquietud, Sophie se acercó a ella y se acurrucó a su lado. Maya le acarició las orejas.

Esperaba que el dolor disminuyera con el tiempo. A lo mejor encontraba a otro hombre que la hiciera reír, un hombre al que pudiera amar, pero, incluso entonces, seguiría estando enamorada de Del. No sabía por qué respondía a él de aquella forma tan especial, pero lo hacía.

Ni siquiera podía consolarse con el desahogo de una ruptura, porque la verdad era que nunca habían estado juntos. Por lo menos comprometidos de verdad. Habían trabajado juntos y habían sido amantes, pero nunca habían hablado de una relación más íntima. Todo había ocurrido bajo el paraguas del trabajo. Incluso la propuesta que le había hecho Del de que se fuera con él había estado vinculada a un proyecto laboral. No habían intercambiado palabras de amor. Ni confesiones. Ni promesas.

En ese sentido, ella era tan culpable como él, pensó. Nunca le había contado lo que sentía. Aunque el saberlo tampoco le hubiera hecho cambiar de opinión. Del había tomado una decisión basándose en lo que él sabía.

Larissa, una atractiva rubia vestida con pantalones de yoga y camiseta, se inclinó hacia Maya.

—¿Quieres que Jack le dé una paliza? —le ofreció—. Porque lo haría. Jack no es un hombre violento, pero tiene un gran sentido de la justicia.

Patience asintió.

—Justice también estaría dispuesto —le dijo—. Él sabe de eso.

—No vamos a ponernos a discutir sobre qué marido o novio sería el mejor para darle a Del una paliza —repuso Maya—. Pero agradezco el ofrecimiento.

—Queremos ayudarte en todo lo que podamos —le aseguró Phoebe—. ¿Alguna sugerencia?

«Hacer que vuelva a quererme», pero aquello era imposible y tenía que encontrar la manera de continuar viviendo. No iba a ser como su madre y terminar culpando de todo cuanto le pasaba a otra persona. Su vida sentimental podía ser un desastre, pero podía ser feliz de otras muchas maneras. Y lo conseguiría.

—Lo único que necesito es que seas mi amiga.

–Eso es muy fácil. Te quiero y siempre seré tu amiga.
–En ese caso, seguro que me pondré bien.

Maya estaba sentada en el despacho de la alcaldesa. Ya le había entregado la carta de renuncia.

–Siento que tengas que buscar a otra persona a tanta velocidad –le dijo–. Te aseguro que no pretendía ser una irresponsable. Me quedaré hasta que encuentres a un sustituto adecuado, a no ser que prefieras que me vaya cuanto antes.

La alcaldesa permanecía sentada detrás de su escritorio con una expresión agradable, pero del todo inescrutable.

–Te sientes culpable, lo entiendo. Pero vamos a dejar las cosas claras. No tienes ningún motivo. Maya, ha sido una alegría poder contar contigo. Has conseguido que Eddie y Gladys te hicieran caso, algo que no es probable que vuelva a ocurrir. Ahora ya estás preparada para dar otro paso. Si tú eres feliz, también lo es el resto del pueblo.

Maya no creía que la palabra «feliz» sirviera para describir su estado de ánimo. Estaba más que un poco resacosa y no sabía muy bien lo que iba a hacer. Pero cuando se había despertado aquella mañana, había sabido que no iba a quedarse en Fool's Gold.

–Agradezco la oportunidad que me has dado –contestó–. Me ha encantado trabajar aquí.

–Me alegro –la alcaldesa sonrió–. ¿Puedo preguntarte qué piensas hacer ahora?

–Voy a buscar un socio. Quiero dedicarme a hacer documentales con una finalidad pedagógica, más que de entretenimiento. Quiero contar historias dirigidas a un público infantil.

–Se parece mucho a lo que piensa hacer Del –dijo la alcaldesa.

A Maya no la sorprendió oírselo decir. Por la experiencia que ella tenía, la alcaldesa sabía todo lo que pasaba en el pueblo.

—Yo voy a darles una orientación diferente —le explicó—. Su proyecto es contar un día de la vida de un niño, pero se pueden contar otras muchas cosas. Tengo contactos que trabajan en la rama de documentales de un importante estudio. Empezaré hablando con ellos.

—Tienes mucho talento, Maya. Cualquiera tendría suerte de poder formar parte de tu equipo. ¿Y qué ha pasado con Robert y Ernesto? ¿Vas a trabajar para ellos?

—No lo sé. Hemos concertado una reunión. Tuvieron que marcharse de manera inesperada y no volverán hasta este fin de semana.

Para entonces, ella esperaba haber hablado con Del. Aunque ya no fueran amigos, todavía tenían muchos asuntos relacionados con el trabajo sobre la mesa. Ella preferiría que hicieran juntos los anuncios, pero, si él no estaba interesado, hablaría con los propietarios del casino sobre la posibilidad de hacerlos sola. Teniendo en cuenta que acababa de renunciar a su trabajo, no le iría nada mal aquel dinero.

—¿Quieres que os ayude a buscar a la persona que va a sustituirme? —preguntó—. Puedo preguntar y conseguir algunos nombres.

La alcaldesa negó con la cabeza.

—No hace ninguna falta. Cuando tú te vayas nadie ocupará el puesto de Directora de Comunicación.

—No lo comprendo.

—Creamos este trabajo para ti, Maya. Tú nos necesitabas y, desde luego, nosotros te necesitábamos a ti. Has conseguido que nuestra televisión local funcione sin problema. Has creado una serie de vídeos maravillosos para dar a conocer nuestro pueblo. Eso era lo que necesitábamos.

Maya no podía creer lo que estaba oyendo. Las lágrimas ardían en sus ojos, pero parpadeó para apartarlas.

—Fue cosa tuya —dijo con voz queda—. Creaste ese puesto de trabajo para que pudiera volver al pueblo.

—Creé ese puesto de trabajo para que pudieras trabajar para mí —la corrigió la alcaldesa con una sonrisa—. Maya, tú siempre has sido una de los nuestros y siempre tendrás aquí tu hogar. Tengo que admitir que creo que has descubierto que Fool's Gold se te queda un poco pequeño. Ya es hora de que explores el mundo. Pero no te olvides de volver para contarnos lo que has encontrado.

Maya sacó el lápiz de memoria del ordenador. Ya tenía preparados un montón de DVD para enviárselos a Del junto al lápiz. Había terminado de revisar todo su material de archivo y de editar sus vídeos, tal y como le había prometido. Lo que hiciera con ellos era cosa suya, pero pensaba que tenía un buen material.

También había revisado el material de archivo que habían rodado para el pueblo y había creado un vídeoclip de dos minutos a partir de diferentes tomas. El último fragmento era aquel en el que aparecían besándose.

Se había pasado la noche intentando decidir qué era lo que iba a decir con la voz en *off*. Había estado caminando nerviosa, había escrito, había tachado una y otra vez, había intentado dormir y había vuelto a empezar.

En aquel momento estaba agotada, pero había terminado. Si en algún lugar existían las palabras precisas, ella no las había encontrado. Lo único que había podido decir era lo que ella sentía. Si no era suficiente, entonces su relación con Del jamás iba a funcionar.

Buscó un archivo en el ordenador y lo abrió. Al principio salía el pueblo, con una larga panorámica del parque. Del estaba haciendo flexiones en la hierba. Incluso con aquel vacío en su corazón, Maya sonrió al verle.

Sonó su voz a través de los altavoces.

—Siento todo lo que ha pasado, Del, sobre todo con tu madre. Sé que no estás de acuerdo con lo que hice. No eres capaz de entender que te ocultara la verdad. El cáncer es algo muy serio. Lo comprendo. Sé que estás enfadado, pero yo no pretendía hacerte daño.

La escena cambiaba y aparecían ellos en la acera, delante de The Man Cave. Maya estaba intentando medir la luz mientras él se arrimaba a ella. Los dos se estaban riendo.

—No voy a decir que debería habértelo dicho porque creo que no podía romper la promesa que le había hecho a Elaine. También entiendo que, desde tu perspectiva, te traicioné y te mentí. Dos cosas imperdonables.

El plano cambiaba y se dirigía hacia las montañas y después hacia el campo. Aparecían entonces los dos. Estaba muy cerca, hablando. Maya había enmudecido sus voces, de modo que solo se veían sus gestos. De pronto, se percibía cierta intensidad. Y, a continuación, se besaban.

—Este no es ni el momento ni la manera indicada, pero quiero que lo sepas. Te quiero. No he dejado de quererte durante estos diez años, pero no lo sabía. Pase lo que pase, tú siempre tendrás un lugar en mi corazón. No quería que te fueras sin saberlo. Adiós, Del.

Su voz enmudecía y terminaba el beso. Después, la pantalla se oscurecía.

Maya permaneció sentada en la silla durante varios minutos. Después, comprendió que ya no quedaba nada por hacer. Lo había dicho todo. Había desnudado su alma. Después de aquello, ya todo dependía de él.

Imaginaba que tenía menos de un cincuenta por ciento de probabilidades. Del no creía en las segundas oportunidades y ella ya había tenido las suyas. No iba a darle una tercera. Aun así, por lo menos ella podría marcharse sabiendo que había sido valiente. Había dicho la verdad.

Del estuvo despierto toda la noche. Había horas y horas de vídeos. No sabía cuándo había encontrado Maya el tiempo para editarlos, pero lo había conseguido. Había tomado el material en crudo, todas las secuencias que habían filmado, y lo había convertido en algo impresionante. De alguna manera, había conseguido descubrir y resaltar la esencia de cada escena.

Para cuando salió el sol, supo que se había comportado como el imbécil que sus hermanos le habían acusado de ser. Maya no había hecho nada, salvo entregarse desde que había regresado al pueblo. Se había entregado a su trabajo, le había ayudado, había ayudado a su madre e incluso había impartido algunas clases. Había sido su amiga y su amante, le había apoyado y había apoyado a su familia.

Pero también le había mentido. Había ocultado una información importante sobre su madre y su enfermedad. Sabía que no podía confiar en ella otra vez. ¿Cómo podía…?

Puso el último DVD. Una imagen del pueblo llenó la pantalla. La cámara le mostraba haciendo flexiones en el parque. Había mucho ruido de fondo, pero se oía la voz de Maya bromeando con él.

—*No me impresionan tus flexiones* —decía.

El micrófono que Del llevaba recogía su voz.

—*Claro que te impresionan.*

Maya soltaba una carcajada.

Se hacía un silencio y después se oía la voz de Maya. Pero no era el sonido de aquel día, sino una voz en *off*.

Oyó las primeras dos frases, interrumpió el vídeo y

se reclinó en la silla. Recordaba aquel día en el parque y docenas de días como aquel. Sabía cómo le gustaba tomar el café y el cuidado con el que encuadraba las tomas. Siempre encontraba tiempo para hablar con un niño, para acariciar a un perro o para hacer que un par de ancianas se sintieran especiales. Era leal e inquebrantable. Y jamás traicionaría a una amiga... ni siquiera por su amante.

Le había mentido y él estaba seguro de que, si se repitieran las mismas circunstancias, volvería a hacerlo. Lo que significaba que no podía confiar plenamente en ella.

¿O sí? ¿No le sería leal a él? ¿Lo que había hecho con Elaine no significaba que sería capaz de arriesgarse a una pérdida y a convertirse en el blanco de un enfado para hacer las cosas como debía?

Estaba cansado y confundido y la verdad que podría cambiarlo todo parecía estar muy lejos de su alcance. Se lo había dicho ella, y también se lo había dicho su madre, y él se había negado a creerlas. Maya no quería guardar aquel secreto, pero lo había hecho. No lo había hecho para hacerle daño, sino por su madre. Por una amiga.

Eso era lo que de verdad importaba. No tenía por qué estar de acuerdo con lo que había hecho, ni siquiera tenía que gustarle. Pero, si aceptaba sus razones, tenía que admitir que, teniendo en cuenta la situación, Maya había hecho las cosas bien. No tenía intención de mentir, solo quería proteger a Elaine.

Volvió a mirar la pantalla y reinició el vídeo. Sonrió al ver a Maya intentando leer el fotómetro mientras él la empujaba riendo. Ella le miró riendo también. Del volvió a detener la imagen.

Era tan guapa, pensó con aire ausente. Su sonrisa, sus ojos... La deseaba, ¿qué hombre no lo haría? Pero había algo más. La respetaba. La necesitaba. Quería trabajar con ella y...

En ese momento le arrolló el tren de la cruda verdad.

Sintió la vibración y el silbido de la locomotora en el interior de su casa, que le dejó estremecido y sintiéndose condenadamente estúpido.

No solo quería trabajar con Maya. No quería una compañera de trabajo. Quería estar siempre con ella. De forma permanente. Quería casarse con ella porque la amaba. Por eso le había fastidiado tanto lo de su madre y todo lo demás. No quería que se convirtiera en alguien en quien no pudiera confiar porque ella lo era todo para él.

¿Cómo era posible que no lo hubiera visto antes? ¿Cómo podía no haberse dado cuenta de que ella era su mundo?

Se levantó, agarró las llaves de la furgoneta y salió. No se había duchado ni había comido nada. Por lo menos iba vestido y calzado. Recorrió la escasa distancia que le separaba del tranquilo barrio de Maya.

Todavía era temprano. Los niños no habían salido hacia el colegio y la mayoría de los adultos se estaba preparando para ir al trabajo. Maya estaba en el porche, regando sus plantas, cada vez más amarillas. Alzó la mirada al verle llegar, pero no se movió. Del bajó de la furgoneta. La tensión, el miedo y los nervios le oprimían el pecho. ¿Y si había tardado demasiado en comprender lo que de verdad importaba?

—Deja de regarlas —le aconsejó—. Por eso se te mueren las plantas. No necesitan que las riegues todos los días.

Maya abrió los ojos como platos.

—¿Qué?

Del señaló la regadera.

—Deja que pasen sed de vez en cuando.

—¡Ah! ¿Tú crees?

Maya dejó la regadera y se acercó a las escaleras. Del se acercó a ella.

—Estás horrible.

—No he dormido nada. He estado viendo los vídeos. Has hecho un gran trabajo.

Algo brilló en los ojos verdes de Maya. Un sentimiento que Del no supo interpretar. ¿Esperanza, quizá?

—El último... —comenzó a decir ella.

—No he terminado de verlo.

Maya se mordió el labio.

—¿Entonces no estás aquí por eso?

—No. Estoy aquí porque me he dado cuenta de la verdad —se acercó dos pasos más—. No estoy de acuerdo con lo que hiciste, Maya, pero ahora entiendo por qué lo hiciste. Comprendo que no tenía nada que ver conmigo, sino contigo y con mi madre.

—Así es. Yo no quería ocultar la verdad.

—Lo sé. Eres una buena persona. Una amiga leal. Eres un montón de cosas: guapa, inteligente, divertida...

Maldita fuera. Lo estaba haciendo todo mal. Las palabras se agolpaban en su mente y no sabía cuál iba a ser la siguiente en salir.

—Quiero que trabajemos juntos —le dijo—. Quiero hacer los anuncios y empezar los otros proyectos de los que hemos hablado. Formamos un buen equipo.

Del frunció el ceño. No lo estaba haciendo nada bien. ¿Por qué no iba directo al grano?

—Pero no estoy hablando solo del trabajo —cruzó los pocos metros que les separaban y subió los escalones del porche. Le tomó las manos—. Te quiero, Maya. A lo mejor nunca he dejado de quererte. Estaba muy enfadado y ahora sé que era porque pensaba que siempre estaríamos juntos. Nos pertenecemos el uno al otro. Espero que tú también lo veas. Quiero ser tu pareja en todo. Tendremos una casa en Fool's Gold, una casa base. ¿Podremos hacerlo? ¿Tengo alguna posibilidad o te he hecho demasiado daño?

Maya se le quedó mirando fijamente. Una lágrima comenzó a deslizarse por su mejilla. Del la apartó.

—Te quiero —repitió.

—¿De verdad no has visto el final del vídeo? —le preguntó Maya.

—No. ¿Qué tiene que ver con esto?

Maya sonrió, tomó aire, se puso de puntillas y le dio un beso en los labios.

—Te quiero, Del. Te he querido durante estos últimos diez años. A lo mejor te he querido durante toda mi vida.

La tensión que Del sentía en el pecho cedió en cuanto abrazó a Maya.

—¿De verdad?

Maya se echó a reír.

—Sí. Yo también lo quiero todo. Quiero que trabajemos juntos, y que Fool's Gold sea el lugar al que siempre podamos volver.

—¿Vas a casarte conmigo?

Maya alzó la mirada hacia él.

—Voy a casarme contigo.

—Me encantan que me salgan las cosas bien —dijo Del antes de besarla.

Tiempo después, y tras haber hecho el amor, regresaron a casa de Del. Vieron el último vídeo juntos, acurrucados en el sofá. Del la abrazaba con fuerza mientras la oía decirle que le quería.

—Estás muy guapa en la pantalla —la alabó.

Maya se acurrucó contra él.

—Solo contigo. Sola soy un desastre.

—Yo también.

—Entonces es mejor que seamos un equipo.

—Tú sí que sabes.

ÚLTIMOS TÍTULOS PUBLICADOS EN HQN

Enamorada de un extraño de Brenda Novak

El retrato de Alana de Caroline March

Gypsy de Claudia Velasco

Un beso inesperado de Susan Mallery

El huerto de manzanos de Susan Wiggs

El tormento más oscuro de Gena Showalter

Entre puntos suspensivos de Mayte Esteban

Lo que hacen los chicos malos de Victoria Dahl

Último destino: Placer de Megan Hart

Placer prohibido de Julia London

En mi corazón de Brenda Novak

Está sonando nuestra canción de Anna Garcia

Siempre un caballero de Delilah Marvelle

Somos tú y yo de Claudia Velasco

Noches de Manhattan de Sarah Morgan

Azul cielo de Mar Carrión

El Puerto de la Luz de Jane Kelder

www.ingramcontent.com/pod-product-compliance
Lightning Source LLC
LaVergne TN
LVHW030337070526
838199LV00067B/6321